ドローン情報戦

アメリカ特殊部隊の無人機戦略最前線

ブレット・ヴェリコヴィッチ
クリストファー・S・スチュワート
北川蒼 訳

DRONE WARRIOR

AN ELITE SOLDIER'S INSIDE ACCOUNT OF THE HUNT FOR AMERICA'S MOST DANGEROUS ENEMIES

原書房

ドローン情報戦

アメリカ特殊部隊の無人機戦略最前線

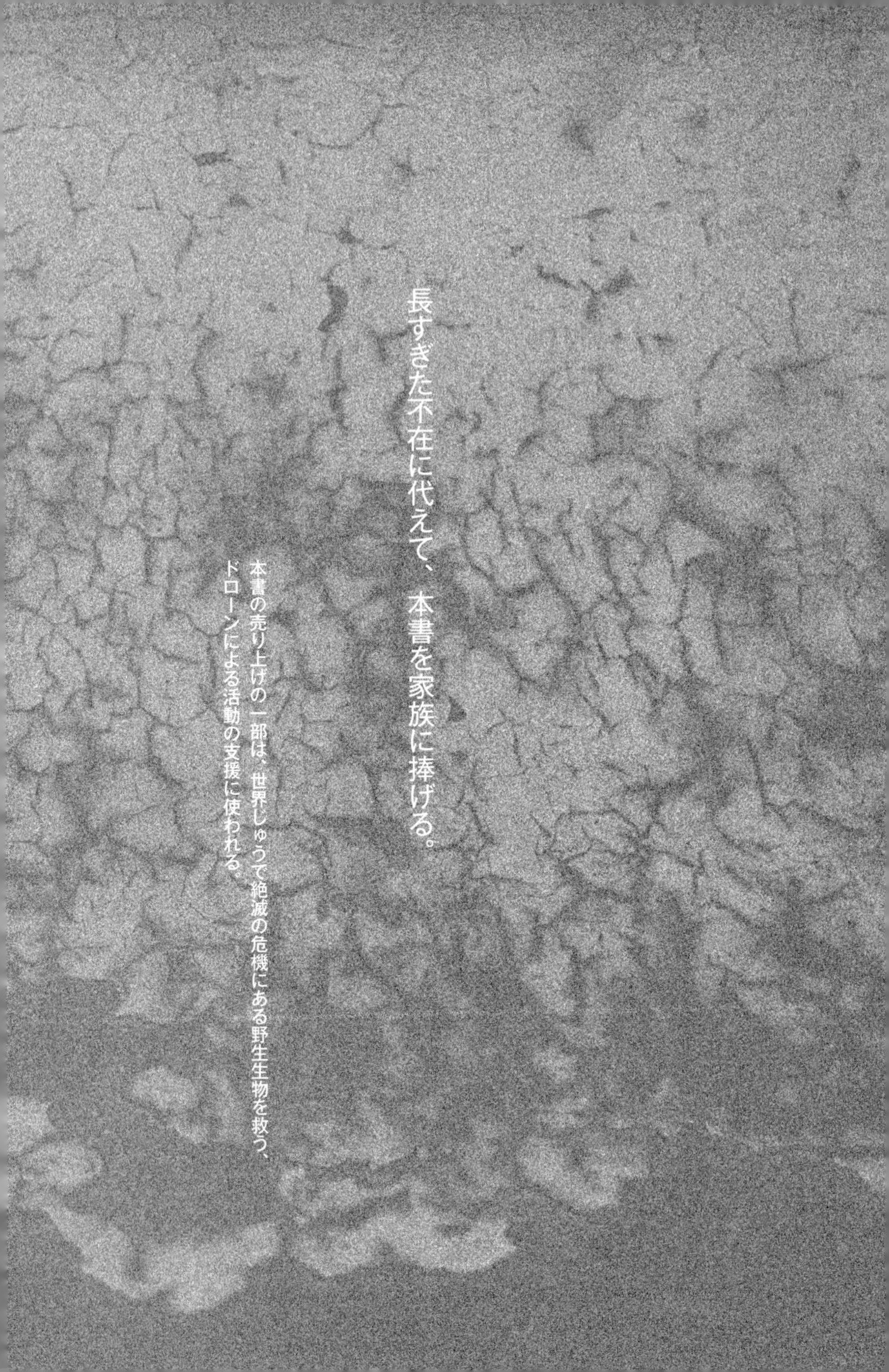

長すぎた不在に代えて、本書を家族に捧げる。

本書の売り上げの一部は、世界じゅうで絶滅の危機にある野生生物を救う、ドローンによる活動の支援に使われる。

目次

はじめに　006

PART ONE

1　やつを仕留めるか？　014

2　世界が止まった日、きみはどこにいた？　027

3　新入り　037

4　キャンプ・ピザハット　045

5　スパイ・ゲーム　053

6　シットボックス／ゴミの都市　060

7　廊下奥のドア　076

8　デイ・ゼロ　082

PART TWO

9 ドローン戦争の始まり 104
10 ハンターたち 124
11 最初の殺害 135
12 自分の居場所を見つける 152
13 無駄に終わった追跡 169
14 故郷とは？ 181
15 再びの戦地 194
16〈サウジ〉 206
17 誘拐 223
18 爆弾 230
19〈ダークホース〉 244
20〈マンハッタン〉と〈ブルックリン〉 263
21 総攻撃 286
22 姿を消した男 292

PART THREE

23　出発　308

24　ボックスの外の人生　312

25　新たな始まり　347

エピローグ　356

謝　辞　369

付　録　374

はじめに

最初にはっきりさせておこう。私はヒーローではないし、自分の任務を遂行しただけで、それが特段すごいというわけでもない。それでも私は、この物語をどうしても伝えなければならない。私は幸運にも新時代の戦争に従事できた。それは戦争のやり方を将来にわたって永遠に変えてしまうものだった。すべての兵士にはそれぞれの任務がある。本書では、新時代の戦争において私が果たした役割について述べる。

政府関係者や広く名の知れた人物、組織などを除いて、この本で描かれる作戦に関係した人々については、身元を秘匿するため名前を変えている。かつての同僚たちの大部分は今も同じ任務に従事していて、敵との戦いに明け暮れているからだ。

同様に、登場するテロリストたちにも、有名な人物を除いて偽名をあてた。またテロリストたちを見つけ出す手段についても、実際に使われているやり方をそのまま記述するのではなく、現在遂行中の戦術や技術や手順などに支障がないように表現を変えてある。

本書の原稿は、アメリカ国防総省の刊行物安全保障事前審査局にあらかじめ提出して出版の許可を得ている。ほとんどの人がその存在すら知らないようなさまざまな政府機関の職員がこの原稿を読み、内容を詳しく精査している。アメリカ政府によるこの徹底的な出版審査には、執筆にかかった以上の長い時間を要した。話の細部や、私が実際に参加した作戦のなかでもきわめて機密性の高いものについては、アメリカ政府の要請によって本文から割愛せざるをえなかった。本書で表明されている見解は私の個人的な見解であり、国防総省などアメリカ政府の公式な見解や政策、意見、立場を反映したものではない。

政府の出版審査を経たとはいえ、これは私自身の物語である。すべて実際に起こったことであり、可能なかぎり記憶に忠実に描写するようにした。会話については記憶をもとに再現したが、一字一句正確とはかぎらない。だが、述べられていることの本質は変わっていないはずだ。

これまで何人かから、なぜ本書を執筆しているのかと聞かれた。私は自分の経験と知識を世の中に役立てたいと考えている。また、人生やビジネスや二一世紀の戦争についての貴重な視点を読者に提供したいと思っている。ドローンとは実際にはどのようなものなのか、そして広く流布しているネガティヴなイメージとは逆に、ドローンは命を救う道具としていかに人類の役に立つものなのかを、本書を通じて知ってもらいたい。

私が陸軍に入隊したころ、ドローンはまだめずらしい存在だった。ドローンを一機使えるだけでも貴重な経験なので、イラク侵攻後のサダム・フセイン追討作戦中は、どの部隊も索敵用に無人機〈プレデター〉の使用許可を得ようと争奪戦を繰り広げたものだ。

同作戦から約一〇年後に私が陸軍を除隊するころには、自分たちのチームだけで三機の〈プレデター〉を指揮し、三機が別々の高度から異なる角度で攻撃対象《ターゲット》を監視していた。

私がドローンを「まばたきしない目」と呼んだのはそのためだ。ドローンはすべてを見張り、決して眠らない。

私たちより前の時代の戦争においては、航空支援とは、基本的に援護射撃と空爆を意味した。歩兵部隊は長期の野戦任務を手探りで行い、航空戦力が敵の抵抗力を弱めてくれるよう祈ったものだ。市街戦では、建物の角を曲がった先に、扉の向こうに、覗いた窓の中に何があるのか、ほとんど見当がつかないまま活動していた。

現在、特に特殊部隊において、任務中には常にドローンが上空にいる。それだけ有用な兵器なのだ。海外でのあらゆる作戦行動、イエメンでの海軍特殊部隊ネイビー・シールズによる急襲、シリアでの人質救出作戦、ソマリアでのテロリスト拘束作戦などでは、必ずドローンの支援があると考えていい。準備段階から作戦遂行中、そして後始末にいたるまで、すべてにドローンがかかわっている。

この変化の速さには驚くべきものがある。すでに多くの軍人、特に9・11同時多発テロ事件後に入隊した世代の軍人は、空にドローンが飛んでいなければそもそも戦うことをもままならないとすら思っている。その重要性はいくら強調してもしすぎることはない。

先輩の兵士たちが従事してきたさまざまな任務を思い浮かべると、作戦中に武装した〈プレデター〉や無人攻撃機〈リーパー〉による上空からの援護があったならどれほどの人命が救われただろうか、と考えてしまう。私たちが仕留められなかった敵について考えることもある。ドローンがあれば、彼らが世界に無残な爪痕《つめあと》を残すのを阻止できたかもしれないからだ。

だがドローン戦争では、悪党どもを追い詰めるだけでなく、それ以外のさまざまな任務が行われている。それは世界で最も危険な者たちの秘密を暴く仕事、つまりテロリストを探し、彼らの家族、資金源、武器、謀略組織を割り出していく仕事だ。

私たちの部隊はテロとの戦いの最前線にある「ボックス」で活動していた。特殊部隊に所属していない兵士たちは、私たちの任務についてほとんど何も知らなかった。たとえ知ったとしても、それが本当の話だとはとても思えなかったと思う。私たちはかつて誰も目にしたことがないようなハイテク・スパイであり、その任務は、戦争がどれほど進化したかを物語っている。

ドローンは人命を守る役に立った。民間人の被害を減らし、友軍は敵情を把握して取るべき行動を予測し、成り行きまかせで攻撃するリスクを減らすことができた。

それがドローンのきわめて優れた点なのだ。状況に対応するのではなく先手を打ち、敵が攻撃してくる前に攻撃できる。テロリストを出しぬき、機先を制する。われわれのターゲット探査・急襲チームは、狙った相手に一瞬の余裕も与えず攻撃するよう訓練された部隊だった。

通常の軍隊は役割が厳然と決められている。敵はそれを逆手に取り、相手が想定していない方法で変幻自在に活動していた。だが、私たちのチームに任務の領域制限はなかった。敵の動きに合わせて動き、敵と同じように迅速に行動した。相手につきまとう影のように。

ドローン戦争は進化しつづける。イスラム国のような相手が商業用ドローンに手榴弾や爆弾を搭載して自分たちもドローンによる攻撃をしかけはじめるからだ。われわれもそれに対抗する技術を開発し、運用しなければならない。

ワシントンの新しい指導層は、こうしたドローン革命の実現に尽力してきた者たちだ。マイケル・フリン将軍は惜しくも国家安全保障問題担当補佐官を辞任したが、革命の強力な旗振り役だった。ジェームズ・マティス将軍ももちろんそうだ。

現政権は海外でのドローンの利用と戦闘への投入を一層推しすすめるだろう。彼ら自身が指揮官として、戦闘におけるドローンの威力をまざまざと目撃したのだから。統合特殊作戦司令部などの組織は敵との戦いに日々取り組んでおり、より多くのドローンを必要としている。

ドナルド・トランプ大統領は選挙戦で、アメリカはイスラム国やアルカイダといった組織への対策にもっと本腰を入れなければならない、攻勢に出るべきだ、我が国が保有する兵器でやつらを叩くのだと主張した。まさに無人機の出番であり、それによってアメリカ軍の攻撃力を誇示し、どこに隠れている敵も攻撃可能になる。

同時に、敵を追い詰めようとする努力を緩めたら何が起こるか、マティス国防長官ら指導者たちがまざまざと目にしたことにも触れておきたい。そう、イスラム国の出現だ。

トランプ政権はドローン技術の重要性をもう十分に理解しているはずだ。大統領自身が、これまでほとんど公表されず機密扱いとされてきたその能力と実績に感嘆しているに違いない。アメリカ議会の議員や情報特別委員会メンバーのほとんどはいまだに私たちのチームがどのように任務を遂行したか理解していない。折に触れてチームメンバーがテロリストを標的とした作戦の成功事例について政府高官に説明するよう招かれるが、テーブルの向こうに座っている役人たちはドローンがどう使われていたか十分理解していなかったし、日々の運用の細部まで は知らなかった。

本書はそれを説き明かそうとするものだ。過去一〇年で出現したまったく新しい戦争の方法、私が果たした役割、そして命がけでその実現に努力した人々の物語を。

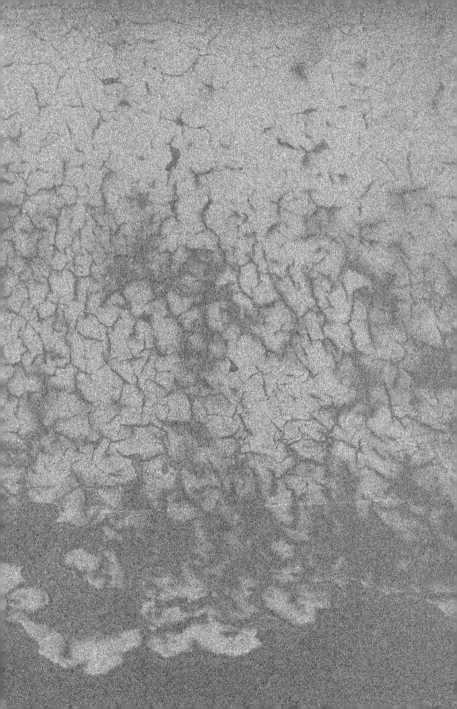

PART ONE

1

やつを仕留めるか？

多量のエナジードリンクでハイになった私は、明るいモニタースクリーンに映る白いボンゴトラックを食い入るように見つめていた。胸の鼓動が激しくなっている。トラックはもう何マイルも砂煙を上げながら南へ向かい、シリア国境を越え、果てしなく広がる砂漠を疾走していた。「高度を上げて熱センサーに切り替えろ」私は部隊のメンバーに命じた。「上空の機体に気づかれたら終わりだ」

二〇〇九年九月の真昼。私は、窓のないコンクリート製半地下シェルター「ボックス」にいた。イラクの都市モスルの南方、シリア国境近くに密かに設けられた基地の端にある秘密施設だ。見つめているのは、さびれたベスト・バイ（米国の家電量販店）の店内のように壁に二列に並べられた八台のフラットスクリーン・モニターだ。

モニターのいくつかには無人機《ドローン》〈プレデター〉から送られてくるライブ映像が映り、飛行高度、速度、レーザー照準式ミサイル誘導システム、眼下の詳細な地形などが表示されている。他の画面には標的《ターゲット》のテロリストやその家族、世界各地に広がる複雑なテロ組織などが次々と映し出されていく。こうした情報の大部分は協力機関である中央情報局（ＣＩＡ）、国防情報局（ＤＩＡ）、国家安全保障局（ＮＳＡ）、連邦捜査局（ＦＢＩ）の専門家から提供されたものだ。

私はアメリカ陸軍対テロ特殊部隊デルタフォース所属の特殊作戦要員で、大物テロリストの捕捉・殺害任務に就いていた。主力兵器はＡＧＭ－114Ｐ〈ヘルファイア〉レーザー誘導ミサイル二発搭載のドローン、〈プレデター〉ＭＱ－１。世界で最も危険なテロリストを見つけ出すことが任務だった。それも相手にまったく気づかれない方法で。

部屋の中はコンピューターサーバーの排熱でうだるように暑く、点滅するモニターで明るく照らされていた。機械類の発する音が常に低く響き、頭から離れない。外からは、ボックスの中に軍事技術の天才たちが英知を結集した世界最先端の戦闘指揮所が置かれているとはまったく分からない。ここで使われている技術のいくつかは、この先何年も一般には公開されないだろう。

私のチームは六人、それぞれ異なる専門分野の軍事情報要員で構成されていて、テロリストの所在を突き止める必要があるたびに招集された。私たちはどんなにうまく潜伏しているつもりのテロリストでも必ず見つけ出した。まるで幽霊のように捕捉困難と見なされている大物のテロリスト指導者でさえ追い詰める自信があった。

追っていたのはアブ・バシールという男だ。数週間に及ぶ捜索の後、その男がシリアとイラクの国境を越えて私たちがいる方角に向かっているという情報提供があった。バシールはイラクのアルカイダの爆弾エキスパートだ。

バシールはこれまでほぼ秘密裏に、大型の爆弾を製造するための材料や部品をイラク国内に運び込み、同時にアメリカ政府と敵対する外国人戦闘員や自爆テロ要員を連れてきていた。今回も目的は悪質で、罪のない一般市民や近辺に駐留するアメリカ軍将兵を攻撃対象としていた。

すぐにターゲットを捕捉する場合に備えて、ヘリコプター部隊が近くに待機している。私たちは床までセメントで覆われた窮屈な部屋で、ベニヤ板のデスクに向かっていた。隣にいる空軍の戦術管制官ジェイクは、私の忠実な右腕だ。ジェイクと私はノートパソコンを開いて高性能チャットプログラムを操作している。これを使えば作戦中のＣＩＡやＮＳＡといった情報機関、地上部隊、政府高官、それにイラク国内や世界じゅうに展開する戦闘要員たちと同時に、二〇回線の暗号化された通信を行うことができる。

映像のズーム切り替え、緯度と経度、飛行高度、追跡する車両の走行方向など、私の命令をジェイクがその都度、〈プレデター〉のパイロットと視覚装置を担当するセンサー・オペレーターにチャットで伝えていく。この二人の空軍クルーは、ネヴァダ州にあるドローン操縦用トレーラーに並んで座り、私の指揮でドローンを操作していた。

ピックアップトラックに似ているがさらに車幅の広いボンゴトラックは、いまや南東に進路を変え、急速にシリア国境から遠ざかっていた。間違いなく何かを運搬中だ。それを特定したのは一時間前だった。荒廃した砂漠の一角でそれまでの行動パターンを分析した結果、私たちのターゲットであると断定できたのだ。

「ジェイク、私たちが追うイラクのテロリストは、なぜみんな白いボンゴに乗ってるんだ？」

「ネットで買うからさ」

　モニターでは、ボンゴトラックが派手に砂煙を上げる様子が上空からも大きな識別標識《シグネチャー》として視認できた。ドローンが見つからないよう、ターゲットから二マイル（三・二キロメートル）ほど後方の高度一万二〇〇〇フィート（三・六キロメートル）で追尾させる。ドローンのエンジン音が聞こえたり、機影を目にしたりすれば、ターゲットは任務を中止して地下に潜るはずだ。電話を捨て、メールアカウントを閉じ、痕跡を消し去るだろう。そうなれば何か月もかけた情報収集が無駄になってしまう。

　その道は、踏み固められた砂が何百マイルも蛇行しながら続いていて道路とはとても呼べない代物だった。沿道に広がるのはほとんどが無人地帯。ところどころに人口一〇人から二〇人ほどの村が点在しているばかりだ。

　シリア国境を越えてくる男たちは通常、決まった密輸ルートを通り、村から村へと移動しながら爆発物や自爆テロ要員を目的地まで運んでいく。

　ときには国境から近い主要都市に向かい、遭遇したアメリカ軍の車列に車ごと突っ込んで爆発することもあった。

　もう二〇時間以上も寝ていない。私は眠気をこらえて必死にモニターに集中しようとした。空のエナジードリンク缶が机の脇に積み上がっている。

こいつは何をしている？　どこへ向かっているんだ？

さらに二〇分走った後、トラックはある村の近くで止まった。

「ズーム・イン」と私は言った。「トラックに誰が乗っているのか確認する」

殺害か、捕捉か。決断するにはアブ・バシールを目視確認する必要があった。それはたいてい最後の最後に可能になる。生かすか殺すか、人間の運命は一瞬で決まるのだ、私自身も含めて。

二人の人影が車外に出た。

「軍務適齢期《ミリタリー・エイジド・メン》の男が二名。白いディシュダーシャ（アラブ人男性が着用する長くゆったりした外衣）を着用」とジェイクが言った。

「確認だ。女も子供もいないな」

ジェイクはスポーツ中継をリプレイするかのようにドローンから送られてきた映像を巻き戻し、トラックを両側からチェックした。

「確認完了」

「もう二段、ズーム・イン。あいつら、何をぐずぐずしてるんだ？」

「お祈りの時間かなんかか？」

「いや、それには一時間早い」

突然、助手席の男がカメラの視野の外に歩き出し、砂漠へ向かった。運転手はトラックの後方に回り込もうとしている。

「運転手を追え」

「ラジャー」

運転手はトラックの荷台から何かをあさりはじめた。庭の水やり用ホースのようなものがぎっしり詰まった樽がいくつも積まれているのが見える。

「助手席の男はどこだ？」私は尋ねた。「ズーム・アウト」

私は可視光で砂漠の茶色と灰色の世界を映す電子光学式カメラから、赤外線（暗視）式に切り替えさせた。これで二人の男がモニターに浮かび上がった。両方の体がはっきりと、幽霊のように黒く、白い砂漠の背景に映る。助手席の男がたばこに火をつけると、まるで家が燃えているかのような巨大な閃光《せんこう》が画面を覆った。

あいつはなぜトラックのそばで吸わないんだ？

数分後、別の白いボンゴが止まり、三人の男が降りた。私は彼らの挨拶の仕方に注目した。三人とも最初のトラックの運転手の両手に口づけして抱擁している。バシールに違いない。

男たちは積んできた一メートルほどの高さのずんぐりした樽を慎重に最初のトラックへ移しはじめた。さっき見たのとそっくりの樽だ。

普通の分析官ならこれを重要と思わないかもしれない。こういった樽が一体なんなのか、上空から一〇〇パーセント確認できないからだ。最初のトラックはガソリン缶を受け取ったのかもしれないし、あるいは村へ水を運ぶ途中かもしれない。中東のゴミ溜めみたいな場所で敵を追い監視してきたこの数年間で、私は人々が奇妙な行動をとると理解していた。こいつらがアルカイダ組織とは無関係なただの地元民の可能性もある。

だが私たちのチームは他と違い、この任務で偶然なんてありえないと分かっていた。積荷は爆発物に違いないし、相手がバシールだけに、独立記念日の花火みたいにトラックを派手に吹き飛ばそうとしているのかもしれない。


二五歳にして、私は一人の人間の生死を決める権限を持った。それは生易しい判断ではない。数百の任務をこなし、最高の情報ネットワークを動員する権限があったとしてもだ。

私は当時、アメリカ軍内でも一握りの人間だけに与えられていた、ドローン攻撃のターゲットを選んで殺害を命じる権限を持っていた。私はイラクのアルカイダやイスラム国（ＩＳＩＳ）など、捕捉・殺害の優先度が高い者たちを選んで対象者リストを作り、日夜追い続けた。敵よりも先手を打たなければならないため、追跡の手を緩めず、攻撃を続けて追い詰めていった。

私たちのようなエリート特殊部隊の存在はほとんど知られていなかった。デルタは陸軍の一部だが、ネイビー・シールズの特別任務部隊であるＤＥＶＧＲＵ《デヴグルー》などのエリート特殊部隊と共同で任務を行っていた。他の国々はもちろん、アメリカ政府内においても、われわれは公式には存在しない軍隊であり、私たちはそれが気に入っていた。

私たちは最凶最悪の敵を倒してきた。だがイラクではより多岐にわたる任務を与えられていた。イラクのアルカイダと、その前身のイラク・イスラム国（ＩＳＩ）を攻撃し壊滅させる役割だ。私たちはアメリカ軍でも有数の、高い作戦成功率を誇るドローン攻撃チームになっていた。テロ組織への攻撃で私が重視したのは、組織の要となる人物、つまり重要メンバーを叩くことだ。一人を倒すと次のターゲットに繋がり、私たちはまるで大きなパズルを解くように、点と点をつなぎ、組織の頂点に迫っていった。

当時イラクのアルカイダはＩＳＩへと変貌しつつあり、やがてアメリカ軍に追われ活動拠点をシリアに移さざるを得なくなってから現在のＩＳＩＳとなる。当時私たちはアルカイダとＩＳＩという名称を区別せず使っていた。一般にはまだ知られていなかったが、私たちは両組織をもう何年も詳しく監視していた。イラク政府と地域の安定にとって最大の脅威だったからだが、アメリカにとっても大きな脅威だと気づくのに長くはかからなかった。

「すぐにマックスを呼べ」私は言った。

マックスはわれわれ特殊部隊の襲撃チーム、特殊作戦で最終段階を受け持つステルス地上部隊の司令官だ。状況が思わしくないときやターゲットを拘束したい場合、マックスのチームはボックスの外に待機させたヘリで出撃していく。

一分も経たず、防弾ベスト姿のマックスが部屋へ入ってきた。いつものように嚙みたばこを口にしている。背が高く筋骨隆々で、伝説の特殊部隊員のイメージそのものだ。

「こいつらを今すぐ止めなきゃならない」マックスに告げ、巨大なモニター上のボンゴを指差した。

モニターには爆発物を載せたアブ・バシールのボンゴが砂漠を南東へ疾駆する様子が映っている。もう一台のトラックは逆方向へ走り去っていた。

時間がなかった。バシールは大都市ティクリートへ急行している。その街にはアメリカ軍のキャンプ・スパイカーがあり、数千人のアメリカ軍将兵とそれを上回る数のイラク人職員が働いている。

「マックス、あの男たちは大量の爆発物を襲撃部隊に届ける途中か、あのボンゴで直接爆破攻撃をしようとしているかのどちらかのはずだ」

バシールが爆弾とともにティクリート入りするまであと約二〇分。街のすぐ近くであの男が車を爆発させようとすれば私たちに手出しはできなくなる。

「よし」マックスは言った。「出撃する」

襲撃チームのメンバー全員に準備を命じた。

ヘリ部隊が出撃準備を始め、回転翼《ローター》が熱い空気をゆっくり叩く。部隊の標準編成手順どおり、私たちが〈リトルバード〉と呼ぶMH‐6が二機と数機の〈ブラックホーク〉が、機関銃とミサイルで完全武装して出撃を待っていた。どれも通常の軍用ヘリではない。われわれの殺害・捕捉任務専用の特別設計モデルだ。

任務とは、状況に応じて決断することだ。バシールをミサイル攻撃するか、地上部隊に拘束を試みさせるかの判断が必要になる。

ドローンを攻撃モードにすると、視界が赤い照準線に変わった。〈ヘルファイア〉ミサイルは強力かつきわめて精確だ。周囲の車の塗装に傷一つ付けずに走行中の車を破壊できる。

私はマックスにターゲットの現在の状況を説明し、関係する情報ファイルを渡した。その中にはターゲットの写真や、敵を拘束した場合に使う尋問用カードなども入っている。

数分後、マックスのチームは砂漠用迷彩服に身を包み、ヘッケラー&コッホ416アサルトライフルと自分好みに改造した拳銃で完全武装してヘリで出撃した。

事態が急展開するにつれ、バシールに逃げられるのではと不安になってきた。襲撃チームの安全も気にかかる。彼らがターゲットに接触しようとしたその瞬間に爆弾が炸裂したら？　私が間違っていたら？　もう後戻りはできないのだ。頭の中でいくつものシナリオを組み立ててみる。何か見落としていないだろうか？

バシールはそれまで爆弾で何百人もの市民を殺戮《さつりく》してきた。彼がイラクに連れてきた外国人戦闘員が市場で自爆テロを実行し、子供や家族連れ、アメリカ兵を殺したのだ。私はそれを脳裏に刻んでいた。バシールの運命は、作戦をどうやるか次第だ。

殺害すべきだろうか？

私はいつも最後の瞬間にそう自問した。それしか方法がないときもあった。

状況について理解してもらうため、アブ・バシールに関するファイルを、戦闘地域から離れた場所にある統合司令センターにいる上官に送信する。

ほんの数秒で返信が来た。〈ヘルファイア〉の使用は控え、陸上部隊の動きを見守るように、という指示だった。彼を拘束すれば戦いを有利に進められる。

「襲撃チームは現在ターゲットに接近中。捕まえられるかもしれない」上官がチャットでメッセージをよこした。

「ラジャー」すぐに返信した。

ドローンは監視を続け、なにかあればすぐにチームを援護する。

さあみんな、取りかかるんだ。

ヘッドホンに襲撃チームの交信が聞こえた。「ターゲットまで五分」

モニターを食い入るように見つめ、異常がないか目を光らせる。ドローンのカメラを可視光モードにし、砂漠を走るボンゴを追いながら、ヘリの編隊が視野に飛び込んでくるのを待った。

車を運転中、助手席の男と週末の予定を話しているときに吹き飛ばされたらどんな気分がするものだろうか。

ボンゴはティクリート市内まであと一分ほどのところまで来た。襲撃チームが間に合うのか、私には予想がつかない。

「車両の人口密集地域到達まであと三〇秒」

そのとき、銃撃が始まった。

ボンゴのすぐ先の地面に銃弾が降り注いだ。車体ぎりぎりに凄まじい勢いで撃ち込まれるため、跳ね上げられた砂が煙のようにボンネットを覆う。

次の瞬間、襲撃チームの乗った二機のヘリがボンネットをかすめて飛び、トラックは急ブレーキをかけて止まった。

〈ブラックホーク〉数機がすぐ後に続き、戦闘行動を開始したヘリの砂煙が現場を包んだ。ドローンを上空で旋回させ、状況を見守る。

「映像内に視認」通信士の声が回線から響き、地上部隊をドローンのカメラが捉えたと作戦関係者全員に告げた。

襲撃チームはホバリングするヘリから次々に降下し、ゴーグル越しにターゲットへライフルを構えている。トラックがこの瞬間にも爆発するかもしれないため、兵士たちは射撃態勢のままじわじわと近づいていった。

やがて男が二人ボンゴから出ると、襲撃チームは両方にぴたりと照準を合わせ、どちらか一方でもおかしな動きをしたら射殺する態勢をとった。二人は呆然《ぼうぜん》と立ち尽くし、近くのヘリの風圧で巻き上げられた砂がその周囲に渦巻いている。

胸が痛くなるほど心臓が激しく鼓動していた。

こうした状況下の一瞬は、普段の生活で経験するものとはまるで違う。交通事故の際、衝突直前に周囲がスローモーションになるような感覚だ。

私はトラックの二人のうちの一人がターゲットのアブ・バシールに間違いないことを確認するためあらゆる手を尽くしていた。それでも、こうして断定するのはいつも度胸が要ったし、現実というのははっきりしないものだ。情報戦の世界では一〇〇パーセント確信が持てることはありえない。

どの作戦でも、最終段階で必ず判断に迷った。人違いだったらどうする？　トラックの積荷が爆弾じゃなかったら？　無辜《むこ》の市民を殺してしまったら？　味方にも被害が出たら？

結局、男たちはボンゴから離れ、地面にひざまずいた。二人が両手を頭の後ろに組むのが見える。数秒後、襲撃チーム司令官の声が無線で聞こえた。「本部へ」マックスが言った。「作戦成功《ジャックポット》だ」

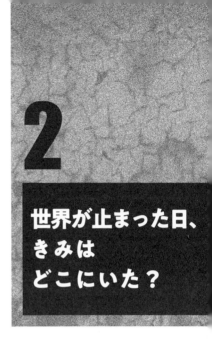

2

世界が止まった日、きみはどこにいた？

二〇〇一年九月一一日、私は大学のアパートの窓を閉め切ってうとうとしていた。部屋の中は古くなった牛乳や脱いだままの靴下の臭いが混じり、ベッド脇のテーブルで安物の扇風機がカタカタと耳障りな音を立てる。昨夜のパーティの酔いが残っていて割れるような頭痛がする。目を細めて時計を見ると、赤いデジタル数字が七時五四分を示していた。

いったいどうしてそんなに早く起きてしまったのか？　床にはキーストーン・ライトのビール缶や男性雑誌が散乱している。今日の授業はサボることにした。なんなら大事をとって週の残りも全部休んだほうがいいかもしれない。アパートは水を打ったように静まり返り、二人のルームメイトも死んだように寝ている。頭の中でまだラップミュージックが鳴り響いている。パーティの後、流れてきた何人かとここで二次会をして深夜まで一緒に飲み、Ｘｂｏｘでビデオゲームをしたり、パーティで会ったホットな女の子たちについて語ったりして騒いだ。

私はヒューストン大学に通うごく普通の一年生だった。自分探しをしながら、普段はパーティに出たり、飲んだり、友愛会（男子大学生の親睦クラブ）に入会したり、友人たちと詰め込みの勉強会をしたりしていた。テキサス州のケイティという小さな町で育った私は、多くの友人たち同様、ゴールドマン・サックスのようなウォール街の大手証券会社に就職して株のトレーダーになるか、弁護士になるのを夢見ていた。まわりの学生は皆まるで設計図に従うかのようにずっと将来までしっかり決めていた。すべてを変えたあの朝までは、私もそんな一人だった。

はじめは何が起こったのかまったく分からなかった。若過ぎて世間知らずだった。世界貿易センタービルが何を象徴するのかすら分かっていなかった。イスラム教も中東についても、イスラム過激派がなぜ我々をこれほど敵視するのかも、まるで知らなかった。

9・11までは、自分の人生がまっすぐ進むものと考えていた。

二つ目のタワーが崩壊したあと、母が取り乱して電話してきた。大丈夫、ニューヨークからは遠く離れてるんだから、と私は言った。

何日も経ってからやっと事態が飲み込めてきた。事件は私を揺さぶり、目を覚まさせた。突然、自分の住む世界がいやになるぐらい表面的に見え、この先の将来があまりにも安全なものに思えてきた。私の人生は大学のアパート、パーティ、酒、ドラッグ、女だった。夜な夜な同じことを繰り返し、壊れたレコードみたいになんの意味も生み出さないものになっていた。

何かがぽっかりと抜けている。それがもっともふさわしい表現だった。事件後の数か月で、私の他にも多くの人間が同じ結論に至っていた。

混乱の中、私は人があまり寄り付かない大学図書館最上階の小さな閲覧用個室にこもり、テロやイスラム教、アルカイダに関するたくさんの本を読みふけった。世界じゅうのあちこちでアメリカ人を殺すために形成されているそうした集団を知るために。

テロの歴史は私を引きつけ、とりこにした。二〇〇〇年一〇月、イエメンの港でアメリカ海軍駆逐艦〈コール〉が自爆攻撃を受け、アメリカ兵一七人が死亡した事件。あるいは一九九八年八月、タンザニアとケニアのアメリカ大使館に爆弾を積んだトラックが突っ込み、罪のない市民二〇〇人以上が犠牲になった事件。私は友達と出かけなくなり、友愛会のパーティにも顔を出さなくなった。ばつの悪い思いをしながらパーティの誘いを断って、埃と古い本の匂いがする閲覧室に戻っていった。私らしくもなかったが、何かに引きずられるように、見えない誰かに肩を叩かれているかのように、一冊読み終えるとすぐ次の本を手に取った。

こうして何週間かが過ぎると、次はありとあらゆる情報機関に関する本を読むようになった。どこがどういった任務を担当し、どの機関がテロリストの発見に携わっているのかについて。その年の一一月にＣＩＡがアフガニスタンで行った最初のドローン攻撃についての本も読んだ。第二次大戦時に〝ワイルド・ビル〟ドノヴァンが率いたＣＩＡの前身、戦略事務局の活躍には特に魅了された。何週間も書架で過ごし、閉館した図書館に閉じ込められて一夜を明かしたこともあった。陸軍兵士たちの犠牲を厭《いと》わない働きや、初期の情報組織ネットワークが、アメリカに対する敵の陰謀を阻止した経緯に夢中になった。こうして自分の進むべき道がはっきりした。

それからはあっという間だった。一一月下旬、私は近所の小さなショッピングセンターにある陸軍の新兵勧誘事務所を訪ね、入隊したいと申し出た。志望は軍事情報部隊だった。勧誘担当官に、大学もその先の進路も無意味に感じている、と告げた。周りはみんな同じことをして、同じ学位を取り、退屈な人生を送ろうとしています。9・11は私の目を覚まさせ、自分の人生が取るに足らないものだったと初めて気づかせてくれたんです。何か大きな仕事がしたい、テキサスじゃないどこかで。国のために働きたい、情報部隊に入りたいんです。まるで何年も思いを抱え込んでいたように、私は一気にまくし立てた。

「戦争に行きたいんです」私は告げた。

「いったい

どうしてなのよ」家に帰った私に母が怒りをぶつけた。それは二〇〇二年の中頃で、新兵勧誘事務所を訪ねてから数か月が経っていた。最初は母が何を言っているのか理解できず、「何のこと?」と言いかけてさえぎられた。

「陸軍の人があなたを訪ねてきたわ」彼女は言った。ありとあらゆる戦争のおぞましいイメージが頭の中で渦巻いているのが表情で分かった。勧誘担当官は彼女に全部話したそうだ。私が志願したことも、陸軍に入隊しようとしていることも。「本当なの?」彼女は言った。

私はうなずき、泣き出した母に「心配しなくていい」と言った。

母を傷つけるのはとにかく嫌だった。陸軍情報部隊の人間はこれまで誰も前線に行っていない、だから私も戦場には行かないんだ、と説得しようとした。でも何を言っても納得できないようだった。首を振るばかりで、涙が頬を伝い、なぜ、どうしてとしか言わない。軍隊なんか口にしたこともなかったのにどうして突然入隊したの、しかも自分に内緒で、と。

母とは仲が良かった。テキサス州ケイティはヒューストンにほど近いちっぽけな町で、彼女は女手一つで私を育てた。この町は昔からの住人がほとんどで、みなの頭の中は銃とフットボールでいっぱいだった。町の誇りはケイティ・ハイスクールのフットボールチームで、私が在学中はほぼ毎年州大会で優勝していた。チームの愛称はタイガース。スタジアムの立派さは下手なプロチーム顔負けだった。

父は私が三歳のときに家を出た。どこに行ったかなんて誰も知らない。たまに電話してきたが、その後はまた何年もぷっつりと音信不通になった。五か国語を話し、しょっちゅう外国に行っていたから、私は父がスパイなんだとずっと思っていた。心の中のどこかで、父が単なる身勝手な男でなく、周りの家庭にいるような父親であってほしいと願っていたのかもしれない。父の放浪癖は私の中のどこか深いところに受け継がれているのだろうか。

私と母はケイティ郊外のこぢんまりした場所にある平屋建ての家で暮らしていた。それまで母は職を転々とするたびに狭いアパートに移り住んでいたので、この家で私を育てられるのを誇りにしていた。裏庭はフットボール場にように広く思えたし、前庭には越してきた日に植えた六フィート(一・八メートル)ほどの高さの木もあった。その木は私が暮らしていた何年もの間ちっとも育たず、まるでただ時間を空費しながら、いつか恵みの雨に救われるのを待っているかのようだった。

母はすらりとして運動神経がよく、茶色の髪をいつもショートにしていた。大手石油会社のコンピューター・プログラマーとして働く傍ら、自分の事業も持っていた。今思えば当時は彼女がどれだけ頑張っているかちゃんとは理解してなかったし、いつも働きづめで構ってもらえなかったりしたけれど、今は本当に感謝している。母はいつも、他人に敬意を払い、強い人間になり、紳士であることの大切さを私に話した。紳士であることはとりわけ重要だった。それについての本を読ませ、私に彼女ができたときのためにちゃんとしたマナーを教える講座にも申し込んでくれた。でも私が家に連れてくる女の子たちは誰も気に入らなかった。どんな子も母の眼鏡にはかなわないようだった。それであるときから私はもう誰も紹介しなくなった。

私が一五歳のときに母が交通事故で入院すると、金を稼がなければならなくなって衣料品店の仕入れ係として働いた。でもおかげで運転免許を取れたから、友人たちが運転できるようになる一年前から女の子を乗せてケイティの目抜き通りをドライブした。

父親の役割もしなければならなかった母は、叱るときは厳しかった。九年生（日本の中学三年生）のとき、近所の家でビールを飲んでたばこを吸っていたのを見つけた彼女は私をベルトで折檻した。ニューヨーク州バッファロー郊外の農場で育った彼女はそうしてしつけられたのだ。私は「ごめんなさい」と謝り続けたがだめだった。その夜、母はバスルームでそっと泣いていた。

陸軍に入隊するため大学をやめると伝えた日、母は何時間も泣いた。だが入隊をやめさせようとは決してしなかった。その日も、それ以降も。たとえ友人たちみんなに私が戦争に行くのを許すなんて正気の沙汰じゃない、と言われても、親戚中が彼女をだめな母親だ、落ちこぼれの息子に戦地で命を危険にさらさせるなんてとんでもない、と責められても。

私の行動に戸惑っているのは彼女だけではなかった。友人たちも理解できずにいた。お前はそれほど馬鹿じゃない、とまで言った者もいた。「陸軍は他になんの取りえもない、まともな職に就けないやつが行くところだ」と。他の友人たちはそこまで露骨に言わなかったが、大学を中退して入隊する私を馬鹿にしているはずだった。それも仕方ない。私は気に留めなかった。


二〇〇二年、サウスカロライナ州フォート・ジャクソンでの基礎訓練に参加したとき、私は一九歳だった。私たちはそこを「リラックス」ジャクソンと呼んでいた。退役軍人には皆それぞれ新兵訓練時代の思い出話がある。腕立て伏せ、ランニング、軽口のたたき合いなど。訓練は時間の無駄だった。私は戦争に行きたかったのだ。

一二週間の基礎訓練を終え、私はアリゾナ州フォート・ワチューカにある情報学校に入校した。二〇〇三年一月で、イラク戦争開戦を二か月後に控えていた。三月にイラク侵攻が始まったときは誰もが驚いた。アフガニスタンが主戦場だと思われていたからだ。しかし、その頃にはイラクのサダム・フセインと大量破壊兵器のニュースばかり耳にしていた。陸軍がイラクに侵攻した夜、全員が呼集され、来るべき事態に備えるように、と情報学校の責任者から訓示された。「アフガニスタンであれイラクであれ、準備を整えて待て。ここにいる全員が戦闘地帯に赴任する日も近いだろう」

フォート・ワチューカは広大な場所で、標高の高い、砂漠地域の真ん中にある。メキシコ国境に近く、税関・国境取締局の小型飛行船が常に上空から不法入国者を監視しているのが見えるほどだ。テキサスは暑いと思っていたが、ワチューカは息苦しいほどの炎暑だった。

入隊試験の成績が良かったため、私は情報部門のどんな職種にも志願できた。サイバー戦、敵の尋問、情報収集、通信工作などのいずれにもだ。そうしたすべてに関われるという理由で、私は情報分析コースを選んだ。

情報学校はさながらペースの速い大学で、たくさんの知識を夜遅くまで詰め込まなければならなかった。情報の仕事に就くにはいくつもの試験を優秀な成績でパスしなければならず、だめなら退学だった。情報分析コース在籍者も、寮は尋問コース、情報収集コース、電子戦コースの連中と一緒だった。

同期入校者の六〇人、さまざまなバックグラウンドを持つ兵士たちが、平日は朝六時に一斉に起床し、みんなで朝の運動に広大な基地を取り巻く砂漠の道を何マイルもランニングしてから終日授業に出席した。消灯は午後九時。ついていけない者たちは最初の一、二週間で退学させられた。試験で一問か二問間違えると落第の危機で、内容を復習して再試験を受けるチャンスが一度だけ与えられる。再試験に失敗するとそれまでで、例外はなかった。私は教官たちからグループリーダーに指名された。朝のランニングでは先頭に立ち、教場に向かう課業行進を率い、授業中はディスカッションの中心になった。

週ごとに新たな情報科目を教わったが、ほとんどの教材は時代遅れで、いまだにロシアなど共産主義国を相手に、戦車大隊と数千人の兵士を動員する大がかりな会戦のやり方を教えようとしていた。モールス信号の教習だってあった。ときには皆でテーブルを囲み、アメリカ軍対ロシア軍の机上演習を行った。そういうときはどうやって敵を出し抜くか、「リスク（軍隊を指揮して領地を奪い合うボードゲーム）」でもやっているような感覚で議論したものだ。

対テロ情報戦、テロリストのネットワークや独立テロ組織をどう攻撃するかはまったく教えられなかった。戦場での大規模な総力戦に代わって現代戦の主役となった不正規戦に関する教育はゼロだったのだ。それについて尋ねると、教官たちはこれが標準の教程だとしか言わなかった。

一つとても上達したのは地図の読み方とコンパスの使い方だ。現在地がどこかを素早く特定する技術。ジャングルで迷っても、誰よりも早く抜け出せるだろう。諜報レポートのおかしなところを見つけたり、教習用の戦闘シナリオで敵の部隊を殲滅《せんめつ》するために重要となる細かなポイントを見つけ出したりするのも得意だった。

情報学校での日々も残りわずかになったある夜、ドローン操縦訓練中のパイロットに会った。彼はアメリカ軍が新設したドローン・プログラム所属で、二〇〇三年当時まだ編成途中だったその部隊のパイロット教程に在籍していた。私はドローンに魅了されたが、詳しくは何も知らなかった。詳しい人間などほとんどいなかった。ドローンは軍においてごくマイナーな存在だったから。当時私はドローンによる攻撃の最初期の実例である、イエメンでの二〇〇一年後半の空爆に関する記録を読んだばかりだった。米艦〈コール〉爆破事件の黒幕のアルカイダ指導者、カド・セニヤン・アブ・アリ・アルハリシを狙った攻撃だ。アルハリシが運転する4ドアセダンは、農村地帯を走行中にドローンから放たれたミサイルの直撃で粉砕された。車内にいたテロリストの誰も、何が起こったのか分からないまま。

それは武装ドローンがイラクとアフガニスタンで初めて運用されはじめた頃で、実際の任務の様子についてはうわさでしか聞いていなかったが、とても興味をかきたてられた。無人機の可能性に魅了されたのだ。だが、本格的な実戦投入はずっと先に思えた。私が会ったパイロットは、当時フォート・ワチューカでドローンの操縦訓練をしている人間などほとんどいないと嘆いていた。他の部隊が着々と戦争の準備を整えているのに比べ、軽視されているように思えたそうだ。彼はアパッチ戦闘ヘリの操縦を希望していた。ドローン部隊は規模が小さすぎ、仕事があるかどうかも分からないと言っていた。「どんな任務に就くのか分からない」彼はあきらめかけたようにそう言った。「戦争に行く機会すらないかもしれないな」

最後まで訓練に耐えた四〇人ほどの仲間と情報学校を卒業してすぐ、任地への赴任命令が下った。優等で卒業した私は、特殊部隊要員に選ばれた精鋭三人の一人だった。他の同期たちはアラスカに送られ、新設の旅団に編入されて寒い冬を過ごす予定だったが、私はアフガニスタン行きが決まった。正式な発令は、第三大隊第一特殊任務グループ、ワシントン州を拠点とするグリーンベレー部隊の所属だった。

出発前、ジョージア州フォート・ベニングの空挺学校で三週間を過ごした。飛行機からの降下訓練をしながら、自分の将来について少し考えていた。情報学校を終えるまで、自分がどんな世界に飛び込んだのか考える余裕などなかったのだ。

3

新入り

ヘリの機銃掃射から走って逃げなければならないのか？　着陸したらタリバン兵が一斉に撃ってくるかもしれない。情報学校じゃ射撃訓練は一週間もやらなかったし使ったのは時代遅れのM16アサルトライフルだ。ノートパソコンじゃ戦えない。こんなはずじゃなかった。

前線に直行する〈チヌーク〉輸送ヘリに乗っていたのは私一人だった。

ヘリは私を新しい棲み家、アフガニスタン東端の都市ジャララバード郊外にあるキャンプに運んでいた。二〇〇五年、二年近い訓練と事務手続きの遅れの後だ。

私は二〇歳、これが最初の任地で、アフガニスタンは世界で一番危険な場所だった。9・11の後に姿をくらます前、アルカイダの指導者オサマ・ビン・ラディンが最後に目撃された場所だ。どのニュースでもここが残忍な場所だと強調していた。人々は首を刎《は》ねられ、女性は石投げの刑で命を奪われ、子供が自分の親にレイプされていると。どんな運命が待っているのか見当もつかず、そこら中タリバン兵だらけなのだろう、ぐらいに考えていた。

戦争による殺戮や荒廃を除けば、アフガニスタンは美しい国だ。私はアメリカでは大都市暮らしで、屋上のある立派な家並みを当然のように思っていた。そんなものはアフガニスタンにはほとんど存在しない。風に吹きさらされた丘陵地帯と山々が広がるばかりで、ちらほらと建っているのも泥壁の小屋だ。轟音を立てて飛ぶ〈チヌーク〉から眼下に見えるのは、村の真ん中をロバの馬車が行き来したり、小川で一家が水浴びをしていたり、鶏や牛が点々と散らばる田園地帯の光景だった。

高い山々と深く刻まれた谷の上を飛ぶ間、パイロットも乗員もタリバンや地対空ミサイルの気配に注意していた。乗るときに渡された耳栓をしていても、〈チヌーク〉のローター音が考えごとの邪魔をする。丘の上を旋回する機体の端で、機関銃手が荒れ地を見渡していた。右にある小さな丸窓から外を覗くと、羊飼いたちが群れを連れて歩いているのが見えた。広漠たる原野の真ん中にいる彼らには、何マイルも遠くから近づいてきたヘリの音が聞こえているはずだ。私はライフルの引き金に指をかけたまま、地面が勢いよく過ぎ去っていくのを見つめた。今私がこんな光景を見ているなんて昔の友人たちは信じるだろうか。ケイティから遠く離れた世界にいる私の姿を。

私は情報分析官として、この地域に派遣されているグリーンベレー部隊と連携して任務に当たっていた。部隊の目となり、小所帯のチームに脅威となりそうな情報を収集し分析して、状況を詳しく知らせる役目だ。田園地帯で活動するスパイからの諜報レポートを収集して地域の人間関係を分析し、部隊の活動エリアを提案した。私は現地の部族と接触し、部隊のメンバーが長老たちと会う前に彼らのことをすべて理解した。部族はタリバンの動きを知るための情報源なのだ。私たちの部隊は相手の心を開かせ、すべてのカギを握る長老と親しくなることに注力した。

部隊の任務は、数十万のアフガニスタン人を相手に一五人のアメリカ人で活動するという、気の遠くなるようなものだ。大きな前線基地は一番近くても数百マイル先で、私たちは独立して活動していた。

ジャララバードが見えてくる一時間前、〈チヌーク〉は街から何マイルも離れた殺風景な地に着陸した。近くに泥壁の小屋と建物の集落が一か所、それに畑がところどころある以外は周囲に何もなく、背景に巨大な雪山が見えた。ジャララバードは同国随一の文化都市で、アフガニスタンのパームスプリングスと呼ぶ者もいた。ここがパームスプリングスだと言われても私にはぴんとこなかったが。

ヘリを降りると、ドアも風防ガラスもない砂漠迷彩の高機動多機能装輪車《ハンヴィー》が二台、タイヤを鳴らしながら停車し、グリーンベレー部隊の一〇人が飛び出してきた。アフガニスタンの民族衣装を着て灰色のあごひげを生やした二〇人あまりの地元兵が、二台のトヨタ製ハイラックス四輪駆動トラックに分乗し、AK－47ライフルとRPG対戦車ロケット弾で武装し護衛についていた。

グリーンベレーたちは見るからに腕っぷしが強そうで、イスラム式の長いひげを生やし、タリバンの刑務所から出てきたばかりとでもいった風貌だった。ニューヨーク市警《NYPD》の野球帽を被っている者もいる。彼らは完全武装し、照準器付きの銃をさまざまな迷彩色に塗装していた。唯一私が彼らについて聞いていた話と違うのは、地元民に紛れやすいように乗るという馬が見当たらないことだった。こわもてにして、オタクな情報分析官に見えないようにしないとな、みんな私をじろじろ見てやがる。私はそう思った。

一人の男が駆け寄ってきて、「お前が情報分析の男か?」と尋ねた。

私は離陸する〈チヌーク〉の轟音にかき消されないように「そうだ」と叫んだ。

私はあきらかに周囲から浮いていた。ひげを剃り、髪を短く刈って真新しい戦闘服に身を包み、新品の銃は箱から出したばかりだった。

「部隊にようこそ、歓迎するよ」と男が言った。

そしてニヤリと笑ってこう続けた。「髪を伸ばすんだな。基礎訓練は終わりだ」

隊員一五人以外に、キャンプにはアフガン人警備兵が八〇人ほどいた。私たちが拠点にしているジャララバード飛行場は、何十年と続く戦闘で破壊されたロシア製の戦車や航空機の残骸がメイン滑走路の周りに散在していた。地雷原を示す、岩に赤い塗料で印を付けた場所も周辺にたくさん残っている。

自分にあてがわれた部屋を見たときは目を疑った。それはかつてアルカイダとタリバンの拠点だったときの地下牢で、昔のターミナルビルの地階にあった。私の「独房」はコンクリートの黄色い塗料がはげかけて、薄っぺらいベニヤのドアが付いていた。壁には生々しい爪痕がいくつも残り、何人がここで病んだのだろうと思わせた。

それからの数か月間、私は情報スペシャリストのなんたるかを学んだ。ひげを伸ばし、ユニフォームの代わりにサルワールカミーズと縁なし帽という民族衣装を身にまとった。遠く離れた村を隊員たちと訪れ、地元民や部族の頭領たちに会って情報収集した。アフガン人と間違われたこともある。ちょっとした探検家気分で、アメリカ人がほとんど足を踏み入れたことのない場所にも行ったものだ。アフガンの世界からひどく隔絶された地域では、人々はいまだにロシアが国の一部を支配していると信じていた。こうした遠征で異国の人々の暮らしに触れ、アメリカ人であることの幸運さを私は初めて実感した。

アフガニスタンで私は二一歳になった。部隊のみんなが「ビールもどき」の一気飲みで一緒に祝ってくれた。バド・ライトに似た味のするノンアルコール飲料だ（アメリカ軍兵士は飲酒を禁じられている）。国にいる同い年の友人には、二一歳のバースデーに街で盛大に飲み明かせないなんて考えられないだろう。それがどんなものか、彼らが知らずに済むのはいいことかもしれない。私のような兵士が世界の裏側で戦っているのはまさにそのためではないだろうか。それで一般人が平和に暮らせるのだから。

私はそのとき初めてドローンに出会った。それはまさに未知なるものとの遭遇だった。〈レイヴン〉は軽量の手投げ式ドローンで、近辺を即座に偵察したいときに使う機体だった。滞空時間は六〇分から九〇分、実用高度一〇〇フィート（三〇メートル）から五〇〇フィート（一五〇メートル）で、航続距離は六マイル（九・六キロ）

四方だった。調達価格は私の給与数年分もした。

「すごいものを見せてやろうか？」キャンプにドローンを持ち込んだガースが私に尋ねた。その日、部隊は息抜きに皆でバーベキューをしていた。

ガースが放り投げた〈レイヴン〉は明るい空に音を立てて飛び立った。私が注目したのは〈レイヴン〉の騒音で、そのうるささはまるで耳元で蜂の大群がうなっているようだった。敵に忍び寄るなんて代物じゃない。姿が見えなくなってもまだ音が響いてきた。

ガースはビデオゲームのようにリモコンを操作して操縦していた。それは昔流行ったセガの携帯型ゲーム機「ジェネシス」のように画面を挟んで左右にジョイスティックが突き出ていて、一本はドローンのカメラ、もう一本は高度の操作用だった。

私は夢中でそれを見ていた。

「どこを飛んでるんだ？　音は聞こえるがドローンが見えない」

ガースは笑った。「滑走路の上を行ったり来たりさせてるのさ。地図を見てみろよ」

地面にはラップトップが置かれ、モニターに地形とドローンの位置が表示されていた。ちょうどこっちに戻ってくるところだ。

ドローンが頭上を通り過ぎるとき、自分たちの姿がリモコンの画面に映るのが見えた。私はドローンに手を振ってみた。

「操縦してみたいか？」ガースが言った。

もちろんだった。リモコンを持つ私にガースが簡単な手ほどきをしてくれた。ジョイスティックはゆっくり動かし、性急な操作をしないこと。さもないと墜落するかもしれないから、そっと操作することが肝心だ。

リモコン画面の周りには小さな日よけのフラップが立ててあり、そこに双眼鏡を覗くように顔をくっつけて操縦する必要があった。

私は画面を覗き、カメラに映る地上の様子を見ながら両方のジョイスティックを親指で操作した。

〈レイヴン〉をゆっくり旋回させ、高度を維持しながら滑走路上を何回か周回させた。

驚いたのは、カメラの映像がひどくぶれることだ。まるで馬に乗りながらビデオ撮影しているかのようだった。だが〈レイヴン〉はとても小さくて軽量のため、ジャンボ機のようには安定せず、風にあおられて映像が揺れるのだった。

画像のクオリティもいまひとつだったが、それでもドローン初体験の私には新鮮な驚きだった。何年か後になって、〈レイヴン〉の画質がいかにひどかったか、まるでデジタルカメラとポラロイドの違いのように分かるようになったのだが。

私が操縦したのはほんの短い時間で、ガースはそろそろやめてバーベキューに戻ろう、と言った。

「少しずつ高度を下げて、この近くに着陸させるんだ」

こいつをどうやって着陸させればいいのか、まるで見当がつかなかった。

私は機体を降下させながらこちらに飛ばした。旅客機のパイロットのようにスムーズに着陸させるつもりだったが、ドローンはバランスを崩して真っ逆さまに落ちてきた。

〈レイヴン〉は地面に激しくぶつかり、機体がバラバラになった。機首が胴体からもげ、左右の翼や尾翼も飛び散った。私は信じられない思いでそれを見つめた。〈レイヴン〉は大破し、滑走路上に部品が散乱していた。

いいいいいいいいいいいいいいいいいいい、なんてことだ、私は何万ドルもする軍の機械を壊してしまった。

「おい」ガースが言った。「ひどいじゃないか。〈レイヴン〉がめちゃめちゃだ!」

私はいまにも吐きそうなほど真っ青だったに違いない。弁償しなければならないと思った。

と、そのとき、ガースがげらげら笑い出した。「引っかかったな!」

実は、〈レイヴン〉は衝撃を受けるといくつもの部品に分解し、敵が使えなくする特別な設計がされているらしかった。この「自衛装置」で素人を驚かせたというわけだ。私はまんまとはめられた。

ガースは部品を拾い集めながらバーベキューに合流する道すがら、ずっと笑いが止まらないようだった。

新入りはいつだって一杯食わされるものだ。

4

キャンプ・ピザハット

「神は偉大なり《アッラーフ・アクバル》、アッラーフ・アクバル」

私は裸足でひざまずき、コンクリートの床に敷いた毛足の短い絨毯《じゅうたん》に両手、両膝、額を押し当てていた。

「アッラーフ・アクバル、アッラーフ・アクバル」

アラビア語でイスラムの祈りを一行ずつ唱えていると、朝日がちょうど地平線上に顔を出した。教わったとおり絨毯に額を押し当てたまましばらく待ち、立ち上がると聖なる都市メッカの方に向いた。

周りで祈っている者たちの声が、がらんとした大きな部屋の壁にこだましている。私はコーランを背後の地面に置いていた。

祈ったあとは、アメリカ政府の要人を運ぶ車列の襲撃計画を仲間と立てる予定だった。我々はイスラム過激派グループだ。他のイスラム教徒は、私たちこそアラーの神の教えを守る本物の信徒だと分かっていない。我々のことを理解しない者は死なねばならないのだ。

襲撃のチャンスは限られている。同胞からの情報では、要人を連れた武装警護チームは私たちの村近くの未舗装道路を通って南に向かうという。待ち伏せは慎重に計画しなければならない。

「テロリストの考え方を理解しろ」洗脳によるトランス状態の私を揺すって目を覚まさせながら、教官が言った。一週間ずっとこれを聞かされていた。ノースカロライナ州の森の中にある施設で行われた、テロリスト側の思考を学ぶ秘密のイメージトレーニングだ。

私は身元を隠すためスカーフで顔を完全に覆っており、外からは目しか見えない。これはテロリスト訓練で、少数の選ばれた者たちに敵になりきる方法を教え、対テロ戦争を優位に進めるためのプログラムだった。

訓練は毎日夜明けのランニングとコーランの暗唱で始まる。その後はイスラムのテロリストとして襲撃計画を立て、お祈りをし、ＡＫ－47、ロケット弾、ショットガンなどの外国製兵器で射撃訓練をした。車両部隊を待ち伏せする演習、要人誘拐や自爆攻撃の計画もやった。

自爆テロ用ベストにボールベアリングを仕込んで殺傷力を最大化する方法も教わった。ベストは驚くほど軽く、ハンティング用ベストのようだった。これなら混雑した場所でも目立つことなく自爆でき、たくさんの民間人を殺害できる。

自分がアメリカ側なのかアルカイダ側なのか、分からなくなることもあった。極度の睡眠不足がそれに輪をかけた。とりつかれたようにずっと他人の立場で考え行動していると、本当にその誰かになりきってしまうのだ。

テロリストのプロパガンダ用ビデオを見せられて、それがもっとひどくなった。ユーチューブや闇サイトで流通するこうしたビデオで、アメリカ兵は罪のない市民を殺す者として描かれている。M16ライフルを撃っているアメリカ兵の画像が負傷した子供と入れ替わり、まるでその兵士が加害者だと思わせる映像もあった。

これは私が経験した中で最も変わった訓練の一つだった。ある意味、アルカイダができるだけ多くの西洋人を殺すことが自分たちの使命だと新兵に信じ込ませるための洗脳を行うように、軍は私たちを洗脳していた。来る日も来る日も経験させられると、ボスや宗教指導者からこうしたうそを教え込まれたテロリストの考えが理解できるようになった。

「なぜ彼らはアメリカ人をこれほど憎むんです？」私は教官に尋ねた。

「誤ったイスラム観のせいだ」彼はそう答えた。

私には理解できなかった。他人をこれほど憎むように教えられたことはない。私たちは敵に非道な行いはしないし、むしろ人助けに努めている。アフガニスタン駐留時、私たち特殊部隊は食料や医薬品を困っている家族に配っていた。歩くことのできない子供を助けるため、医療スタッフが乗ったヘリを基地に呼び寄せたこともあるぐらいだ。

ＦＢＩの元捜査官に自爆テロのビデオを見せられたこともある。不鮮明な画像で中東のどこかの都市にあるマーケットが映し出されていた。実行犯の仲間が近くの建物の屋上から撮影したものだ。一見ごく普通のトラックが、まるで誰かを送ってきたように賑やかなカフェの前で止まった。だが突然そのトラックが爆発し、何十人もの市民を殺害した。「これがいま世界が直面している悪だ」元捜査官は言った。「諸君の相手はこういう連中なんだ」

私の心の中に、アメリカの存在を脅かす者たちに対する憎しみが湧き上がってきた。不安もあったが、それ以上に任務に対する決意を固めた。

数か月後、私は次の任地イラクに向かった。九月の夜、私を乗せたC－17輸送機はバグダッド飛行場上空で旋回しながら一気に高度を下げていった。反政府勢力は飛行中の航空機を狙うから、私たちはヘルメットと防弾ベストに身を固め、武器を手に臨戦態勢をとっていた。最悪の事態に備えていたのだ。

二〇〇五年はイラクにとって血なまぐさい年だった。反政府勢力の攻撃で大量の犠牲者が出た。八四四人のアメリカ兵が犠牲になり、その半数は道路脇に仕掛けられた簡易爆弾によるものだった。負傷者数はそれを大きく上回り、集計が間に合わないほどだった。サダム・フセインはその二年前に捕らえられ、アメリカは国の統治をイラク暫定政府に任せていたが、いまだに民族主義者とイスラム主義勢力による熾烈な支配権争いが続いていた。

支配地域を確保するため双方の衝突が続き、イラク全土に展開するアメリカ軍部隊とも戦っていた。フセインのバース党も武装組織を抱え、イランの支援を受けたイスラム教シーア派の武装勢力がアメリカ軍を攻撃することもあった。スンニ過激派も民兵を組織し、それ以外の勢力も聖戦《ジハード》の名の下にイスラム戦士《ムジャヒディン》として武器を手にしていた。内戦を制しつつあったのは残虐極まりないアルカイダだ。殺戮はアラーのためであり、同じスンニ派教徒であっても邪魔者は容赦なく排除した。

　輸送機が着陸を始めたとき、敵が塹壕《ざんごう》にずらりと並び、ＲＰＧロケット弾と自動小銃を構えてドアが開くのを待っているのではないかと想像した。敵はすぐそこにいる、そう考えてＭ４カービンを握りしめた。

　だが、着陸は何事もなく終わった。後部ハッチが開いても銃弾は飛んでこない。装甲トラックの姿はなく、埃にまみれた白いバスが四、五台ハッチに横付けした。床下の収納スペースにバッグを放り込む。どうなってるんだ？　チャーター機で探検にでも来たかのようだった。

　妙な気分だったが、それはまだ序の口だった。私は飛行場を出て市街を走るバスから、荒涼としたゴーストタウンのような街を眺めた。近づいてくるアメリカ軍キャンプには有刺鉄線と高さ三フィート（九〇センチ）のセメント塀が張り巡らされ、市民が許可なく立ち入れないようにしてある。

　運転手はなんでゆっくり走っているんだ？　狙撃兵はいないのか？

「おい、信じられるか？」小さなショッピングセンターが見えてきたとき、隣の兵士に言った。ピザハットを通り過ぎる。バーガーキングがあり、シナボンがあった。金曜夜のサルサダンス・レッスン、と看板に書かれた建物もあった。

「ここは本当に戦地か？」半信半疑で尋ねる。

その兵士は肩をすくめた。

ここはキャンプ・タージ、サダム・フセインの化学兵器施設跡に建てられた広大な基地だ。陸軍は既存の建物を改修し新たな施設を追加していたため、かつての外観とはがらりと変わっていた。オハイオ州の街だと言っても通じただろう。


私を含め二〇人ほどの情報担当兵が働いていたのは新しい建物の一角にある小さくて暑い部屋だった。私は敵のターゲットに関する情報ファイルを作成していた。味方の特殊部隊が捕捉・殺害対象の敵指導者や民兵組織について活動地域から収集した資料をまとめた電子ファイルだ。

ターゲットによっては何百ページも資料がある者もいたが、ほんの数ページしか情報がない、謎に包まれた者もいた。詳細な資料になると、テロリストの生い立ちや活動歴、住んでいる場所や活動地域の地図、首にある大きなほくろや何度も折れて変形した鼻などの、目立った外見上の特徴まで記録されていた。

ほとんどのターゲットはあまり有名でなく、テロ組織の中で実際にどんな役割を果たしているのか分からないことが多かった。こいつらは実は犯罪人じゃなく、情報提供者の情報が間違っているのではないかと思ったこともある。でもそれを確かめる方法はまずなかった。

戦争がこの段階になっても、なにをどうやるかのはっきりした手順はないままだった。部隊が活動中に聞きつけた名前はとりあえず片端からファイルに突っ込んでいった。

扱っていた情報量が膨大だったことは分かってもらえるだろう。私たちはまるで工場のように情報ファイルを生み出した。なんのために？　問題は、情報が報告されてもほとんどがすぐ作戦に活かされなかったことだ。司令官たちはファイルを受け取っても、実際の任務は準備に時間がかかるといって実行を引き延ばした。三日間検討してからようやく任務に取りかかった。武勲として認められるような大物の狂信的テロリストが同じ場所でただ捕まるのを待っているとでも考えていたのだろうか？

こうした自滅行為を私たちは「勝手にふやけるアイスクリーム・コーン」と呼んでいた。情報ファイルの作成自体が目的化し、意味のない仕事になっていた。そのために何十人もの兵士の命が奪われたかもしれない。

毎晩、簡易ベッドに横になると、どこか別のところに行きたいと思った。前線から離れたコンピューターールームでは本当の情報分析はできない。私は自分の存在価値に疑いを持った。何年も訓練を積んできたのは、テロリストたちの悪事を指をくわえて見ているためだったのか？

そんな日々が続き、やがて我慢の限界が来た。

イラク北方の特殊部隊を指揮する大尉と電話で話しているうちに私は頭に血が上った。情報分析チームが確認したテロリストの正確な居場所は、司令官の部隊がいる場所からハンヴィーですぐ駆けつけることができる距離にあった。

ターゲットは悪名高い爆発物のプロで、巧妙に仕かけた簡易爆弾でそれまでに多数のアメリカ兵を殺していた。

司令官に爆弾テロ犯の情報ファイルを送ってからすでに三週間が経っており、私は頭にきていた。

「なぜ出撃しないんです？」私は司令官に言った。階級が上だろうと気にしなかった。「なにをぐずぐずしてるんですか？」

「落ち着け」司令官はそう言い、部隊は襲撃計画を立てているが、流動的な要素が多く結論が出ていないと説明した。「君は戦闘がどういうものか分かっていないんだ」

言葉は丁寧だったが、司令官が本当はこう思っていると分かっていた。お前は基地でエアコンの利いた部屋にいるが、こっちはシャワーもない前線のテント生活なんだ。指図するのはやめてピザハットにでも行ってろ、と。

5

スパイ・ゲーム

キャンプ・ピザハットからどうしても出たかった私は、二〇〇六年後半に秘密情報機関から連絡をもらったとき、新しい世界を経験できるこの好機に飛びついた。

イラクへの派兵期間が終わるその年の冬を待たず、私はアメリカに戻った。飛行機を乗り継いで到着したのは、一般には存在が知られていない北東部の基地だ。三階建ての宿舎につくと、ツインベッドの上にバッグを放り投げた。長旅でまだ頭がくらくらしたが、ゆっくりする暇はなかった。その日のうちにオリエンテーションがあり、それが終わると、私たちスパイ候補生五〇人は基地内のバーで飲んだ。ほとんどの人間はスパイのことを映画でしか知らなかった。

私をリクルートしたのはアメリカの全軍から毎年少数のスパイ候補生を選抜する特殊組織だった。詳しい経緯は機密事項なのでここには書けない。私は関係者の間で「情報工作担当官」と呼ばれる工作員としての訓練を受けることになった。いわばスパイの博士課程だ。

「ここに来ることができるのはほんの一握りの人間だけだ」最初の夜、数十人のスパイ候補生で混雑する食堂で、ある教官が言った。「君たちの才能はずば抜けている。だがここの訓練はとても厳しいぞ」ほとんどの教官は民間人だったが、軍の情報将校もいた。候補生たちの尻を叩き、スパイ活動に必要なノウハウを教え込むためだ。私たちはエリート秘密組織のメンバーになろうとしていた。「君たちが次世代のスパイだ」教官が言った。「〈ファーム〉にようこそ」

〈ファーム〉。それが訓練所の名前だった。

その夜部屋に戻った私は監視カメラがないか心配になり、壁の鏡の後ろや風景画の周りをチェックした。きっと私のことを監視し、一挙手一投足に目を光らせているに違いない。ちょっとした被害妄想だが、それこそこの訓練所が私たちに植え付けた感覚だった。盗聴器など仕掛けられてはいないと分かっていたけれど、その夜はほとんど眠れなかった。

何週にもわたる訓練はアメリカの中都市で繰り広げられ、まるでスパイ同士の大規模な情報戦のようだった。地域住民はその間私たちが何をしているかまず知らなかった。スパイとしての任務は、アメリカに重要な情報をもたらしそうな外国人を見つけ、こちら側に引き込むことだった。

私はさまざまな変装をした。メークアップアーティストから、二二歳の私がどうすればうんと老けて見えるか習った。白髪交じりのかつらをかぶったり、老人に見える歩き方や姿勢を習ったり、つけひげの色や形を変える方法を学んだりした。練習を重ね、一〇分あれば母親にだって私と分からないぐらい別人に見える変装法を二、三マスターした。

それでも、変装に慣れるまではしばらくかかった。バックミラーで自分の姿を見るたびに、いい大人が妙な色のかつらをかぶって季節外れのハロウィンごっこをしているようなバカバカしさを覚えた。だが地元民は変装に気づいていないようだった。コンビニでコーヒーを買ったとき、レジ係は私のヒッピーみたいなポニーテールに目もくれなかった。近所のダイナーでランチを注文しても、ウェイトレスはただひげの両端がピンと跳ね上がっただけの男だという目で見ていた。

〈ファーム〉のおかげで、普段の生活と隣り合わせで進行する秘密の世界があることに気づいた。映画『マトリックス』みたいに、限られた人間だけが日常生活の裏で起こっていることを知っていた。ショッピングセンターの壁のそこここにチョークの印があるのを見たことがあるだろうか？　何台かの車が、混雑した交差点で急に車の流れを無視して違う方向に走り出す光景は？〈ファーム〉は私を別人にした。

生まれて初めて、ネクタイの結び方やスーツの仕立て方、スコッチの粋な注文方法なども学んだ。ある意味、〈ファーム〉は父親の代わりに、どうやって大人になるかを私に教えてくれたのだ。

夜の模擬カクテルパーティでは、要人と「偶然」知り合う方法が教えられた。将軍、大使、各界の名士など、外国政府にさまざまな役職やコネクションを持つ人々と、ビジネスマンが社交の場でコネを作ろうとするかのように。

人による情報収集活動、私たちは「ヒューミント」と呼んでいたが、それは他人の弱点を見つけ出し、そこにつけ込むことがすべてだった。ターゲットは金に困っているか？　セックスの趣味は変わっているか？　愛国者か？

最も面倒なのはレポート作成だった。情報源とのやりとりはすべて報告しなければならなかった。相手の身分、移動経路、正確な発言内容、聞き漏らしたこと、ものの考え方、次の面会予定、尾行についた人間や車の特徴など、細かいことまで全部だ。くだらない会話を記録するために夜中まで作業したことも何度もあった。

ともあれ、〈ファーム〉の一員となったのはすごいことだった。二二歳の私は最年少だった。


だが数週間経つと、〈ファーム〉はジェームズ・ボンド映画とは違うのだと気づいた。スパイの仕事がスポーツカーで疾走したり、美女と食事したり、誰かを暗殺したりすることばかりじゃないことくらいは来る前から分かっていた。だがそのとき私はまだ二二歳だったし、少なくとも面白い仕事をするのだろうと思っていた。

ところが、だんだん分かってきたのは、スパイ生活は信じられないぐらい退屈だということだ。わくわくするようなことも一割ぐらいはあって、映画で観るような水に溶ける紙、ブリーフケースの秘密の道具入れ、偽のパスポートや運転免許証、クレジットカードなど、スパイ道具を扱うのは楽しかった。だが残りの九割は、尾行をまくために一日中運転したり、書類を作成したり、つまらないことばかりだ。途中からそのことがずっと心の中で引っかかっていた。私は本当にスパイになりたいのだろうか？　もっと違う世界もあるんじゃないか？

ある日、私はその答えを見つけた。

暗室で教官がビデオを上映する。「君たちのモチベーションアップ用だ」教官は言った。ドローンが撮った映像で、機は中東の砂漠のどこか奥地にあるアルカイダの訓練施設上空を旋回していた。埃っぽく殺風景な施設で、数十人の男たちが武器を手に歩き回っていた。しばらくして訓練生たちは地面に座り、指導員の説明を聞きはじめたようだった。

次の瞬間、ドローンが〈ヘルファイア〉ミサイルを施設に放った。真っ白な閃光が炸裂し、地上にいた人間もろとも施設は粉砕された。そこには一〇〇人以上の人間がいたに違いない。ばらばらになったメインの建物が空中に吹き飛ばされ、スローモーションみたいに上空へ舞い上がる様子を、戦果確認用にカメラがさまざまな角度から捉えている。閃光が収まると、地上に転がる死体が見えた。

ドローンの攻撃を見たのは初めてだった。

そのときまで、情報戦の世界で何をするのか、自分の中で迷いがあった。だがドローン映像を見て進むべき道がはっきりした。映っていたのはテロリストで、彼らを抹殺したのだ。これをやりたい、そう思った。

だがどうやってそれを実現するのか、まるで分からなかった。はっきりしていたのは、情報機関では無理だろうということだった。契約上、私の陸軍での勤務期間は三年残っていた。情報機関でどんな仕事をするにせよ身分は陸軍兵のままだ。機関が使うドローンは軍のものではなく独自に所有するものだったので、このままではドローンに関われそうになかった。情報機関で私がやる仕事は、軍のために役立ちそうな人間に接触する情報収集活動で、きっとどこかの大使館勤務になるだろう。そこでの仕事はレポート作成、それも大量にやることになる。

ここを辞めたい、と申し出たとき、教官はまるで化け物でも目の前にしたような顔で私を見た。陸軍は兵士に決して諦めないことを叩き込む。その考えを深く植え付けられるため、何かを辞めることを考えるだけで臆病者の気分になる。その夜、主任教官が会いにきた。「なぜ今辞める？」と、それが大きな間違いだと私に告げた。「あと二週間で卒業じゃないか」

翌日から二日間、彼は私に残れと説得を続けた。最後の説得は、高級ホテルの一階にあるイタリアンレストランで早朝に行われた。そのときはちょうど卒業に向けて最後のスパイ情報戦ゲームの最中で、私もそのホテルに偽の身分で滞在し、外国に対する情報工作の一環という想定で情報収集活動を行っていた。

主任教官のスパイは外套《がいとう》と帽子を脱いで席に着いた。昔ながらの冷戦期のスパイで、立派な口ひげを蓄えていた。この仕事をもう数十年やっているらしい。

人影のまばらなレストランで、彼は単刀直入に切り出した。「こんなチャンスはめったにないんだ」長年のスパイ活動で磨きをかけた低い声で言う。

私はうなずいた。それが本当だと分かっていたから。

「君はこの仕事に適任なんだ、考え直してもらわないと困る。二、三日休んでじっくり考えてみないか？　このことは内密にしておくから」

三〇分ほど話し合ったが、私の気持ちは変わらなかった。どこに行って何をするか、私は決心していた。「申し訳ありません」そう伝えた。

最後に握手したのを覚えている。教官は立ち上がって外套と帽子を身につけ、日差しが降り注ぐホテルのロビーにまっすぐ歩いて行った。一度も後ろを振り返らずに。

その夜、私は飛行機でメリーランド州に行き、場末のモーテルにチェックインした。次の任務発令まで、どんな運命が待ち受けているのか分からないままそこで過ごした。ビール瓶とピザの箱で部屋が散らかっていくのも構わず、入室禁止の札をドアに三週間かけたままで。

6

シットボックス／ゴミの都市

古くてかびくさい寝台に寝ていた私は、叫び声で目を覚ました。「敵弾、敵弾！」四階建てビルのどこかで兵士が叫んでいた。眠気が吹っ飛ぶ。早朝の空気に埃が充満している。起き上がろうとしたとき、迫撃弾が天井を直撃した。

衝撃でビルが揺れ、その後立て続けに一二発が命中した。空気を切り裂いて迫る砲弾を、私はその度に時計の秒針みたいに数えていった。

周りには他にも二〇人の兵士が錆《さび》の浮いた寝台で休んでいた。何人かは私と同じで、寝付けないままただ横になってベニヤ板の天井を見上げていた。着弾のたびに天井のすき間から埃が降ってくるのを眺めながら、いつ天井全体が落ちてくるか思案していたのかもしれない。

まだ六時、砲撃はこれからまる一日続く。付近の住民が武装蜂起し、この一週間ずっと私たちを攻撃していた。攻撃の手を緩めず、サメの群れみたいに取り囲む相手に対し、私たちはほとんどなすすべがなかった。反撃手段はあるのだが、当時の軍の交戦規則では武力行使は許されなかった。司令本部は、民兵が一般市民の家屋から攻撃しているのではと心配していた。戦場から遠く離れた司令本部が敵に贈った、素敵なプレゼントというところだ。ともあれ、私たちはこのビルが迫撃弾に十分耐えうると分かっていたから安心していた。少なくとも今のところは。

この三か月前、例のメリーランドのモーテル滞在中に、第八二空挺旅団での情報任務を命じられた私は、バグダッドのグリーン・ゾーン（イラク暫定政府がある米軍管理区域）の北西、サドル・シティのすぐそばにあるキャラハン前哨基地にいた。

私たちが寝泊まりしていたのはかびと汗の臭いでむっとする部屋で、ごみ溜めで暮らしている気分がしたものだ。あまりの悪臭に胃がむかむかして顔をしかめることもままあった。まるで刑務所だ。いや、もっとひどかったかもしれない。寝台のマットは薄くごつごつしていて、枕は飛行機で配られるような代物だった。

私たちの宿舎はドラッグストアぐらいの普通のビルで、砂嵐には耐えても敵の攻撃は想定していなかった。四階建てで、そこに約四〇〇人の兵士が詰め込まれていた。かつて小さなショッピングモールだったが、イラク人が出て行った後の建物なんて住めたものではない。アメリカ軍の接収前に不法占拠していた連中が壁面になすりつけた糞が干からびている。

そこでの食事は携行食糧ＭＲＥと、ニュージャージー州の叔母が送ってくれたソーセージとチーズだった。シャワーがなかったから入浴には水筒を使った。大変だったのはトイレだ。建物のすぐそばに仮設トイレが並んでいたが、そこに行くには防弾ベストに身を固めてヘルメットをかぶらなければならなかった。

私は銃も持って行くようにしていた。兵士にとって一番恐ろしいのは、トイレでズボンを足元まで下ろしているときに迫撃弾で死ぬことだった。

砲撃が弱まっても、狙撃兵や流れ弾、車載爆弾など他の脅威のため油断はできなかった。近くにあるモスクのイスラム指導者も敵だった。彼が拡声器で市民に呼びかける、西洋人たちを一人残らず攻撃しろという指示は、悪夢のように耳にこびりついた。

派兵は六か月の予定だと聞かされていたが、微熱がずっと続くみたいにそれが一年になり、やがて一年三か月になった。同僚たちは新しく着任した兵士を「地獄にようこそ」と歓迎した。ちょうどこの頃、混沌としたイラク情勢を収束させるべくデイヴィッド・ペトレイアス将軍ら軍指導部の要請でジョージ・ブッシュ大統領が決定した、三万人以上の兵士を追加派兵する「緊急増派《サージ》」戦略が開始されていた。

サドル・シティはイラクで最も人口過密なスラム街で、八マイル（一三キロ）四方に二〇〇万人が暮らしていた。通りは瓦礫《がれき》だらけで下水が流れ、今にも崩れそうな二、三階建ての建物ばかりが並んでいた。

シーア派指導者のムクタダ・サドル師がこのスラムを支配している。この地区に駐留していると、シーア過激派と戦うのみならず、同じシーア派として地元民を軍事支援し、アメリカとの代理戦争を仕掛けるイランとも戦うことになった。

サージ戦略は二〇〇七年の初め頃、イラク内戦が泥沼化して民兵組織同士の抗争とアメリカ軍に対する攻撃が激化したのに伴い発動された。戦闘によるアメリカ兵の死者数がイラク戦争始まって以来最悪となったためだ。イラク新首相のヌーリー・マリキは効果的な対策がとれないでいた。シーア派のマリキが、就任後すぐに政権を自派で固め、他の宗派を排除したのが原因だった。アメリカ軍は大規模駐屯地を中心に活動を展開したため、地域住民に溶け込めていなかった。サージはこうした流れを変えるための戦略だった。

増派された三万人の兵士の大半は、バグダッドを取り巻く地域の隅々まで幅広く配置された。武器を取り締まり、過激派勢力を排除することで地域社会に秩序と平和をもたらすのが私たちの任務だった。

キャラハン前哨基地には私を含め八人の情報分析官がいた。毎日窓のない小さな部屋でコンピューターの前に座り、その地域の敵に関する情報ファイルを作成する、いわば悪の紳士録作りをしていた。そうした情報は前線で話を聞いたり捕虜にした人間から細切れに集まってきたが、信頼性の低いものや確認不可能なものも多かった。

部屋の壁はすぐにターゲットの情報でびっしりと埋まり、彼らの人間関係を示す線が広大な惑星系みたいに図解されていた。私たちの担当地区を牛耳っているのはマフディー軍というシーア派民兵組織の、ハッジ・ジャワドという老練な男だった。

ジャワドは何百人もの部下を従えてゆすりやたかりなどの悪事を働いており、地域では多くの住民や商店がマフディー軍にみかじめ料を払っていた。ジャワド一派の目的はただ一つ、私たちを殺すことだ。基地への攻撃も彼らのしわざだった。

赴任してすぐ、歩兵部隊と一緒に担当地域の地形確認のパトロールに出た。とりわけ関心があったのは地区の主力マーケットで、ジャワドの民兵たちが攻撃の準備や武器の取引、不正な資金作りの拠点にしていた。マーケットに向かう車列では、道路脇のゴミに仕掛けられた簡易爆弾に常に注意を払った。街中では私たちの車の周りに、まるで引き寄せられるように群衆が群がった。

マーケットの中は店頭にびっしりと商品のカートが並び、電化製品や家庭用品からケバブまでありとあらゆるものが密売されていた。下水と肉と、得体の知れない何かのにおいが漂っていた。到着してハンヴィーから降りる私たちを、銃を持った男たちがトヨタのピックアップトラックからじっと監視している。こうしたマーケットの監視役のことは諜報レポートで調べ済みだ。

私は写真を撮りながら歩き回り、諜報レポートでハッジ・ジャワドと関係があるとされた店についてメモを取っていった。来る前、ジャワドが部下と、トニー・ソプラノ（マフィアを描いたテレビドラマ『ザ・ソプラノズ』の主人公）が自分の食肉加工工場でやるように、ここで襲撃計画を立てている様子を想像していた。だが実際には驚くほど普通で、静かな場所だった。群衆と監視係のトラックを除けば、なんの変哲もないマーケットだった。

ジャワド一派に関する情報を得ると、襲撃を担当する歩兵部隊に提供した。だが襲撃はいつもあまり正確でなく、ターゲットを捕らえられるのはまれだった。隠れ家をきちんと把握できたことも少なく、そのため多くの間違いを犯した。頼りにならない情報源の場合には二つか三つの違う住所を言ってよこすので、その場合には全部の場所を襲撃した。ある家に民兵がいると思った場合、部隊はその家だけでなく、両側の家も襲撃する。襲撃部隊の車両が到着したときには敵が迎え撃つ準備をしていたことも何度もあった。こちらの接近を何マイルも前から察知したからで、相手の方が情報戦に関しては一枚上手だった。襲撃した家にターゲットの姿はなく、人違いだったこともある。ある襲撃では、私たちに発砲した男はただ自分の家を守ろうとした家主だった。強盗に襲われると思ったのだ。私たちの間違いで民間人が死んでしまうのは、戦争において最も悲惨なことだ。

サドル・シティで過ごした数か月の間、私たちは一般人に紛れ込んだ敵を正確に攻撃するための情報もノウハウも持ち合わせていなかった。金欲しさに偽の情報を売り付ける者もいて、そうした間違った情報に踊らされたこともあった。敵の情報収集に協力している者もいたに違いない。無実の地元民を間違って拘束したこともある。私たちの活動は正確性を欠き、敵と味方の大ざっぱな区別だけで動いていたから、関係者は皆いらだっていた。

そんな状況だったから、アメリカ軍はたくさんの兵士を失った。街で撃たれたりパトロール中に簡易爆弾でやられたり、長期にわたって毎週のように犠牲者が出ていた。ある日の午後、基地正面入り口の監視カメラを見ていると、パトロールから帰投する歩兵部隊の車列が映り、それが電柱の近くを通りかかったとき大きな爆発が起こった。その年はアメリカ軍に大きな被害が出た。次は自分が犠牲になるかもしれないと何度も考えた。

いつ死んでもおかしくない、自分にはどうすることもできないという感覚に襲われると、なかなか頭から離れないものだ。常に危険と隣り合わせでいたら衝動的な考えが襲ってくる。夜遅く、物騒な地域を歩くほんの数分の間や、交通事故のあとの数時間に感じる恐怖もいやなものだが、何週間、何か月、そして何年もずっと恐怖を感じ続けるというのは全く次元が違う。

認めるかどうかは別として、兵士ならだれでもそんなふうに感じるものだ。四六時中恐怖が頭から離れずに気が狂いそうになるか、逆にすっかり諦めて、死ぬときは死ぬのだと考えるようになる。神が運命を決める、そう考えると楽になるし、それ以外にいい方法はない。ただ、恐怖を抑圧して覆い隠せる兵士こそ、戦場で最もうまくやっていくものだ。

私は地域住民もイラク人も激しく憎むようになった。たとえ私たちに敵対しない者たちでも。これほどの憎しみを誰かれの見境なく感じるなんて私らしくなかった。母はそんなふうに私を育てなかったからだ。見知らぬイラク人たちを憎むようになったのは、向こうが明らかに私のことを憎んでいるからだ。私の中で憎しみがはっきりとした形を取りはじめ、私を支配していった。

「いったいここで何をしてるんだろうな」ある夜、隣でコンピューターの前に座って延々と増え続ける敵のリストをスクロールしているジェイに言った。

「まったくくだらないぜ」

「ただひたすらコンピューターをいじって、いったい何になる？　諜報活動はなんの役にも立ってないじゃないか」

「このビルから出ることもできないしな」

私たちはしょっちゅうこんな話をしていた。みんなそうだった。「敵にはやられっぱなし」ジェイが言った。「おれたちはいいカモだ」

唯一の気晴らしはドローンルームだった。私は休憩時間によくそこに行った。そこは二階にある小さな部屋で（もともとはクローゼットだった）、ラップトップPCが一台置いてあり、バグダッド上空を旋回する偵察機仕様のRQ－1〈プレデター〉が送ってくる何十万人という市民のライブ映像を映していた。ドローンのPCシステムにログインする方法を誰かが教えてくれて、みんなでその部屋を映像鑑賞用に仕立て上げた。椅子はなかったので、野戦糧食の段ボールを並べて座り、何時間もそこで過ごした。アフガニスタンでガースにからかわれて以来初めて、ドローンの活動を体験できた。それが有効に使われていないということも、身をもって知った。

グリーン・ゾーンの巨大な陸軍司令部がRQ－1を飛ばしていた。RQ－1は偵察専用で、武装はしていなかった。だが、たとえ一日数時間でも、それが私たちのいる地域上空を飛行するだけでラッキーだった。その当時実戦投入されていた〈プレデター〉はごく少数で、それが配備されている部隊はもっと少なかったからだ。ドローンは車両部隊に並行して飛ぶこともあったが、大部分は部隊の行動経路の探査や、簡易爆弾が仕掛けられているかもしれない街路脇のゴミを監視して回っていた。

ドローンの熱センサーでゴミの中で発熱している簡易爆弾を探し当てるのが目的だが、見当外れの任務もいいところだった。街頭にはそれこそ山のようにゴミがあって、バグダッドはあちこちが巨大なゴミ捨て場のようだ。あまりにもゴミが多すぎて、私が見た限りドローンは一度も簡易爆弾を見つけられなかった。

ときには道路脇の岩や紙屑の山を探査しているドローンからの映像を見て、オンラインチャット機能をオンにし、パイロットたちのやりとりを眺めた。そういうときの会話はいつも同じだ。

「おい、これは熱源じゃないか」パイロットが相棒に言う。ドローンは上空四〇〇〇フィート(一二〇〇メートル)から、ゴミで埋まった路上を大きなクラゲのようにふわふわと漂うおびただしい数の白いビニール袋の一つを監視している。

機はビニール袋の上を三〇分旋回して、その下に隠れているものを特定する最適な角度を探っていた。ほどなくパイロットは、この地域の歩兵部隊司令官をチャットに加えた。「何かがあります」パイロットは司令官にメッセージを送った。「熱源です!」

熱を発するゴミはアメリカ軍にとって危険だった。

司令官はすぐに爆発物処理部隊を出動させて爆弾を処理しようとした。部隊の車両がゆっくりとビニール袋に近づき、大きな防護服でミシュランのマスコットのようになった兵士が降りてきてそれを確認しようとする。

「おいでなさったぞ」私はジェイに言った。

「ゴミのパトロールだ」ジェイが返す。

予想通り、爆発物担当兵が袋をひっくり返すとそこには何もなかった。

そもそも、たとえドローンが簡易爆弾を見つけたとしてもパイロットは第八二空挺旅団の司令官と直接連絡を取ることができない。警告メッセージが司令官に届くためにはいくつものチャンネルを経由しなければならなかった。司令官がメッセージを受け取ったときにはたいてい手遅れだった。

「空を通り過ぎていくだけだ」私はジェイに言った。「ドローンがやっているのはそれだけだよ」

まるで歌の文句のようだ。でもそれは悲しい歌だった。兵士が戦場で死んでいるというのに、軍は何百万ドルもする高価な機械にゴミを追いかけさせていたのだから。

この頃の数

か月間、非常に多くの過激派勢力が市内でテロ活動をしていた。私たちは格好の標的だった。最も悲惨だったのは、朝の四時ごろに私がコンピューターの前でうとうとしはじめたときだった。

その前の二時間ほど、いろんな敵の写真を確認し諜報レポートを読んでいた。その日も徹夜になりそうだった。前哨基地の中はほとんど真っ暗で、埃《ほこり》っぽい空気をかきまわす扇風機の音以外はいつにもまして静かだった。

気分を変えようと思って私は二階のコンピューター室に向かった。そこではフェイスブックを見ることができるので、ケイティの友達の様子でも確認しようと思ったのだ。監獄のようなこの基地で、非番の兵士たちは大抵そうやって過ごしていた。

そのときだった。

廊下の真ん中あたりに、まるで誰かが巨大な溶接用バーナーを噴射したような、目がくらむほど大きな閃光が突然現れた。眩《まぶ》しさに目を慣らそうとした次の瞬間、大きな爆発音がした。一八輪トレーラーの先端ぐらい大きな物体が右のコンクリート壁を突き破り、二〇人ほどの兵士が寝ている居住エリアに突っ込んで行った。

すべてはスローモーションのように見えた。コンクリートや鉄筋がむき出しになり、私は爆風で床に叩きつけられ、頭の上をまるで焼却炉の扉が突然開いたように熱風が通り過ぎていった。あちこちで火花が飛んでいて、崩れた壁の瓦礫がばらばらと私に降り注いできた。両耳がキンキンと耳鳴りしていた。急に真っ暗になり、一瞬埃と煙だけが充満したあと、あたりが静まり返った。私は死んだのか？　まばたきをしてみる。廊下の方を眺めて被害の状況を確認したが、建物がまだ建っているのかすら分からなかった。

どのぐらいその状態が続いたか分からないが、徐々に感覚が戻ってきた。壁につかまって立ち上がると、両耳の奥深くがずきずきと疼《うず》きはじめ、何かをねじ込まれているように激痛が走る。耳鳴りもひどく、顔のすぐそばで銃をぶっ放されたかのようだった。くそっ。すべてを振り払おうとして目をかたく閉じ、そして開いた。頭がもげてしまうのかと思うぐらいふらふらした。

壁伝いによろよろと歩きはじめたが、その後も爆発は頭のすぐ上で起こっているのかと思うほどの衝撃で二度三度と立て続けに起こった。

壁につかまったまま意識が朦朧《もうろう》としていたのだろう、気がついたら別の兵士が駆け寄ってきて私を揺さぶった。

「今すぐ防弾ベストを着るんだ！」

「なんだって？」

「防護ベストだ！」

はっと我に返り、頭からつま先まで自分が五体満足か、爆撃を受けていないか確かめた。

私はまだ生きていた。

あとになって分かったことだが、私のようにラッキーじゃない者もいっぱいいた。私たちの建物は二〇発のロシア製〈カチューシャ〉ロケット弾の直撃をうけた。建物の目の前に止めたトラックから発射されたのだ。

どこもかしこもまるでペンキをぶちまけたように血だらけだった。両足を吹き飛ばされた若い兵士が、ボロボロのユニフォーム姿で瓦礫の中に横たわり、誰かが助けを求めて叫んでいた。その日、一体何人が負傷したのか正確な数は覚えていない。記憶から消してしまいたかったのかもしれない。ただあの兵士のことだけは、決して脳裏から離れることはなかった。兵士はあの日の修羅場を象徴していた。私は仕返しにこの国を完全に、完膚なきまでに破壊したくなった。これほど何かが憎いと思ったことはかつてなかった。イラク人を皆殺しにしたかったが、どうすることもできなかった。

攻撃が終わってから数時間が経ち、他の兵士も危ういところで難を逃れたことが分かった。

四階の静かな場所で聖書を読んでいた男は、二発のロケット弾が自分の両脇をかすめて飛んで行き、壁に大きな二つの穴が空いたという。奇跡的に、彼はかすり傷一つ負わず、服に埃がついただけだった。

その兵士は運が良かったのかもしれないし、神のご加護があったのかもしれない。いずれにせよ、戦局がきわめて悪化していたのは確かだ。私はかつてない恐怖を感じた。

その日の午後、家に電話をかけた。電話には長い列ができていた。私は汚れてぼろぼろになった服のままだった。母親の声が聞きたかった。戦争のことを忘れるために、とにかく何か他のことを話したかった。

「どんな一日だったの」母が言った。

彼女を安心させるため、一、二か月に一回のペースで電話するようにしていた。普段はここでの危険についてはあまり話さない。心配させたくなかったからだ。あのとき廊下のちょっと先にいたら私だって死んでいたに違いない。電話ではごく当たり前のことだけを話した。家族はみんな元気かとか、母さんはどうしてるんだとか、そういうことだ。努めて明るく振る舞おうとした。だが自分でも声が震えているのが分かった。いつものようには元気に話せなかった。「全部順調だよ」私は言った。「いつもどおりさ」

「いつもどおりって？」

「なんでもない」

「何かあったのね？」

長い沈黙のあと、私はこらえきれなくなった。「無事でいられるか分からない」そう言いながら、心の中にしまっていた恐怖が再び浮かんできて声が震えた。母にミサイル攻撃のことを話した。「いつやられてもおかしくない」

母は返事もできないほどショックを受けているのが分かった。ここはそんなに危険な場所ではなく、私は無事だと思っていたからだ。

彼女は電話の向こうで泣きはじめた。

「すまない、ここは最悪だ」

「そんな風に言っちゃだめ」母が言った。「お願いだから」

「なあ母さん」

「大丈夫に決まってるわ」

だが私たちには分かっていた。この先どんな運命が待ち受けているのか分からないことを。

攻撃の後、敵に対する私たちの怒りはますます募り、反撃したいと考えていた。なにをすればいいか、自分たちに何ができるのか、来るべき戦いに向けていろいろな考えが頭の中を駆け巡った。私はすぐに〈プレデター〉のことを思い浮かべた。

例のゴミのパトロール任務についているパイロットにチャットメッセージを送り、いつもと違うルートの飛行を依頼した。道路の安全確認の代わりに、これから襲撃する家の上空を飛んでくれないかと頼んだのだ。「襲撃部隊の作戦実行前に、現場確認をしてくれるとありがたい」保護されたオンラインチャットを通じて私はパイロットにそう依頼した。「このままではやられてしまう」

それ以来ドローン部隊は一日に二、三時間、私たちのサポートをしてくれるようになった。その頃には軍はより多くのドローンを戦場に投入しはじめていたが、少なくとも私たちが居る戦場にはまだ十分な数は配備されていなかった。私たちの部隊は、近隣の他の三つか四つの部隊と相談しながらドローンを使わなければならなかった。実戦用にはまだまだ満足できるレベルではなかったが、割り当てられた時間を最大限に活用した。

ドローンの新しい活用法は効果を上げた。襲撃部隊は、銃を持った男が屋上にいるか、怪しい男がうろついていないか、何人ぐらいの人間が家の中で待ち構えているかなど、それまで手に入れるすべがなかった襲撃地点の情報を詳しく知ることができるようになったのだ。部隊がサドル・シティ市街に出れば必ず敵と銃撃戦になったが、無人機はそうした部隊を助ける、空に浮かぶもう一つの目となったのだ。

実戦に与えた影響を数値で表すのは難しいが、明らかに戦いを有利に進めることができた。より多くの民兵を捕まえ、一方で味方の犠牲者数が減った。ドローンによる新しい追跡作戦にはハッジ・ジャワドも恐れをなしたようだった。ある日、男がスラム街の奥に隠れて目立たないようにじっとしているという情報が入ってきた。追っ手が迫っていると恐れたのだろう。

ある夜、何の前触れもなく私に電話がかかってきた。

「ハロー」電話の主が言った。

「誰です?」

「私はミスター・ホワイト」

7

廊下奥のドア

ミスター・ホワイトは決してファーストネームを告げず、ミスター・ホワイトとしか名乗らなかった。私のことを色々聞いていると言っていたが、どんなことを聞いたのか、誰が言ったのかは何も言わなかった。用件は新しい仕事の誘いだった。

どんな仕事なのか聞いても、答えてはくれなかった。ともかく、私は指示されたとおりアメリカに戻ることにした。

第八二空挺師団司令部はそれを快く思わず、私が行くのを阻止しようとしたが、軍の上層部から邪魔をしないように言われて引き下がった。

二〇〇七年の初め、私はミスター・ホワイトから指示されたアメリカ国内のとある場所に行った。帰国した翌日、彼はそこで私を待っていた。

ミスター・ホワイトは、会っているときにはいつもこちらを不安な気持ちにさせる、そんな人物だった。質問しながら、その答えは実は全てお見通しだとでもいうように。ここではあまりいろんなことを尋ねてはいけないのだと私はすぐに察知した。相手は私を意図的に不安な気持ちにさせているのだろう。それも選抜プロセスの一部なのだ。

この章で述べることについて、アメリカ政府は私がどうやって特殊部隊にリクルートされたのか、また、ごく限られた人間しか入隊を許されないアメリカ軍の中でも間違いなく最高のエリート集団に入るための厳しい試験の内容について、ほとんど語ることを許してくれなかった。私がどこに行き、誰と会い、何が起こったか、説明することができないのだ。実に興味深い人物であるミスター・ホワイトについてもこれ以上語ることができない。本書の初稿で選抜プロセスについて書いたほとんどは削除され、抹消された。それが政府の方針だ。

陸軍の中でこの選抜を経験した者の数は非常に限られている。だがこうした厳しい選抜プロセスがあるからこそエリート部隊は精鋭ぞろいであり、伝説の存在なのだ。隊員はみな最優秀の仲間と戦っていることを理解している。

そうでなければならないのだ。一緒に戦う仲間が自分と同じ最強メンバーだと信頼できなければ、安心して任務を遂行できない。調理担当兵に至るまで例外なく選りすぐりなのだ。たとえて言えばゴードン・ラムゼイ（有名な三つ星シェフ）が夕飯を作るだけでなく、雑踏の中にいる敵をライフルで狙いすまして狙撃する、一流の腕を持っているようなものだ。

私が経験したことについて言えるとしたらこういうことだ。最初から最後まで驚きの連続だった。そしてそれは、私が初めて対テロ特殊戦争、私たち関係者が「ダークサイド」と呼ぶ世界に足を踏み入れた瞬間だった。

私は情報分析官だったから、選抜プロセスは典型的な戦闘員とは違っていた。戦闘員たちがどうやって選抜され、地獄のような訓練を耐え抜いていくのかについてはさまざまな本で紹介されている。それに比べれば、アメリカ軍における他のほとんどの訓練はガールスカウト活動みたいなものだ。

私の場合は、考えられる限り最も困難な仕事の採用面接《ジョブインタビュー》を来る日も来る日も受けたと思ってもらえばいいだろう。それの一〇倍難しいバージョンだと言えば分かってもらえるだろうか。知的、心理的、そして感情的なプレッシャーは想像を絶するものがあった。毎日が必死で、唯一分かっていたのはあきらめるのは簡単だということだ。実際、たくさんの人間が辞めていった。

ほとんどの民間人は最初の数時間であまりの不安に耐えきれずやめてしまう。私の場合は、これからどうなるか分からない不安感にむしろ闘志を掻き立てられた。訓練開始直後から数え切れないぐらいのテストを受けさせられた。性格、知能、そして強い緊張を強いられる環境でやっていけるだけの精神的強さがあるかどうかについて調べられたのだ。

軍は、私が解決の手がかりがほとんどない困難なシチュエーションに置かれても自力で状況を打開し、答えを導き出せる人間だと確かめる必要があった。

この秘密の訓練施設に到着した瞬間から、私は複数の人間に観察され評価された。一緒に選抜を受けている連中とは何回か違うビルの廊下で顔を合わせたが、誰とも話さなかったし、名前を教えあうこともなかった。お互いに目を合わせることもほとんどなく、ほんの一瞬、競争相手がどんな感じだろうかとちらりと目をやるぐらいだった。

夜、コオロギの声を聞きながらベッドに横になり、次に何が待っているのか、私はどこに向かうのか考えたものだ。答えは出なかった。

情報がないことでとても孤独だった。物心両面にわたるテストと苦闘しながら、自分の過去と未来について、自分が選抜を勝ち抜けないかもしれない不安について、心理学者とやり取りしたことを思い出す。こうしてずっと続いた日々は、ある日森の奥にある目印も何もない建物に行くように言われたときに終わった。

到着してみると、その平屋建ての建物はどこにでもあるファストフード店ぐらいの大きさだった。入り口には守衛が二人立っていた。守衛に案内されて中に入ると、薄暗い廊下には椅子が二、三脚壁に沿って並んでいるだけだった。椅子に座って次の指示を待つように告げられた。

守衛の一人が私の右隣に座り、もう一人は表に出て行った。白い壁はところどころはげていた。座ったまま、照明をわざと暗くしているのか、それとも誰かが電球の交換を忘れているだけなのかと考えていた。錆の浮いた金属の椅子は留置場を思わせた。

廊下の先には黒いドアが一つしかないことにいやでも目がいった。それがドアであることも、床との境目にあるわずかな隙間から漏れてくる光の筋でやっと分かった。

ドアの向こうに何があるのだろう? 縛られて顔にカバーを被せられた人間を撃てと言われるのだろうかと想像した。我ながら妙な妄想だと苦笑いするしかなかった。

そうやって、自分には何時間にも感じられるほど長く廊下で待っていた。時計も電話も持っていなかったから一体何時なのか分からなかった。廊下はとても暑く、背中にびっしょり汗をかいた。妙な精神状態になって、廊下が急に狭く感じられ閉じ込められた気分だった。隣の守衛は切れかけて明滅する蛍光灯の下で、向かいの壁を黙って見つめていた。

当時、私はまだまだ未熟だった。何年か戦場で過ごしたけれど、まだ何も分かっていなかった。そのときの私に分かっていたのは、あの黒いドアで全てが決まるということだった。あそこで自分の運命が決まる。ほとんど誰も知らない、秘密の組織がそこにあるのだ。

やがて建物入り口のドアが開き、ミスター・ホワイトが現れた。彼を見たのはここに到着した日に会って以来だった。ミスター・ホワイトは私の左に座り、廊下の奥の閉じた黒いドアを指差して、立ち上がってそこに行くよう私に告げた。私は緊張していた。

「ドアを三回ノックして、『入れ』と言われるまで待つんだ」彼は言った。私は、あそこに何があるんですか？　という目でミスター・ホワイトを見た。だが彼はただ廊下の奥を指差すだけだった。

後になって分かったこととは、この選抜プロセスは私がミスター・ホワイトから電話を受け、この秘密の場所にやってくるはるか以前から始まっていたということだ。私を評価している連中は、私に関するあらゆることを知っていた。私が過去にやってきたことはすべて記録され情報ファイルにまとめられていた。私が最高機密を扱う仕事につけるかどうかは、過去にやってきたことのレベルにもかかっていた。

私がそれまでに学んできた全てのこと、それぞれの戦場、複雑に入り組んだ情報を解き明かしていった作業の一つ一つ、そうしたことが全部重要だった。ここに来るまでに経験したあらゆるシチュエーションの意味がやっと分かった。それでも、そのときはまだこれから学ぶことがいっぱいあって自分がまだただの素人だと分かっていなかった。これは単なる第一歩なのだ。

廊下の奥にある唯一のドアに向かって、自分を待ち受ける運命について何も分からないまま歩いていき、立ち止まって振り返った。ノックしてドアを開ける前にミスター・ホワイトにもう一度確認しようと思ったのだ。

だがそこにミスター・ホワイトの姿はなく、私は自分の過去とも決別した。それ以来彼とは一度も会っていない。

黒いドアの向こうに何があったのか? 残念ながら、私はそれについて書けないし、ドアをノックしてそこに入っていった後に何が起こったのか語ることができない。

一つだけ言えることは、ドアが開いて中に入ったあと、すべてが変わったということだ。私はデルタになった。

8

デイ・ゼロ

二〇〇八年の初め、私はアメリカ国内のデルタフォースの基地に着任した。

ＩＤバッジを見せながら何重ものチェックポイントを通過する間、冷静でいようと努めていたが、心の中はプライドに満ちあふれていた。

ここにいるなんて夢みたいだ。

デルタはアメリカ軍の中で伝説的な存在だ。これまで部隊が行ってきたことは外部にはほとんど秘密にされている。公式には部隊も隊員も存在しないことになっているのだ。ほとんどの人はチャック・ノリスの映画で知っているだけだろう。でもそれは本当の姿ではない。

部隊は長い歴史を持っている。創立は一九七七年。特殊部隊員だった〝チャーリー〟ベックウィズ大佐がイギリスの特殊空挺部隊（ＳＡＳ）を模範にして創設したものだ。ベックウィズは、数十年後にアメリカ市民全員が思い知ることになる事実を予見したのだ。つまり、いずれテロがあらゆる人の人生に影響を与え、世界じゅうのどこにいようとそれに対応できる特別な部隊が必要になる、と。

一般の人にとって特殊部隊は全て同じに見えるだろうが、それも無理はない。だがそれぞれの部隊には特徴がある。ネイビー・シールズは海での戦いを専門としているが、陸上での任務もこなし、夜間の戦闘や、アメリカが交戦中ではない国に密かに侵入して作戦を行うこともしばしばだ。陸軍のレンジャー部隊は歩兵部隊のエリートで、敵の航空基地や軍事施設など大規模な標的を迅速に制圧する。空軍にはパラレスキュー部隊があり、隊員は飛行機やヘリコプターからパラシュート降下して秘密裏に味方の救出活動を行う。

デルタはそうしたことをすべて行うが、最近一〇年間の主要な任務は「直接行動」だった。テロ組織をつぶすとき、人質を救出するとき、部隊は出動した。政府は陸海空軍の特殊部隊をレベル分けしていて、デルタは最上位のレベル一、国家レベルの任務部隊に指定されている。すべての隊員は一人一人指名で選ばれ、情報担当員や地上戦闘員、武器の整備員から医師や歯科医師に至るまで、困難な任務の遂行能力があることが保証されていた。

最前線の襲撃を担当する戦闘員のほとんどはグリーンベレーやレンジャー部隊の出身者だった。そういう連中はもともと高い技術を持ったエリート兵士だが、デルタ隊員はさらに上のスーパー兵士だった。世界最高のプロフェッショナルを集め、選び抜かれた道具と技術を与えて活動させるのだ。

配属されてすぐ、部隊の主要任務はとてもはっきりしているのだと分かった。世界で最も危険なテロリストを追い詰めるということだ。敵を見つけて排除するためのあらゆる資源と武器が与えられ、その中にはアメリカ軍が保有する中で最新の無人航空機も含まれていた。

基地にはなんでも揃っていた。兵舎と武器庫が入った大きな建物、医療施設、オリンピックサイズのプールを備えた巨大な体育館、複数の射撃訓練場があり、国外の紛争地域で目にすることになる、中東の建物を模した施設が設置された訓練場が建物を取り囲んでいた。基地内で車を走らせていると、砂地用バギーやオフロードバイクに乗った完全武装の男たちが通りかかり、森の中の小道に走り去っていった。陸軍でもここは完全に別世界だった。

その夜、荷物を解きながら私はいろいろなことを考えていた。デルタの情報担当セクションは二〇人以下ととても小さく、全員が顔見知りだった。自分の評価は全て周りからの評判にかかっていた。制服の袖についている階級章と同様、努力して獲得しなければならなかった。その点が、それまで所属していた大規模な情報部隊とは違っていた。

情報チームのメンバーは組織が小さいことに誇りを持っていた。何百人もの候補者を審査した結果、その年は私ともう一人の二人だけが情報チームに選抜された。だがそれは単なるスタートに過ぎなかった。これからの半年間で私はチームのメンバーに対して能力があることを示さなければならず、できなければおさらばだった。これまでもこうしたテストを受けてきたが、今回は究極の審査だ。一軍に残れるか残れないか。ここに二軍はないのだ。私はすぐにそれを知った。

到着してすぐのある夜、私は自分より五か月早く訓練を開始したもう一人の訓練生ジョニーに会った。すでに時間は遅く、情報チームの本部であり私の訓練場所でもある機密施設にみんなが集まっていた。ジョニーはがっしりした体格で頭がはげあがり、ひげをきれいに刈り揃えていた。

初めは先輩も何人かいてジョニーも冗談を言いあっていた。先輩たちが去ってから、調子はどうだと私は聞いてみた。訓練がどんな様子か聞いてみたかったのだ。あたりが暗くなったかのように彼の様子がかげり、急に疲れて打ちひしがれたように見えた。

「さあな」彼は言った。

「どうしたんだ？　あと一か月で正式採用じゃないか」

「私は何一つちゃんとやれないと思われてるんだ。めちゃくちゃ絞られてる。ありえないぐらいにな。お前には分からないさ」

ジョニーはテーブルの前に腰をおろし、自分のブーツを見つめた。話してくれたこれまでの訓練の様子は過酷なものだった。彼はストレスで精神的に追い込まれており、みんなに嫌われていると感じていた。「いつ不合格になってもおかしくないんだ」

何と言っていいか分からず「心配するなよ、全部うまくいくさ」と声をかけるのが精一杯だった。

ジョニーはそれには答えずに、私に一つアドバイスをくれた。「過去の成功は忘れてしまえ。そんなのは何の意味もないし役になんか立たない。お前はいま、ゼロなんだ」

私は三人の先輩情報分析官と一緒のチームにいた。チームリーダーはビルという男だった。ビルは四〇歳の情報部門最年長、いわばヨーダのような存在だった。長い従軍で髪に白髪が交じっていることをチームメンバーはからかっていた。とはいえ、ビルは伝説の男だった。海外で実行され大きな戦果を挙げた初の〈プレデター〉による攻撃を指揮したメンバーの一人だ。有名な独裁者を追い詰めて捕まえたときの写真をデスクに飾っていた。逮捕直後、その独裁者とビルが並んで椅子に座っている一枚だ。その写真を見ると、すぐれた兵士はごく少人数でも戦争の行方を左右できると確信できる。だがそのことを彼に伝えたときの、謙虚な反応は今でも忘れられない。

「私が一人でやったわけじゃない」ビルは言った。「皆は私のことをできる男だというが、それは私の周りに能力の高い人間がいるからなんだ」

それはデルタの考え方そのものだった。

「私たちが武勲を挙げてもそれは一人の手柄じゃないし、一人で何かを成し遂げられることは決してないんだ」ビルは言った。

私はすぐに彼のことが好きになった。ビルはやめろと言うかもしれないが、私は師と仰いでいる。私は彼を頼りにしていたし、難しい決断をするときには特にそうだった。ビルはテロ組織との戦いでしばしば普通とは違うやり方をした。ターゲットを追い詰めるためならどんなことだってするのがビルの流儀だった。何年か後、私にたくさんのことを教えてくれて、うまくいかないときにも支えてくれたことに感謝を伝えた。「おべんちゃらはよせ」ビルは言った。「それよりさっさとテロリストを見つけるんだ」

ナンバー・ツーはジャックだった。私たちのチームが追うターゲットのことは何でも知っているようだった。世界じゅうの大物テロリストについて聞いても、彼らの経歴をすらすらと暗唱して、どうやって追い詰めればいいか順を追って説明してくれるだろう。

ビルと違ってなんでもはっきりさせなければ気が済まないタイプだった。テロリストの追跡で難しい状況に遭遇したとき、自分たちの行動は道徳上許されるのかと自問することもあったが、ジャックはいつも答えを導いてくれた。

最初のころ、ジャックは私をとことん追い込み、そこからさらに高いレベルを要求した。一度など私が一日一八時間しか働いていないと文句を言った。「何をぶらぶら遊んでるんだ!」ジャックは叫んだ。「一日に四時間も寝れば充分だ、さもなきゃ誰か違う人間を連れてくるぞ」

一時期ジャックは軍を去って民間で働いていたが、頭がおかしくなりそうだったという。「民間の生活は最悪だ」彼は言った。

グループのナンバー・スリーはマークだった。通称「怒れる男」の彼は、デルタ以外のほとんどあらゆるものを嫌っていた。とりわけアメリカの他の情報機関が嫌いだった。これまで、数え切れないぐらい腹が立つことがあったという。データを求めて他の情報機関が電話をしてきても決して電話に出ようとしなかった。「あんな連中なんてくそくらえだ」それが口癖だった。

マークは三〇代、大柄でがっしりした体はコンクリートの塊みたいだった。皮肉なことに、自分ではナイスガイだと思っていて、自分の短気なところには気づいていなかった。駐留している間、彼は頻繁に「協力者」たちを解雇していた。彼らはさまざまな政府機関から外国にいる部隊を支援するために送られてくるのだが、ちょっとでもミスをするとすぐにワシントン行きの輸送機で帰らされた。

何年も行動をともにして私たちはとても仲良くなった。この仕事をしていると、家族よりも仲間と一緒に過ごす時間の方がずっと長い。私たちはまるで兄弟のようだった。

戦地に赴任する前にはチームの部屋か、あるいはびっしりとコンピューターのモニターが並ぶ、潜水艦の司令室のような低い天井のオペレーションルームで過ごすのが決まりだった。私は朝の五時半に出勤し、帰るのはいつも夜七時過ぎてからだった。泊まり込むことも何度かあった。

「私たちはみんなここで夜を明かしたことがある」初めの頃ビルは私にそう告げた。泊まり込みは自分が初めてじゃないし、これから先もそうする者はいると私に告げたのだ。肉体的にはきつかったが、ここにはこれまでやってきた仕事とは違う何かがあった。ここで仕事をしたかったし、最高の兵士の仲間になれたという自覚があった。任務は全然苦にならなかった。

作戦指令室にいるとき以外にもたくさんの訓練があった。運転技術を学び、自動小銃や拳銃、携行型ロケット砲などありとあらゆる銃火器類の射撃を学んだ。実際の戦闘は戦闘員たちの役目だとはいえ、デルタ所属の情報担当員として、私たちも銃を扱える必要があった。私のお気に入りだったのはグロック９ミリ拳銃とヘッケラー＆コッホ４１６アサルトライフルだ。

私たちの任務は自分が何年も前からずっとやってきたことだが、それをさらに高いレベルでやることが要求された。テロリストに関する情報ファイルを作成し、攻撃の優先順位をつけ、彼らを捕捉または殺害するために見つけ出すことだった。

私たちが使っていた秘密の情報データベースには、敵の組織に関するありとあらゆる情報が詰め込まれ、ニュースに出てくる有名なものから全く聞いたことのないようなものまで、世界じゅうのテロリストグループに関する詳細な相関図も格納されていた。

週一回、自分が作成しているテロリストの情報ファイルについて上官たちから何時間も徹底的な質問攻めにあった。敵を追跡し、攻撃を計画する能力を私に高めさせるためだ。

「ターゲットのことをその家族よりもよく知る必要がある」ある日、チームルームでの打ち合わせでジャックが私に言った。情報チームにはそれぞれ部屋が割り当てられていた。「チャンスは一度きりだ。敵を捕まえるか殺すか、わずかなチャンスをものにしなければいけない」

訓練の最初の数か月は常に緊張を強いられたが、それは意図されたものだった。緊張状態は部隊にとって普通のことなので、それにうまく向き合うことを覚えなければならなかった。ある日、作戦指令室で作業しているとビルがやってきて九〇ページもあるぶ厚い紙の束を私の前にどさりと置いてこう言った。「この内容を一時間で頭に入れて審査委員会の前でプレゼンするんだ」

毎日のように課されるこうしたテストや絶え間ない上官からのしごきは、新入りの情報分析官候補生の自信を削《そ》いで追い込むためのものだった。

渡された文章は武力行使授権決議（ＡＵＭＦ）および軍がテロリストに対してドローン攻撃を実行できる権限について説明していた。ビルは私が音をあげると思っていたが、それは間違いだった。私は猛烈なスピードで文章を読み、必要な情報を頭に入れてプレゼンを完璧にやり遂げた。プレゼンが終わって部屋を出るとき、ビルは私に向かって「よくやった」というようににこり笑った。

訓練のペースはとても速く、ルームランナーの上を全速力で走っているようだった。転んだり遅れたりすれば、追いつくことはまず無理だった。

委員会でのプレゼンの後しばらくして、ジョニーにばったり会った。彼にとって最悪の一日だったのだろう、真っ青な顔をしていた。前にも増して意気消沈しているようだった。私は励ましたかった。同じ立場なら彼もそうするだろう。

「やあジョニー」だが彼は何も言わず、そのまま行ってしまった。

二、三日して、ジョニーは脱落したと聞いた。軍は彼に訓練の打ち切りを告げ、私がさようならを言う暇《いとま》もなくジョニーは去って行った。

ビルはドローンのことを「まばたきしない目」と呼んでいた。彼はよく、ドローンは我々にとって最も重要な兵器だが、それを使いこなすためには状況判断能力を研ぎすまし、他人には見えないものを見つける力をつけなければならない、と言っていた。

「有能な人間が使って初めてドローンは役に立つ」あるとき、作戦司令室でドローンから送られてくる映像を見ながら彼はそう教えてくれた。

ビルとジャックはそのほんの一、二年前、一つの戦闘地域に一機のドローンしか配備されず、その一機も他の部隊と奪い合いだった時代のことを知っていた。いまでは、〈プレデター〉や〈リーパー〉その他の空飛ぶ「まばたきしない目」を何機も作戦で駆使することができた。

訓練の初期のころ、私は何時間もドローンの映像を眺めたものだった。その内容は、公式にはアメリカ政府が関与しないどこかの国の山岳地帯を走る車両への攻撃や、紛争地域にある完全武装したテロリスト集団の拠点に対する〈ヘルファイア〉ミサイルの発射などだ。

私たち軍関係者は「ドローン」という言葉をほとんど使っていなかった。この言葉はマスコミが使いはじめたものだ。私たちは無人航空機の略称であるUAVと呼んでいた。「バードをこの場所の上空に送れ」のように〈鳥《バード》〉とも私は言った。

最初のドローンは武装させず偵察に使われていた。飛行中の騒音もひどく、地上の管制ステーションとの情報リンクが途絶えるとたちまち墜落した。最新鋭機種は非常に静かで、何千フィートも上空を飛行することができる。機種によって大きさもさまざまで、通常の〈プレデター〉は小型の近距離航空機ぐらいの大きさで全長二七フィート（八メートル）、主翼の幅はその約二倍だった。ジェット戦闘機のように飛行場で離着陸し、整備と運用に数百人の空軍兵士が携わっていた。

ドローンによってアメリカ軍はかつてないほど戦いを有利に進められるようになった。私たちデルタの情報チームのためだけに毎年何百億ドルもの資金が投入され、より高く速く飛行し、より隠密性に優れ、そして一層正確な攻撃能力を持つように改良されていった。その目的は、目標特定の精度を高めると同時に、市民の巻き添えを防ぐことだった。私たちのチームは、時代を何年も先取りした技術を投入して次世代のドローンを開発することに日々力を注いでいた。

アメリカ軍のドローンは何時間にもわたってターゲットをひそかに追跡し、情報を集め、ターゲットを殺害することもできる。だが主な役割は監視だ。通常は機体の下にカメラや各種センサー用の半球形の突起部があり、電子光学（可視光）カメラ、赤外線（暗視）カメラ、レーザー目標指示装置などを搭載する。軍の専門用語でマルチスペクトル目標識別装置と呼ぶ、監視・追跡・殺害に欠かせない機材だ。

初期の無人機が搭載したカメラは画質が悪かった。当時は高精細な映像を地球の裏側に送信するための膨大なデータ量に対応しきれなかったのだ。政府はデータ送信の帯域幅を広げるために何千万ドルも投資し、秘密の無線中継ネットワークを張り巡らせた。それによって、世界じゅうどこからでもドローンの映像が見られるようになった。

デルタ情報チームでの訓練で、ドローンの運用方法、無線やオンラインチャットを用いた通信方法、それに〈プレデター〉によるミサイル攻撃を指揮するための複雑な手順を学んだ。一番驚いたのはドローンを飛ばすのに必要とされる膨大な人員と設備だ。一人や二人の操縦要員だけで何百万ドルもする高価な機械を飛ばしているわけではなかった。

私は実戦の担当者だったが、ドローンの運用に関わるたくさんの担当者がさまざまなところにいて、機体の保守や点検、離着陸、飛行後の整備などを行っていた。私は自分でドローンの操縦やカメラの操作をしていたわけではない。それを担当するのはネヴァダ州やニューメキシコ州に設置されたトレーラーの操縦室にいる空軍の専門部隊だ。空軍チームがそういった場所にいるのは、刻々と移り変わる戦場にドローンの操縦拠点を設けるよりも、アメリカ国内から操縦したほうがはるかに容易だったからだ。だがそうしたすべての運用スタッフの中心にいたのが私だった。私はドローンに行き先を伝え、誰を追跡するか、何を監視するか、そして誰を攻撃するかの指示を出した。

私たちはマスコミからしばしば「ハンター・キラー部隊」と呼ばれたが、実際にはそれよりはるかに高度な役割を果たしていた。私たちは世界で最も効率的かつハイテクなネットワーク型組織の一部だった。

今でも記憶に焼きついている映像がある。ターゲットはアルカイダのメンバーだった。ある夜、その男が砂漠の中の小さな小屋に隠れているのを情報分析官が見つけだした。

隠れ家の上空を旋回する〈プレデター〉のカメラが、そこに突入する襲撃チームの姿をとらえた。典型的な作戦行動だったが、一つ違う点があった。

突入から数分後、襲撃部隊は一斉に退却を始め、全員が散り散りに走り去った。そして三〇秒後、建物が爆発した。襲撃部隊は罠《わな》にはまったのだ。

「よく見ておけ!」モニターの方に身を乗り出しながらビルが言った。「情報分析官がしくじったんだ! ターゲットがあそこにいないのを見抜けなかったのだからな」

私たちの情報をもとに、襲撃部隊は毎日危険に身をさらすことになる。

「私たちはターゲットを知り尽くさなければならない」ビルが続けた。「〈ヘルファイア〉ミサイルを発射した先が全く関係ない家だったらどうなると思う?」

ドローン攻撃の実行基準は数年の間に何回も変更された。たいていの場合、襲撃部隊の手配ができないか、あるいは危険にさらしたくないときに実行した。ビルがこんなアドバイスをくれた。「とにかく確実にやれ。間違ったらとんでもないことになる」

私の任地が

どこになるか、さまざまなうわさが飛んでいた。戦況が最も激しい時期だったので情報セクションのメンバーはほとんどがイラクに派遣されていた。私もイラクに行くと確信していたので、だんだん落ち着かない気持ちになっていた。

派兵を待つ間、仲間の任務遂行を見守った。ある朝、食堂に設置されたモニターで、アルカイダの大物リーダーを殺害する秘密作戦の様子を見た。のちに、マスコミは作戦を実行したのはCIAだろうと報じたが、それは間違いだった。

ワシントン州での一週間のSERE（「生存・回避・抵抗・脱出」訓練）にも参加した。尋問に耐える訓練をすることからそれは「拷問キャンプ」とも呼ばれる。そこで私は縛り上げられ、目隠しをされ、平手打ちなどいろんなことをされた。このプログラムは万が一敵に捕まった場合の心構えを教え、脱出する方法を訓練するものだ。私はそこで鍵をこじ開けたり手錠を外す方法を覚えた。

三〇人ほどの人間が特殊部隊から集まってきていた。拷問キャンプで自分の意外な面をいくつも発見した。大の男たちが声をあげて泣いているのも見た。教官は女にも容赦なく、私たちを平等にしごいた。女たちが平手打ちされて泣き叫んでいたのをよく覚えている。

何よりも大変だったのは、次に何が待っているのか全く分からなかったことだ。まるでお化け屋敷のように、ある演し物が終わると次の部屋に向かい、そこにはまったく別の苦痛が待っていた。

「ボックス」という訓練はとりわけひどかった。一人一人が木枠に長い時間押し込められるのだが、その間はまるで何日にも感じられた。中はあまりに狭く座ることもできなかった。その状態で教官がロック音楽を大音量で流したり、赤ん坊の泣き声を聴かせたりする。誰かがうとうとすると、全員が氷のように冷たい水を頭から浴びせられた。それから、一人ずつ木枠から連れ出して何時間も尋問するのだ。

次にどんなひどい仕打ちが待ち受けているか分からなかった。私は自分が思っていたよりはるかに大きな肉体的、精神的苦痛に耐えられることが分かったが、敵に捕まるのだけは絶対に嫌だと思った。

訓練が終わると、戦場でのドローンの運用技術習得に再び精を出した。

ポケベルを支給されたのはこの頃だ。いつ呼び出されてもいいよう、常に持ち歩かなければならなかった。ポケベルは昼夜をおかまず鳴るから落ち着かなかった。

初めて本部から呼び出しがあったのは深夜だった。呼び出しには○と一を組み合わせた暗号が使われて、私たちを監視している外国政府が作戦開始を察知できないようになっていた。その夜私が受け取った暗号の内容はこうだ。「チームルームに今すぐ来い」

数時間後、私は軍服に着替え、コンピューターやハードディスクドライブ、銃、偽造書類などさまざまな道具を入れたバッグを背負い、仲間の戦闘員と輸送機に乗り込んで、模擬戦闘任務を行うべく外国のとある場所に急行した。行き先や目的、期間については誰にも明かされなかった。私は身元を隠して一般社会から存在を消す方法を覚えた。秘密作戦を行う組織の一員になることは刺激的であると同時に退屈でもあった。刺激的である理由は、私たちの任務がきわめて重要で、スケールの大きなものだったからだ。たとえ母親を含めほとんどの人がそのことに気づかないとしても。

ビルや他のみんなからは、何も話さないようにするのはなかなか難しいと聞いていた。戦争に関することはすべて、たとえ誰かに話して理解してもらいたくても、自分の胸の中にしまいこんでおかなければならないのだ。軍功を立てても話していいのは情報セクションの中だけだ。外部の人間から「よくやった」と褒めてもらう機会はない。普通の人が成功を祝うのと同じように祝うことはできない。勲章はひっそりと授与される。誰かが無線で「ジャックポット」と言えば、それは大成功を意味し、それこそが賞賛の言葉だった。

学校で良い成績を取ったときのように、背中を叩いてもらったり、抱きしめてもらったりする、そういうこととは無縁だと分かった。だがそれはどうでもいいことだった。たとえアメリカ国民が私たちの存在を知らなくても、私にはやり遂げるべき重要な任務があり、国民の運命がそれにかかっていたのだ。

私たちはバスに詰め込まれてケンタッキーの飛行場に向かっていた。

「こいつが新入りか？」戦闘員の一人が言った。ニューヨークなまりのきつい、バスケット選手みたいに背が高くてひげ面の男だった。自動小銃と暗視ゴーグルで武装した他のいかつい連中がどっと笑った。私は見るからに新入りで、いまだにひげをきれいにそっていた。

そいつは私とがっちりと握手して自己紹介した。ロッキーという、陸軍中佐のデルタ歩兵中隊司令官だった。

あっという間に半年が過ぎ、そのときはもう二〇〇八年の暮れだった。戦闘員と一緒に行う訓練の最終段階だ。この襲撃チームと戦場で一緒に行動し、ターゲットを一緒に追い詰めることになる。

ロッキーはとても頭が良く、情報戦についてもよく知っているようで、さまざまなテロ組織がこれからどうなっていくのかについていろんな情報や考えを聞かせてくれた。

途中から急に声の調子が真剣になった。「お前は自分の仕事がどんなに重要か分かっているか？」

「それはどういう意味でしょうか？」私は尋ねた。

「ここにいる全員の運命が」ロッキーは完全武装の戦闘員たちをぐるりと指差した。「お前の肩にかかっているんだ」

デルタ戦闘員は最強の兵士だ。特殊部隊員の中でも精鋭で、腕っぷしが強く特別仕様の武器を携え、いつどこにでも出撃できた。

私はうなずいた。

「私たちはお前の判断に命をかける」ロッキーは私の目を見て言った。「ターゲットを見つける任務は、人の生死を決めることになる。お前はターゲットに死刑宣告をすることになるんだ」

ロッキーにそう言われるまで、自分の任務をそういう風に考えたことはなかった。私は自分にずっとこう言い訳をしていた。「引き金をひくのは私じゃない。それは誰か他の人の役目だ」

だが実際には私からの指示があるから戦闘員たちはテロリストのアジトに踏み込むのだ。

「彼の言うとおりだ」身を乗り出しながらジャックが言った。「わかるか？　ターゲットにする悪党は慎重に吟味しなければいけない。なぜならそいつらには殺されるだけの価値がなきゃいけないからだ」

戦地赴任前

の最後の作戦演習のため、私はケイティに行った。ヒューストンにはもう四年も帰っていなかったから、空港からチームのみんなと車で市内に移動したときは不思議な気分だった。

ヒューストン市内の何の変哲もない民間の場所に拠点を設けて朝から夜まで訓練した。ホテルの廊下やファストフードですれ違っても、私たちがテロリスト追撃訓練を行っているとは誰も気づかないだろう。私たちはホテルの一室を完璧な情報指揮所に仕立て上げてドローンや情報分析官、戦闘員に指示を出した。

訓練最終日の午後、私は高校時代の友達に連絡した。彼らとはもう何年も会っていなかったから、どうしているか知りたかった。

その夜、私のホテルから数ブロック先にあるレストランに男女二〇人ぐらいが集まり、高校のころの雰囲気そのままで時を過ごした。

みんな大人になっていた。ジャックとブラッドは聞いていた通り銀行員をしていて、ジェニーは会計士、グレッグとスティーヴは弁護士になっていた。婚約したばかりの者も何人かいて、婚約者を連れてきていた。そうした連中は早速子供が何人ほしいとか家を買うとかの話をしていた。白い柵のある家でも建てるのだろう。

「あなたはどうなの」ジェニーが聞いてきた。「陸軍はどう?」

何も話せない私は、ただひとこと最高だよ、と言った。訓練で教えられたとおり、たまたま近くに来てるんだ、そう言って話を逸らした。

私が本当は何をしているか話したとしても、どうせみんなにはピンと来ないだろうという気もしていた。私は別世界にいるんだ。どこから話していいのかすら分からない。

酒を飲みながらみんなと話すうちに、昔が無性に恋しくなっていることに気づいた。大学をやめて以来、仕事が私の人生のすべてになっていたから、何もかもがもっとシンプルだった昔が懐かしかった。

真夜中過ぎに会は終わり、みんなそれぞれの場所に帰っていった。家路につくみんなを尻目に、私はホテルの作戦指揮所に戻り、夜明けまで五時間仕事を続けた。

ヒューストンから戻ってほどなくして、私は赴任命令を受けた。陸軍の上層部がとうとう私を一人前の情報分析官として外国に派兵する命令にサインし、私たちのチームはイラク北部の都市モスルに向かった。

イラク行きの輸送機が一〇時間後に出発すると聞いて、私は家に帰って身支度を終わらせた。砂漠の気候にあわせてダンガリーのボタンダウンシャツやカーゴパンツなどの私服、一七インチの特注ラップトップ、携帯型GPSその他長旅向きの小型軽量ハイテク機材など必要なものをノース・フェイスのバックパックにつめた。

何年分かの情報データがつまった大型のハードディスクや自動小銃と弾薬など、大きくてかさばる荷物は何日か前に既に送ってあった。イラクには先に着くだろう。

本部に戻り、情報チームの仲間や戦闘部隊員たちと一緒にバスに乗り込んだのは午前三時だった。賑やかな式典やパレード、友人たちの見送りはなかった。私たちの出発はいつもこうだった。

その夜、電話はしなかったが私は母のことを考えていた。私のことを誇りに思ってくれるだろうか。心配させたくなかったから、電話をしてもどこに行くのかはっきりとは教えられなかったが。そもそも外国に行くなんて思ってもいないだろう。

バスは夜の道を静かに走り続け、やがて私たちはC-17輸送機が離陸準備をしている飛行場に着いた。私たちはあまり話さず、それぞれ物思いにふけっていた。一時間もしないうちに機は離陸した。

輸送機が水平飛行にうつると、みんなはすぐに寝はじめた。ほかのメンバーはこれをもう何回か経験していて、戦地に行くのが待ちきれない様子だった。私も寝ようとしたのだが、興奮と緊張で寝付くことができなかった。私はビルのアドバイスを思い出した。「有能な者が使って初めてドローンは役に立つ……とにかく確実にやれ」

しばらくしてから、私はあきらめて機内で軍医が配った睡眠薬を飲んだ。C－17輸送機のエンジン音を聴きながら、私は眠りに落ちていった。

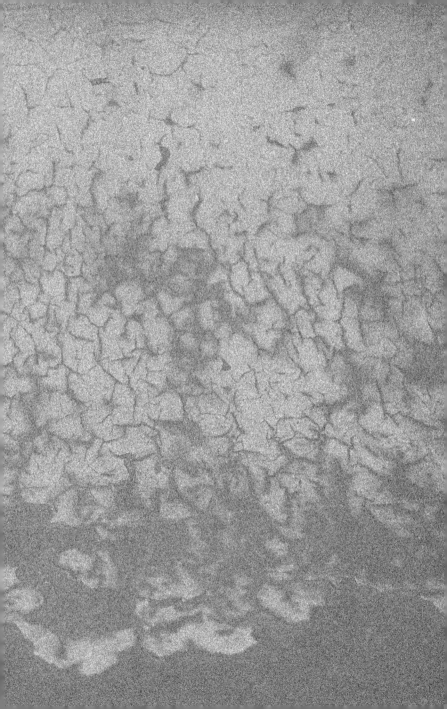

PART TWO

9

ドローン戦争の始まり

私たち情報チームは戦闘部隊とともに完全武装して、駐機場の〈ブラックホーク〉と〈リトルバード〉に向かった。バグダッドの夕方の空に、燃えるような太陽が沈もうとしていた。長い滑走路を歩いていく途中で、ハンガー内に駐機している光り輝く流線形の〈プレデター〉のそばを通った。通り過ぎるとき、私はまじまじとそれを見つめた。〈プレデター〉を実際に見るのはこれが初めてだったが、周りのみんなはもう何百回も見たとでも言うように無関心に通り過ぎていった。

焼けつくような夏の空気は二年前までイラク駐留で暮らしていたサドル・シティの近くと同じだったが、二〇〇九年七月現在、アメリカ軍の増派戦略はうまく機能しはじめていた。

それによって敵は明らかに勢力を失いつつあったが、上級指導者の多くはまだその地位に留まっていた。アメリカ軍兵士の犠牲者は減り、バグダッドは安全な街になりつつある。少なくともそう感じられた。テロリストたちは身を隠さざるを得なくなり、ほとんどがモスルの北に移動したため、私たちもそこに向かおうとしていた。

私の任務は「車両阻止部隊」の一員として、これから四か月にわたり爆弾製造員や自爆テロ犯、テロ指導者が国境を越え、都市を移動するのを防ぎ、イラク北部の主要都市で隠れ家に潜む敵のネットワークを寸断するのが仕事だ。部隊には第一六〇特殊作戦航空連隊から専用の〈ブラックホーク〉と〈リトルバード〉が配備されている。操縦するのは世界最高の腕を持つ連隊のパイロットだ。敵の動きに素早く反応して行動する必要があるため、ヘリ部隊によって敵の居場所にすぐ移動できた。

出撃後はヘリのドアを全開にし、いつでも飛び出して行動を起こせる態勢のまま時速一〇〇マイル（一六〇キロ）で飛んだ。機体の端に座って脚を下に垂らし、ときおり小さな村がある以外は広漠とした無人の砂漠を眼下に眺めつつ、青空の中を翔《か》けるのは力強い気分だった。まるで冒険家が未知の土地を征服しにいくような感覚だ。

着陸したら即行動に移る。モスルと周辺の県におけるテロ組織にできるだけ壊滅的な打撃を与えるための作戦期間は四か月しかなかった。「Tバリア」と呼ばれる、巨大なコンクリート製防護ブロックの後ろに配置されたトレーラーの一つにダッフルバッグを投げ込み、そのまままっすぐボックスに向かった。

基地の人間もほとんどは白いトレーラーや日夜出撃していく黒塗りのヘリがなんなのか知らなかった。部隊メンバー以外は近づくことを許されていなかったからだ。トレーラーは窓がなく、天井に衛星通信用のパラボラアンテナがそびえ、常に施錠されていた。部隊の敷地には警備兵がぐるりと配置され、他の軍人や現地の人間は立ち入らせなかった。私たちは秘密の存在だった。敵は私たちの存在を知らず、またそうでなければならなかった。

ボックスは通常の倍の大きさのトレーラーで、その中は冷たいコンクリートの床にベニヤ板の長机が置かれ、一二フィート（三・六メートル）の高さの天井まで薄型モニターがいくつも設置されていた。モニターには一機のドローンと砂漠の映像が流れている。ついに来たぞ、と思った。心の中ではひどく緊張していたが、見た目は奇妙なほど落ち着いていた。この瞬間のためにずっと前から準備してきたのだ。控え室のホットプレートで熱々になっていたブラックコーヒーを一口飲み、仕事に取り掛かった。

ターゲット

を狙う者の心には、必ず問題が一つ浮かぶ――どこで狩りを始めるか？

アメリカ軍から逃れつづけて生きてきたテロリストを見つけ出すのは科学ではなく技術であり、毎晩それをうまくこなせるのはほんの一握りの人間だった。だが、機会と資源、そして数百万ドルもするドローンがあればどんなターゲットでも的確に探し出せる。

話し合いで時間を無駄にしているうちに、ターゲットは我々の技術に対応できる能力を得たり、一般市民に対する攻撃を計画するかもしれない。敵は待ってくれないため、目まぐるしいスピードで動かなければならなかった。

世界じゅうの情報機関に関わる人々の多くが、私たちにはキーボードを数回叩けばあっという間に空から標的を見つけ出してくれる魔法使いがついていると勘違いしていた。

冗談じゃない。

アメリカの情報任務に携わる者のほとんどは、敵の指導者が戦場から連行されたというニュースを読んでも、具体的にどういう経緯でそうなったのか理解していない。

アラブ首長国連邦（ＵＡＥ）の特務部隊の情報チームが提携国間の交流任務の一環として私たちのチームに会いにアメリカ軍基地にやってきたとき、私たちの追跡チームが一〇人ほどで構成されていて、断片的な情報だけでターゲットの居場所を特定し、短い時間で、ときには数時間単位で見つけ出し殺害するというのがとても信じられないといった様子だった。彼らや他の部隊なら、たとえ捕らえられたとしても数か月はかかるのだから。

「どんなソフトウェアを使っているんだ？」と、相手が尋ねた。「我々のコンピューターにも導入したい」

「どんなソフトウェアとは？」

「どのテロリストを狙うべきで、そいつが一体どこにいるのか推測する分析ソフトだよ」

いかにもＵＡＥの人間らしい考えだ。金さえ出せば何でも手に入ると思っている。多くの人間と同様、高度な専門技能を持った分析官が自ら徹底的な調査を行っているのであって、先端技術に頼っているのではないなどとは思いもつかないようだった。

テロリストを見つけるのに魔法の公式なんてない。さまざまな要素が絡み合って成功するのだ。ターゲットによって事情も違う。デルタには複数の情報チームがあって、それぞれが夜の闇に紛れて世界じゅうを飛び回っていた。一つの場所に配置される期間は通常四か月ほどだったが、眠れぬ夜が続くため実際はもっと長く感じられるのが常だった。

ターゲットを追う私たちは、歴史家であり、記者であり、予言者でなければならなかった。ターゲットのそれまでの人生を暗唱できるほど敵についてよく知る必要があるだけでなく、常に最新情報を司令官や政府高官に伝え、究極的にはターゲットの次の動きを予測しなければならなかった。

すべてのターゲットにとって、私たちからの攻撃は当然の報いだった。その全員に、アメリカに対する攻撃を積極的に計画、承認、実行してきた証拠が山ほどあった。男か女か子供かにかかわらず、チャンスさえあればアメリカ人の殺害をためらう者など一人もいなかった。

テロリストのネットワーク構造についても知らなければならない。通常、アルカイダやISISのグループには複数のリーダーがいて、それぞれが組織運営、軍事、兵站《へいたん》、防衛、シャリア（イスラム法）、メディア広報を担当し、さらに総指揮官がいる。私としては、グループと他の仲間とのつながりについて最も情報を持つ組織運営担当を標的にするのが好きだった。たいてい組織運営担当は他のメンバーより狂信的でなく、会計士のような退屈なタイプだった。逆に軍事担当は、捕縛されるぐらいなら派手に自爆するような者たちだった。

情報戦の世界で、私たちは敵に絶え間なくプレッシャーをかけ続ける詳細な手法を開発し、磨きをかけてきた。

考え方はシンプルだが、実行は難しいものだ。

私は常に敵のネットワークにおいて鍵となる人物を探していた。殺せば相手の組織が最も打撃を受ける人物だ。

どんなテロリストにも弱点がある。相手も人間だからだ。テロ実行犯の気持ちになって、敵の思考方法を理解しなければならない。

私はいつも相手のフルネームから始めた。中東では名前は情報の隠れた宝庫だが、それに注目する者はほとんどいなかった。男たちは先祖の名前を受け継いで二番目の名を父、三番目の名を祖父からもらい、別の名前が出身地を表す、という仕組みだ。

要注意なのは「クニヤ」と呼ばれる、テロリストたちが私たちのような追跡者から身を隠すために使う偽名だった。イスラム戦闘員たちは、仲間が捕まったときに自分たちのことを知られないよう、お互いをクニヤで呼び合っていた。

私たちは対象者の氏名と家族を図表で一覧できるようにし、追跡の基礎資料にしていた。そうすることで相手の権力構造がよく分かり、調査内容を整理し、相手の行動パターンを見つけ出してからその周辺を絞り込んでいく。特に、ターゲットを追うのに役立つ関係者をあぶり出すのにこれは有効だった。多くの場合、私たちは直接関係のない友人や家族などを手始めに二段階、三段階のステップを踏んでターゲットに迫らなければならなかった。

捜査で浮かんだ名前はすべて、追跡用に特別に作られた最先端の解析ソフトで分析していく。それからは相手の車や家、電話などあらゆるものを調べていく。同時に、友人や家族など弱点になるものを探す。イスラム戦闘員たちにとって家族ほど弱みになる者はない。

次のステップは相手の生活パターン（ＰＯＬ）を見つけ出すことだ。出かける場所、かつての住所など、アメリカ軍が尾行していることに相手が気づいていてもそれをやり続ける。一番必要なのは「開始点」と呼ぶ、ドローンによる探査開始地点を見つけることだ。

追跡の初期にはたくさんの開始点ができる。ターゲットの家族以外にも、インターネットの情報や諜報レポート、データベースから得られた情報によっていくつも追加していく。遠縁の親戚の家、近所の商店、モスク、ターゲットと同じグループのメンバーに関係する史跡、ターゲットやその家族に近い民族や素性の者が暮らす村など、あらゆる場所が対象となる。

誰もが見過ごしていた実にささいなことがターゲット発見の鍵となることもある。イスラム過激派になる以前に働いていたオフィスビル、昔よく通ったカフェ、礼拝に行ったモスクなどだ。学歴など手がかりになる情報や、曲がった鼻や足を引きずるなど他の人と違う特徴も私は調べるようにしていた。

その間、チームに合流している部隊の電子信号傍受係も、通信記録やインターネット上の宣伝ビデオなどターゲットに関するあらゆる情報を徹底的に調べていた。

こうして私たちはどんな情報も手に入れた。ターゲットごとに、相手自身とさまざまな活動の詳細な情報を集めたプレゼン資料、通称「野球カード」を作成した。このプロセスの正式名称はターゲットの「指名」だ。作成した資料は軍の上層部に送られる。

一連の手続きが済んで作戦が承認されると、私たちはターゲット狩りを始める。さまざまな手がかりや関連事項、人間関係を追っていき、事態が急変するのを監視する。敵の部隊同士が急に連絡を取り合う、白いボンゴトラックが野原の真ん中に向かう、買い物もせず市場内をあちこち動き回る、ターゲット宅に突然誰かが来る。そうしたことが起こるのを待つのだ。

何か動きがあると、チームメンバーとその発生地点ややりとりを地図上に残らず記録していき、それをデータベースと照合して、そこを以前他のターゲットが使ったなどの怪しい点がないか確認した。ターゲット個々の履歴だけでなく、テロ組織の活動履歴も場所ごとにマーカー付けし、電話の通話記録やテキストメッセージ、電子メールなどあらゆる関係のありそうなものと関連づけていった。これで相手の生活パターンが浮かび上がってくる。

情報が成功の鍵だった。長年の活動で構築した大がかりなデータベースには、テロリストの調査資料や協力者からのレポート、一般に公開された情報、尋問調書、それぞれの村がどのテロ組織や宗派に属しているのかなど、数テラバイトに及ぶ情報が入っていた。

ドローンからある家にズーム・インすると、何年も情報を蓄積してきた地図によってそこが誰の家で、かつて作戦行動をしたことがあるかどうか即座に分かった。テロリストたちは他のメンバーのアジトを（その連中が捕まったり殺害されたあとで）利用することを好み、まるでアメリカはかつての住人のことは忘れるとでも思っているかのようだった。

あらゆる情報を駆使しながら、作戦行動中の地上部隊に相手の仲間や家族の写真などを提供した。ターゲットにごく近い人間を見分けて情報活動を正しく行い、忍耐強く監視を続け、追跡の過程で悪天候や街の人混みなどに邪魔されなければ、ほぼ間違いなく目的を達成できた。

ここまでくれば九割の確率でターゲットを捕らえた。そうでない場合は〈ヘルファイア〉ミサイルをお見舞いした。殺害の判断基準は多岐にわたる。その結論に至るまでに、さまざまなことを自問した。相手を殺すことは、テロ組織やその地域の当局者にとってどんな意味を持つのか？アメリカ軍にとっての利点は？ ターゲットは死すべきか？

私たちの最初のターゲットは、コードネーム〈ウサマ〉というＩＳＩ指導者だった。イラク入りする前から、私は必ず捕まえると心に決めていた。〈ウサマ〉はニュージャージー州とほぼ同じ九〇〇〇平方マイル（二万三三〇〇平方キロ）の広さをもつ、北方のサラハディン県の組織運営リーダーだった。地位の高さ、ＩＳＩにとっての同県の戦略的重要性を考え合わせると、〈ウサマ〉はＩＳＩの最高指導者にきわめて近い存在であり、組織の会計担当として膨大な資料を管理しているはずだった。北部で活動する無数のテロ集団メンバーのこと、ＩＳＩの財政や収入のことを熟知している。指揮官たちと日夜一緒にいて、行動パターンを把握しているはずだ。彼の知識が必要だった。

まずいコーヒーの味を感じながら、隣に座っている戦術管制官のジェイクに次々と指示を出し、ジェイクはそれを本国にいる〈プレデター〉のパイロットとセンサー・オペレーターにチャットで伝えていった。チームには他に四人いて、私を補佐する無線係は追跡に加わっている情報機関とやり取りしながら刻々と入ってくる情報を選別し、二人の電子信号傍受係はターゲットのメールや携帯電話、テキストメッセージなどの電子信号に目を光らせていた。

もう何日も、〈プレデター〉その他の飛行機で警戒地域である村やモスル近郊の都市を監視していた。前任チームも赴任中にこれを行っており、数か月の監視で得られた情報を全て引き継いでいた。〈ウサマ〉は我々に言わせれば「身を隠すのがうまい」男で、自分が追われる身でいつ捕まってもおかしくないとよく分かっていた。見つかる可能性を最小化するためにあらゆる手を使っていたのだ。だが私は早い段階で気づいていた。これまで追ったテロリストたちは必ずどこかで不注意なミスを犯した。私たちはそういうチャンスを逃さなかった。

〈ウサマ〉は切れ者で、手がかりをほとんど残さず、長年にわたってずっと追跡を逃れてきた経験があり、私たちにとって手強い相手だった。モスルの小さな市場を歩いているところを目撃したという通報があった翌日に、市の南端地区であったＩＳＩの地下集会に姿を見せたといううわさが流れたりする。新しい発見があるたびに、地図上の点の集まりが意味を持つ形を見せはじめるが、目撃後あまりにも早く姿を消すため、規則的な生活パターンを見つけられなかった。

事態が動いたのは一週間ほどしてからだった。過去の情報ファイルをあたっているうちに、〈ウサマ〉は毎週モスルの南にある都市ベイジに行き、非合法資金を調達しＩＳＩ内のごく親しい仲間に配ることに気づいた。

ベイジは〈ウサマ〉の闇資金調達にとっての生命線で、ベイジ製油所から何百万ドルもの金を巻き上げていた。

モスルからベイジまでは一一〇マイル（一八〇キロ）ほどの埃っぽい道路で結ばれていた。モスル――ＩＳＩ指導部が治安部隊をそこかしこに配置して地元民を震え上がらせている――という安全地帯を出てその道路を移動中の〈ウサマ〉は、最も無防備な状態だと私は判断した。当時ISIの動きを封じることができるのはアメリカ軍だけで、イラク治安部隊はまったく頼りにならなかった。

〈ウサマ〉が毎週決まった曜日の午前中の時刻にベイジに行くことまでは突き止めたが、市内のどこに向かい、誰に会うのかは謎のままだった。

私たちはさらに〈ウサマ〉の仲間や家族に関する古いファイルも調べ、ほどなくしてベイジ市内にあるかつての仲間が住むと思われる三軒の家を突き止めた。ささやかな発見だが、手始めとしては十分だ。

「ズーム・イン」私は無線で指示した。

ドローンのカメラが可視光レンズで埃っぽい景色をとらえ、それからベイジの街を大きく映し出した。私たちは〈ウサマ〉が来たという情報を得ていた。何か月もこの瞬間を思い描き、こうした任務に携わり敵を倒すことを夢見てきた。

彼はどこにいるのか？

「さらにズーム・イン」私は言った。土と石でできた家々の列がはっきりと映り、映像をさらに拡大すると住居番号一番があった。グレーのコンクリート二階建ての家で、古いファイルによると一時〈ウサマ〉のいとこが所有していたという。

ここが私たちにとって最初の開始点だ。ここを手始めに、隠れ家の可能性がある三軒の家に不審な点がないかドローンで調べていく。

その家の前に庭はなく、不恰好な塀で人けがなく埃っぽい道路から隔てられていた。上空を旋回するドローンであらゆる角度から家を調べ、窓の中を覗いた。誰もいなかった。

「次の場所に移動」私は指示した。

「ラジャー」

〈ウサマ〉はベイジに三時間程度しか滞在せずモスルに戻るはずだったから、急がなければならなかった。病的なほど警戒心が強い相手だから、ほんのわずかな手がかりでもあればラッキーだ。

二番目の家は市中心部の商業地区にあるこぢんまりしたアパートで、〈ウサマ〉の正妻が住んでいた。だがドローンが映すその建物はあまりにもごちゃごちゃしてほとんど何も見えなかった。ほとんどの家の窓には洗濯物が干され、中を覗くのは困難だった。道路は渋滞し、何百人という人々の往来であふれていた。

「空振りだ」私は言った。

ここには〈ウサマ〉がいるはずがない。厳しい出だしだった。しくじったのではないかという悩ましい気持ちを必死に抑え、三番目の家に向かう指示を出した。

「高度を上げろ」無線で伝えた。ＩＳＩの戦闘員と思われる男が持ち主のその家は、市郊外の静かな場所にあった。これには注意を要する。ドローンがあまり低く飛べば、誰かに気づかれるおそれがあった。

そこは最初の家と似た大きさだったが、土の庭を一〇フィート（三メートル）のコンクリートの壁が取り囲んでいた。北西の隅には衛星放送受信用のパラボラアンテナが立っており、車置き場に続く小さな階段付近を犬が歩き回っているのが見えた。

さらに画像を拡大していくと、正面玄関からそう離れていない場所に白いワゴン車とわだちが見えた。数日前にひどい雨が降ったばかりで、土は重い泥になっていた。

窓や出入り口、見えにくい場所など、後から参照する場合の手がかりになりそうな場所を中心にさらに写真を撮った。

「赤外線に変えろ」私は言った。

ドローンが可視光カメラから赤外線カメラに変えると、白地に黒のX線写真のように画像が鮮明になった。これはよく使う手で、昼間でも対象を違う見方で分析するやり方だ。砂嵐が吹き荒れているような状況で監視する場合にも有効な手段だった。

知りうる限り家の中は何も動きがなかったが、それより私はワゴン車が気になっていた。〈ウサマ〉が毎週の資金調達に来ているなら、彼の車かもしれない。

エンジンが白い車体の中で黒く明滅し、それが熱いことを示していた。かけっ放しにしてあるのだろう。旋回するドローンが、家の中の人影をとらえた。

「どうします？」ジェイクが尋ねた。

「車が出発したら、後を追え」

なにか重要な情報を見逃していないか、私は〈ウサマ〉についての過去のファイルをまた詳しく調べはじめた。

コンピューターサーバーの冷却ファンとたまにキーボードを叩く音しかしない張り詰めた静寂が続いた後、電話が鳴った。

ティクリート郊外で活動しているデルタのドローンチーム分析官からだった。

「あのワゴン車は見覚えがある」分析官は言った。

自分の任務の合間に、私たちのチームの映像を見ていたという。

「三か月前、あの車の写真を入手した」分析官は続けた。

「ベイジでISIがあの辺りの幹部を集めた大規模な集会を開いたときだな」私もピンと来た。

「あとで分かったのだが、あれを〈ウサマ〉が運転していたんだ」だが時すでに遅く、それが確認されたときにはワゴン車の行方は分からなくなっていた。

私はその資料をこの目で確かめたかった。「その写真を送ってくれないか?」

メールで届いた写真には日付が入っていた。ちょうど三か月前だ。ドローンのカメラに映っている白い四ドアのワゴンは写真の車と同じだった。

スクリーンに目を戻す。ここに〈ウサマ〉がいる。逃さないぞ。

そのとき、ワゴン車が動きはじめた。「敵が活動を開始」

「追うんだ」私は言った。

ドローンは旋回をやめ、一万五〇〇〇フィート(四五〇〇メートル)のはるか上空から追跡を開始した。

車は家から離れ、幹線道路を左に折れてモスルのある北に向かった。毎週の資金業務を終えて向かうだろうと予想したとおりの動きだ。

モスルまでは二時間かかる。〈ウサマ〉を捕らえるまでの時計の針が動き出した。モスル到着までに身柄を拘束しなければ、市内の入り組んだ道と雑踏の中で姿を追うのは不可能ではないにしてもきわめて困難になる。

私は襲撃チームのマックスを呼び出した。彼はすぐにやってきて私の隣でモニターを注視した。

私と同じ新参者のマックスは、名だたる先任司令官たちに負けない名声を得るチャンスを待っていた。クラーク・ケントのようにハンサムで背が高く、私はスーパーマンと呼んでいた。南部出身で三〇代の既婚者。いつも嚙みたばこを口にくわえ、他の隊員と違ってきれいにひげを剃っていた。毎朝きちんとナイフで手入れしているのだろう。

「ドライバーの顔は見たか？」モニターの車を指しながらマックスが聞く。

「いや、だが〈ウサマ〉に間違いないと思う。あらゆる情報からそう判断できる」

私の判断は伝えたが、どうするかはマックス次第だ。

「出撃する」マックスは決断し、すぐ行動に移した。チームに無線連絡し、戦闘準備をさせる。銃、ゴーグル、防弾ベスト、無線機。〈ブラックホーク〉と〈リトルバード〉のパイロットたちにも指示を出した。

だがボックスを出る直前、彼は受話器をとって本国の総司令官に電話をかけた。

なにごとだ？　マックスは承認を求める必要はないものの、念のため意見を聞きたかったに違いない。

長年指揮をとっている総司令官は、頑固者として知られていた。頭の切れる厳しい男だった。状況はお気に召さなかったらしい。

「あの分析官は新人だ」私のことをそう言った。「まだ未知数じゃないか。彼の勘に頼るのは危険すぎる」

受話器を置いたマックスを見て、私は何か月か前ビルに言われたことを思い出していた。「お前がどんな判断をしても自由だが、それらは正しくなければならないんだ」

私は自分の考えを通すことにした。

「マックス、〈ウサマ〉はあの車にいる」私は言った。「間違いない。何か月も見つからなかった男だぞ。逃がすべきじゃない」

集めた情報、調べた人間関係、数か月前の集会で撮られた車の写真を見直してみた。あの司令官に何が分かる？　離れた場所にいて、私たちが何をしてきたかしっかり見ていたわけでもない。

「時間がどんどん過ぎていく」モスルへ走り続けるワゴン車を見ながら私は言った。

説得がうまくいったようだ。マックスは司令官にもう一度電話し、別の情報源からも車の人物が〈ウサマ〉だと確認できたと知らせた。彼はうそをついて上官の命令に背いたことになる。これから起こることの全責任が私にかかることになった。

「出撃！」マックスが大声でチームに命じた。

襲撃チームは完全武装だった。ほぼ全員が照準器と消音器装備のヘッケラー&コッホ・アサルトライフルを持ち、擲弾《てきだん》は二種類、強い衝撃波を発して殺傷力より敵を混乱させることを目的とした「サーモバリック」タイプと、映画でもおなじみの通常タイプM67を背嚢《はいのう》に詰めていた。

襲撃には指揮官の考えや現場の状況に応じてさまざまなやり方がある。一般的には〈ブラックホーク〉から襲撃地点に直接降下して相手をひるませる「X地点降下」と、離れた地点に降下してターゲットに忍び寄る「Y地点降下」のどちらかが選択された。今夜は敵をいきなり叩く。出て行こうとするマックスに、尋問のため〈ウサマ〉は生け捕りにする必要があると告げた。

「できるだけ殺さないで連れて来てくれ」

彼はうなずいた。「最後は本人に選ばせてやるさ」

ヘリはすぐに轟音を響かせて飛び立ち、戦闘員たちは全身迷彩服に身を包んで機体の外に足を投げ出していた。

ワゴン車の

ドライバーが窓を開けドアの外に腕を出したまま、時速五、六〇マイル(八〇~九六キロ)で走行している様子が色鮮やかに映っている。

数分のうちに、ヘリは走ってくる車の数マイル北にあるイラク軍検問所付近に着陸した。検問所は幹線道路の脇に立つ小屋で、三人のイラク兵がモスルに入る車を無作為に検査していた。

飛び去るヘリを横目に、チームは歩いて小屋に向かった。ドローンからの映像を携帯受像器で確認している。ボックスとも無線でつながっており、地上での様子はすべて聞こえていた。小屋に着くと、イラク兵にいつもどおり振る舞うよう告げて――イラク兵はデルタの登場にさぞ驚いたことだろう――〈ウサマ〉の到着を待った。

襲撃前の永遠に続くかと感じられる静寂にはいつも不安な気持ちになったものだ。マックスたち襲撃チームは私を全面的に信頼してくれた。私は彼らに、〈ウサマ〉は抵抗しないはずだ、組織運営のリーダーであり、武器も持っていない可能性が高い、と告げた。だがもし私が間違っていたらどうする？　人違いだったら？　ドライバーがアメリカ人に殺意を抱く外国の戦闘員で、格好の機会を与えてしまったら？

自分のせいで民間人や友軍に犠牲者を出したくない。間違ってないか不安だった。正しく分析する訓練を受けてきたから、常に課題について問い直す習慣が身についていた。ターゲットについて集めた重要な情報に何かが欠けていないか、ビデオテープをプレーバックするように無意識のうちに再検討していた。

人里離れた検問所に近づいてくるワゴン車を見て、胸の鼓動が激しくなった。喉がカラカラになる。ドローンのカメラが、攻撃態勢で待つ襲撃チームの姿をとらえた。車が近づくのを、じっと待っている。

十数名のチームメンバーが検問所から一斉に飛び出し、武器を構えて道を塞いだ。

急停止したワゴン車をチームが取り囲んだ。初めのうちドライバーは車を降りようとしなかった。どうすればいいか分からなかったに違いない。二〇人ほどの完全武装した男たちが突然現れ、テロリスト人生の終わりを突きつけられたのだ。時間がじりじりと過ぎていく。やつは何してるんだ？

デルタの一人が、引き金に指をかけたままゆっくり運転席の窓に近づいた。残りのメンバーも後に続き、包囲の輪が狭まっていく。

〈ウサマ〉の手はどこだ？　爆弾は持っているか？

突然ドアが開き、ドライバーが両手を高く上げると、襲撃チームが一斉に飛びかかった。数秒後、無線連絡が入った。「ジャックポットだ」

両肩に食い込んでいた重いコンクリートブロックがどさりと落ちたような感覚だった。背中がぞくっとし、身体の痛みにいまやっと気づいた。

情報チームのみんなを見回した。ゆっくり深呼吸する。一瞬、部屋が喜びに沸くのかと思った。ハイタッチを交わしたり、よくやったと背中を叩き合うかのように。

だが、何も起こらなかった。こうした瞬間はみな経験済みで、ごくありふれたことだったのだ。

その日、私は学んだ。私たちごく少数の情報チームは戦争の行方を左右するほどの力を握っており、これは私にとって生まれて初めての、大きな仕事をするチャンスだった。自分の力で世界を変えることができる。これこそが望んでいたことだ。だが、〈ウサマ〉を追うという決断は苦痛に満ちたものだった。それなのにビルやジャックはこの仕事を苦もなくやっているように見える。どうやったらあんなレベルになれるのか見当もつかなかった。

チームが引き揚げた後、数名のデルタが現場に残り、検問所からワゴン車を運転してボックスに運ぶことになった。犯罪捜査のため必要だったからだ。それ以外の隊員と容疑者を乗せたヘリ部隊が基地に戻ってくる間、ドローンにはワゴン車を運ぶ隊員たちの安全を上空から見守らせた。その中の一人ヴィクターが、ビーチで横になるように大の字でボンネットに寝そべっていた。ヴィクターは分厚い体軀《たいく》でひげを生やした、いかつい男だった。私が上空から見ていると知っていたに違いない。なぜなら、ドローンのカメラをズーム・インしたとき、両手の親指を突き上げて見せたからだ。ワゴン車は砂煙を上げながら、時速五〇マイル（八〇キロ）ぐらいで走行していた。

無鉄砲な連中だ。ヴィクターはまるで「新入り、よくやった」とでも言っているかのようだった。

それは彼らの信頼を得る第一歩だった。それはこれから先、大いに必要になるものだ。

10

ハンターたち

「調子はどうだ、分析屋？」数日後のある午後、ヴィクターがボックスにやってきて言った。「今日は獲物はいるか？」

〈ウサマ〉捕獲作戦後、ボンネットの上でヴィクターが親指を上げて見せたのがもう遠い昔のようだった。彼はもう次のターゲットを追うつもりでいる。まるでじっとしていられない子供のように。「ちゃんと寝てるか？」モニターに近づきながらそう言った。「ターゲットは見つけたか？」

ヴィクターだけじゃない。戦闘員たちはじっとしていられない者ばかりで、いつだってヘリに飛び乗って獲物のところに向かいたがっていた。連中はいつもボックスに立ち寄って私たちの活動状況、出撃予定、次のターゲットなどを尋ねた。

まだだ、と私は言った。それでもヴィクターはモニターの前に立ってしばらく眺めていた。熊のように大きく、髪には白いものが交じっている。一目見ただけで彼が歴戦の戦士であり、たくさんの死をその目で見てきたことが分かる。鼻はもう何度も折れたかのような形だった。少なくとも二回被弾していて、それを示す銃創《じゅうそう》があった。

「こいつはどうだ、獲物になるか？」ヴィクターが言った。モニターにはくたびれた青い車の脇でたばこを吸っている白い民族衣装の男が映っていた。

この二日ぐらい監視を続けている男だった。「そいつは雑魚《ざこ》だ」私は言った。「そんな価値はない」

「なにをのんびり待ってるんだ？」

戦闘員たちといい関係でいたいから、自分も気持ちがはやることが多かった。彼らと一緒だと常に攻撃していたくなる。危険なターゲット襲撃任務に伴うアドレナリンの放出の味を知ると、常に実戦の機会を求めるようになる。

彼らは敵がたくさん待ち受ける建物のドアを吹き飛ばす感覚、戦闘の興奮を渇望していた。それで正気を保っているのだ。一般人は、兵士たちもできれば実戦を避けたいのだと考えがちだ。普通の軍隊ならそうかもしれないが、特殊部隊員たちはまず例外なくその反対だ。彼らはそのために生涯かけて訓練している。生まれついての戦闘員なのだ。彼らと長くいればいるほど、ほとんどの隊員は無難に任務をこなして母国に戻って普通の生活をするより、アメリカのために戦って死ぬ方を選ぶ者たちだと分かった。

私もそうした考え方をするようになりはじめていた。常に戦火にさらされていながら反撃の機会を与えられずにいた第八二空挺師団の戦友たち、故郷の友人や家族、そしてアメリカ合衆国のために、敵に血を流させたかった。

私の任務は大きな獲物をじっくり料理するようなものだった。戦闘部隊が作戦の実行役なのに対し、私の役目はいろんな謎を解き、戦況の全体像を把握することだった。ときには血気にはやる戦闘部隊のためにターゲットを設定することもあった。そういう相手は常に何人もいた。イラクにはそれこそ何万人という敵の戦士がいたからだ。

だが大物のターゲット相手には、襲撃すべきと判断できるまで何か月も監視を続けなければならないこともあった。重要ではないテロリストをどんなにたくさん捕らえたところで、テロ組織にダメージを与えることはできなかった。下級戦士はあまり口を割らない。そういう連中は何度も刑務所や尋問施設入りを繰り返して慣れっこになっていた。だがそんな男たちを監視することで、鍵となる人物や組織構造、集会や活動拠点など、敵の内情に迫ることができた。

襲撃するか監視を続けるかは常に難しい判断だ。あらゆる状況は異なっている。ある相手がより上級の指導者につながるか、それとも組織の上の人間にあまり接触を持たない、単発のターゲットで終わるか、見極める必要があった。

これはヴィクターたち戦闘員が理解していない、また大して気にしてもいないことだった。捕まえた相手、殺害した相手のことを彼らに聞いても、覚えているのはせいぜい大物の名前が何人かぐらいだ。彼らにとってはどんな相手も同じようなもので、銃弾を浴びせる対象のテロリストの一人に過ぎなかった。

「そいつを相手にしても無駄さ」私は言った。

「ずいぶん立派な敵に見えるがな」

「雑魚だよ」私は言い返した。「だが追っていけば大物の尻尾をつかめるかもしれない」


私は一日の大半を見張りに費やしていた。道路に目を光らせ、街中や国境を監視し、泥の家の様子をうかがい、怪しい活動を記録し、敵の生活パターンをあぶりだした。たとえば、男がなじみのカフェに行く代わりに小包を持って市場の白いビルを訪れる。毎日九時に寝ている人間が突然真夜中に砂漠で人と会う。あるいは、毎日通っている職場とは逆の方向に向かった男が、二年前にアメリカ軍によって殺害されたテロリストが所有していた家を訪れる、など。

私たちはあらゆるものを監視した。映画『トゥルーマン・ショー』の暗いバージョンのように。監視対象が見せる行動の不規則性や例外から人とのつながりをたどっていき、ターゲットに対する軍事行動につなげるのだ。探偵の仕事と同じで、砂漠を走行中の車が停まってドライバーが空を見上げるというような、一見無関係な情報の断片が実は決定的な役割を果たしたりした。成果につなげるまでにはたいへんな辛抱強さが必要で、ある作戦ではこうした個別の捜査を二十数回重ねてターゲットの所在を突き止めた。

ボックスが私にとっての世界だった。大型トレーラーの中は薄暗く、コンピューターやモニタースクリーンだけが光を放っていた。六人のチームメンバーが作業するのは、部屋の長さいっぱいに作られたでこぼこの合板製デスクだ。デスクのあちこちに置かれたコンピューターには常にチャットのメッセージが流れ、地理情報ソフトが付近の砂漠や山岳地域の複雑な地形を立体画像で映し出していた。私たちが飛ばしているドローンからの映像が、壁に並ぶ二列のモニターに刻々と流れている。

エアコンと卓上扇風機を「強」に設定していても、部屋には煮詰まったコーヒーとあまりシャワーを浴びていない隊員たちの汗の臭いが漂っていた。いつも時間に追われる生活だったから、慣れっこになっていた。

私はデルタ最年少の情報主任、J2職だったので、リーダーと認められるために人一倍努力して能力を示す必要があった。部下は二〇代後半から三〇代前半と若く、出身もさまざまだった。テクノロジーに詳しく、オタク気味だが戦争ゲームにかけてはなかなかの腕利き揃いだ。チーム内は専門用語が飛び交う。「Zイン（ズーム・イン）」「IR（赤外線モード）」「RTB（帰投）」「SP（開始点）」「ROZ（行動制限区域）を設定」。私たちが目の前で会話したら、文字化けした言葉を聞いているように感じるはずだ。

ボックスで制服を着る者はあまりいなかった。ほとんどがTシャツとカーゴパンツで、ヘッドホンを首にかけていた。いつもニューヨーク市警《NYPD》の帽子をかぶっている隊員もいれば、ヤンキース派もいた。いかにもスターバックスでコーヒー片手にラップトップを操作していそうな連中だった。

彼らは新世代の兵士たちで、最新鋭技術に通じている。まるで頭の中に電子回路を備えて生まれてきたかのように。私と同じで、みんな射撃訓練場よりコンピューターの前で過ごす時間の方が長かった。

チーム唯一の女性兵士がローラだった。がっちりした体躯に長い茶色の髪で、声が大きい。その頃一緒に仕事をしていた電子信号傍受係の中でも優秀で、思ったことはとにかく早口でまくし立てた。無線係のオスカーは極端に口数が少なかった。ミスター寡黙だ。ジェイクはおそらくチームで唯一私より若かった。高校卒業後すぐに入隊した、生粋の空軍兵だ。ポロシャツを着て、ひげを伸ばしていてもティーンエイジャーのようにあまり生え揃わないジェイクを、私たちはあれこれからかっていた。

私たちは夜も昼もなく、何時間もぶっ続けで、何か月間も一日のほとんどをボックスで過ごした。追うターゲットがあまりにも多かったのだ。私はドローンから二四時間送られてくる情報をもとに敵の生活パターンを長時間分析した。自分を鼓舞するため、ヘッドホンで片方はリンキン・パークやグリーン・デイを大音量でかけ、もう片方で実行中の作戦やチームの動きを追った。

戦闘員たちはそれとはまったく違い、私たちが次のターゲットを見つけるまで待機して過ごすことが多かった。戦場や射撃訓練場にいるとき以外は、トレーラーの周りでヒマをつぶしたり、しゃべったり、たばこを吸ったり、くたびれたソファでくつろいだり、思い思いに退屈さを紛らしていた。そうしたときはＸｂｏｘでビデオゲームをやったり飲み明かしたりすることが多かった。

司令官のマックスは私とボックスにいるか、そうでなければ〈リトルバード〉か〈ブラックホーク〉で敵を追っていた。

私たちは常時二つか三つの任務を抱え、月に数十の任務を行った。ドローンは常に上空にあり、ターゲットによっては三機か四機を同時に飛ばすこともあった。ある任務でターゲットを襲撃しながら、別の任務では違うターゲットについて市内の別の場所にドローンを飛ばして居場所を突き止めていった。この新しい戦争のやり方は、二四時間任務が頭から離れないという精神的な負担を伴うものだ。自分にあらゆる情報が集まってくるので、それを任務に生かさなければならなかった。私は常に次に狙うべきターゲットのことを考えていた。

息抜きがしたくなると、私はヘリの発着場に行って空を見上げた。夜の空は真っ暗で本当に静かだった。一日中コンピューターを操作し無線交信した後は、そうした静かな時間が必要だった。

基地はTバリアと呼ばれる分厚いコンクリートブロックで囲まれていた。ブロックの内側はアメリカ軍の前哨基地、外側にはどこまでも続く茶色の広大な砂漠が広がる。

ある夜、ヘリ発着場にヴィクターがやってきた。「お前、幽霊みたいだぞ、分析屋」彼は言った。

ヴィクターは私の腕を指差している。腕は見たことがないぐらい白くなっていた。

「真っ白じゃないか」彼は言った。「あの部屋に籠り過ぎだぞ」

私たちは三日間ぶっ続けの追跡戦を終えたばかりだった。私は二日間寝ていなかったはずだ。

「コーンフレークとアイスばかり食ってちゃだめだ」そう言うとヴィクターは帰って行った。

私は五分ほどそこにいてから宿舎のトレーラーに戻った。暗闇の中、兵士たちがポーカーをしたりビデオゲームに興じているのが聞こえた。

宿舎トレーラーは運送用コンテナぐらいの大きさで、トレーラー同士がくっついてずらりと並んでいた。中にはシングルベッドと数百局が映る壁掛け式フラットテレビが備えられていた。私がベッドに入るのはたいてい夜中の二時か三時で、テレビを見ながら眠りについた。昔の癖が戦場で役に立っていた。

その夜、横になっていつものようにスティーヴン・コルベア（アメリカのコメディアン）のナイト・ショーを見ていた。笑ってリラックスしたかった。番組が終わると、ボックスからのドローン映像に切り替えた。チームメンバーのすべてのベッドルームは作戦センターとつながっていて、上空で旋回を続けるドローンからの映像を見ることができた。私はそうやって状況を見ているのが好きだった。このくらいの時刻はほとんどの場合、今夜と同じで画面に映るものがじっと動かない闇だとしても。ターゲットたちも夜は眠りにつくのだ。

私は三時間睡眠をとり、朝日とともに昨夜ずっと考えていた捜査の続きに取りかかるため、エナジードリンクを片手にボックスに戻った。常に次のターゲットのことを考えたり、作戦を練っていた。睡眠不足と一日二〇時間勤務は初めの二週間ほどは大変だったが、やがて慣れていった。

別の任務をこなす間も、どこか秘密の諜報施設で続けられている、〈ウサマ〉に対する尋問で得た情報の到着を私たちは待っていた。デルタ部隊が拘束した敵はすべて専用の勾留《こうりゅう》施設に送り、そこで他の軍や政府関係者より先に私たち自身の手で尋問することになっていた。

〈ウサマ〉は新しい「イスラム国」の全体像を知るための手がかりの一つだった。

当時、イラクのアルカイダは体制の転換期だった。イラク・イスラム国（ＩＳＩ）という、より大きな新組織に発展しつつあったのだ。それはやがてシリアに移ってＩＳＩＳへと変貌をとげる。ＩＳＩのことは一般にはまだほとんど知られていなかったが、私たちは注意深く監視を続けていた。ＩＳＩの戦士たちより、私たちの方が組織の変貌について詳しかった。

ＩＳＩはアルカイダの指導者だったアブ・ムサブ・アル・ザルカウィ、通称ＡＭＺが二〇〇六年に死んだのをきっかけに発生した。ＡＭＺの死にはデルタの私の前任者たちが大きく貢献している。殺害の翌日、アルカイダの指導者会議はアンバー県の極秘集会所でエジプト人のアブ・アイユーブ・アル・マスリを後継者に選んだ。私たちはその男に攻撃目標〈マンハッタン〉というコードネームを付けた。

その間、オサマ・ビン・ラディンとそのパキスタンにおけるナンバー・ツー、アイマン・アル・ザワヒリが、アルカイダをまったく新しい組織に変えようとしていた。ザワヒリとアルカイダの上級指導者たちは、自分たちの組織が行ってきた殺戮があまりにも残忍で反イスラム的だとして、イラクのイスラム教信者たちからの支持を失いつつあると信じていた。二人は自分たちの組織の残忍さに宗教上の理由を与え、イスラム教徒たちを再びアルカイダの旗印の下に集結させることのできる宗教指導者を欲していた。

ザワヒリはアフガニスタンで何年も前にイスラム戦士養成キャンプを行っていた頃に知り合っ

た友人をその任に選んだ。アブ・ウマル・アル・バグダディ、通称ＡｕＡＢという男で、ＩＳＩＳの初代指導者とされている。私たちは攻撃目標〈ブルックリン〉と呼んでいた。同じ日、ザワヒリはアルカイダに対し、イラク・イスラム国に名称変更を命じた。

私たちのチームにとっても前任者たちにとっても、アルカイダとＩＳＩに違いはなかった。ある協力者から、私たちが追っている相手がアルカイダだという情報がもたらされたかと思えば、まったく別の協力者からその男がＩＳＩだという情報が入ってきたりした。

〈マンハッタン〉と〈ブルックリン〉が指導者になった日、軍は二人を殺害対象者リストの一番上にした。だが二人は私たちが追っていると知ってすぐ地下に潜行した。戦闘員集団を率いて大規模な戦闘を仕掛けるのを好んだザルカウィとは違う指導者像だ。

〈マンハッタン〉と〈ブルックリン〉は殺害される前のザルカウィからドローンによる攻撃について多くを学んでいた。ザルカウィは常に追われていた経験から、ドローンを知り尽くしているようだった。仲間にその知恵を分け与えていたのだ。

アメリカ軍の作戦能力の高さを知った二人は身を隠すことにし、味方にも所在を知らせなかった。私たちは二人が常に行動を共にしていて、部下ともめったに会っていないとにらんでいた。

イラクでの全任務を通じ、私たちは二人に目を光らせた。誰かを捕まえるたびに情報を求めて尋問した。ほとんどの相手は尋問されても二人については固く口を閉ざした。そうした連中だってほとんど何も知らされていなかったのだろう。

〈ウサマ〉も同じだった。尋問官に対し、〈マンハッタン〉と〈ブルックリン〉のことは何も知らないと答えたのだ。

だが彼は別の人間を知っていた。サラハディン県のＩＳＩ組織運営リーダー、アブ・ナシールだ。私はその男を〈スカーフェイス〉と呼んでいた。

これは大発見だった。〈ウサマ〉は尋問に対し、〈スカーフェイス〉がモスルからベイジに毎週出向き、部下に会ったり資金集めをしていると答えたのだ。だが〈スカーフェイス〉を追い詰めるにはすぐに始めなければならなかった。彼は間もなくアメリカ軍基地に対する新たな攻撃を行う予定だという。

〈ウサマ〉はどの基地が襲撃対象なのか、攻撃がいつ行われるのかなどの詳細は知らなかった。分かっていたのは、襲撃がもうすぐで、他国からイラクに密入国した自爆テロ要員に実行させるらしい、ということだった。

尋問で〈ウサマ〉が話したことを知った夜、私はボックスを出て立ち並ぶトレーラーを通り過ぎ、自分のトレーラーの狭いベッドに横になった。眠ろうとしたが、目が冴えてだめだった。次の任務開始まで数時間しかない。

そして、私には予感がしていた。

〈マンハッタン〉と〈ブルックリン〉に迫るチャンスが訪れつつある、と。

11

最初の殺害

〈スカーフェイス〉はずっと殺害対象者リストに載っていた。イスラム過激派の中でも筋金入りの過激主義者だ。これまで何度もアメリカ軍基地に対する自爆テロを志願してきたが、そのたびに別の人間にやらせるように上の人間が指示したといううわさだった。それくらい、組織にとって貴重な存在だったのだ。何千人という戦闘員を配下に持つ、ＩＳＩ組織の中でも五番目か六番目に重要な人物だった。私はチームの目標をこの新しい難敵に定めた。

サラハディンとニナワの二つがこの国でもっとも重要な県だった（ＩＳＩは高級幹部を、戦闘員が多く集まっている両県の司令官に任命していた）。だが〈スカーフェイス〉は他の指導者とは違っていた。他のメンバーと違い、蓄財に興味がないようだった。すべてはイスラムの教義のためであり、ＩＳＩに敵対する者は誰であっても抹殺するつもりだ。テロリストとして最も危険なタイプだ。〈スカーフェイス〉に殺戮をやめさせる方法はなかった。捕まるぐらいなら彼は死を選ぶだろう。

イラク各地で〈スカーフェイス〉は人々を恐怖に陥れていた。

北部ではアメリカ軍基地をはじめとして自爆テロを繰り返し、密輸や誘拐、斬首、ゆすりやたかりなど悪事の限りを尽くして何百万ドルも稼いでいた。イラク最大の電話会社ザインは、電話線のタワーを爆破されないように何十万ドルもの金を支払っていた。

最大の資金源の一つが、ベイジ製油所の石油を盗んで売りさばくことだった。シリアに油を運ぶ大型のタンクローリーを乗っ取り、高値で売って利益を戦闘員たちに分け与えたり、銃器や爆弾を買ったり自爆テロリストを勧誘したりする闘争資金にしていた。私たちの見積もりでは〈スカーフェイス〉の闇ビジネスは月に一〇〇万ドルを稼ぎ、その一部は〈マンハッタン〉と〈ブルックリン〉の二人の最高指導者に渡されていた。ヒト、モノ、カネの献上だ。

〈スカーフェイス〉はイスラム過激派の現状についてとりわけ重要な情報を握っていて、私たちはそれを入手して敵の組織に関する知識を得たいと考えていた。

私たちは〈ウサマ〉を拘束する以前から〈スカーフェイス〉の情報を集めていて、チーム内の情報分析で彼の名前は常に浮上してきた。捕まえた相手から得た断片的な情報を、他の人間からの別の断片とつなぎ合わせていく。〈スカーフェイス〉の側近たちの顔ぶれを割り出しながら、情報の足りない部分を補っていった。だが、彼を追跡するのは容易ではなかった。頻繁に携帯の番号を変え、ときには連絡役を使って命令を伝えていた。〈ウサマ〉から情報を得るまで、〈スカーフェイス〉はうわさに聞く存在に過ぎなかった。

「第一目標は〈スカーフェイス〉だ」その夜のミーティングで私はチームにそう伝えた。「状況からみて彼が石油代金回収のためベイジに来るのは間違いないし、〈ウサマ〉が抜けて手薄になった組織の立て直しも図るかもしれない」

私たちは毎夜八時頃に、五人の主任情報官と総司令官によるテレビ会議を行った。私たちの任務はほとんどが夜の遅い時間だったので、この時間に作戦会議をしていた。

一般的な軍の会議のような、くだらない規則とか将校たちによる役に立たないプレゼンばかりということもなく、実務に徹した打ち合わせだった。

ボックスの壁に並ぶモニターには五人の主任情報官と〈スカーフェイス〉について分かっているすべての情報、敵の攻撃計画が映し出されていた。

ビルと彼のチームも映っていた。そしてジャックも。

私は画面に〈スカーフェイス〉の写真を映した。ずんぐりした体格で、長い髪と濃いひげが顔を覆い、中東のトニー・ソプラノといった雰囲気だ。

「去年の事件を覚えていると思う」ビルが言った。「〈スカーフェイス〉が指揮した、北部の市場における大規模な自爆テロだ。何百人も犠牲になった」

私は総司令官に自分の考えを伝えた。「自分たちは彼のこれまでの生活パターンを徹底的に分析しました。このあたりに何人か親類もいるはずです。習慣を大事にする連中ですから、〈スカーフェイス〉が市内に向かっているとしたら、親類の誰かの所に立ち寄る可能性が高いと思います」

私はベイジ市内の地図数枚と、市の周辺地区にある、近々何かの会合があるとうわさされる敵のアジトもモニター画面に映した。

「朝になったら製油所周辺にドローンを飛ばします」私は言った。「そこを任務の開始点にします」

作戦のスタートだ。「追跡を楽しめ」司令官はそう言い、交信を切った。

その夜、私はほとんど一睡もせず、夜明け前にベッドから起きだした。〈スカーフェイス〉が新たなテロ攻撃を実行しつつあるという情報が入り、任務は一刻を争う状況になっていた。

すぐに私が特定したアジトの上空に〈プレデター〉を飛ばし、カメラを向けて何か動きがないか監視した。建物はコンクリート造りの三階建てで、広い土の中庭とそれを取り囲む高い石壁という大規模さが、所有者は財力があり都市とつながりのあることを示していた。

家の前には白いトヨタ製トラックが二台並び、一台にはオレンジ色のラインが入っていた。それよりも怪しいのは、敷地の東側に大型の石油トレーラーが三、四台並んでいることだった。どれも洗ったばかりという感じできれいだったが、中にはすっかり土埃に覆われ、何か月も放置されていそうなものもあった。

ズーム・インとアウトを繰り返しつつ、あらゆる角度から観察し、中庭の石壁沿いにできた影の中を凝視した。建物は静まり返っていて、高速道路と敷地を隔てる正門から、トラックのわだちがいくつか延びているだけだった。

何か動きがあるのを待っている間、GPSから得た建物の位置情報を、上空からの写真と共にコンピューター上の地図に記録した。軍のデータベースには、この場所で過去に作戦を行ったことを示す記録は何もなかった。

追跡の初期段階においては、勘と、それまで蓄積してきた敵とその組織に関する知識がものをいう。モニターを見ながら、事実とそうでないことを確かめ、何が起こるか考え、どんな異状も見逃さないようにした。何か普段と違うことはないか？

だが憶測で動くのは慎むようにしていた。憶測は危険であり、隊員たちの身を危険にさらす。

「今のはなんだ？」

オペレーターが中庭のくぼんでいる部分を拡大すると、何かが動いているのが見えた。ズーム・アウトしてアジト全体を俯瞰《ふかん》すると、オレンジ色のラインが入ったトラックが出て行くところだった。トラックに誰が乗り込んだか見逃してしまった。

「アジトの監視を続けますか、それともトラックを追いますか？」ジェイクが言った。

私たちはトラックがゲートを出て高速道路をベイジ市街に向かうのを見つめた。さまざまな疑問が頭をよぎった。〈スカーフェイス〉は家の中にいるかもしれず、トラックを追うのはギャンブルだった。私たちが見ていない隙に彼がどこかに行ってしまったらどうする？　それでも、この時点ではトラックが私たちにとって唯一の手がかりだった。それに、家の中にどのくらい人がいるのかも分からなかった。無人の可能性だってあるかもしれない。

そこで、ずっと何日も〈ウサマ〉の取り調べを行ってきた主任取調官にアジトの写真をメールで送った。「〈ウサマ〉にこの場所について訊いてくれないか？」彼が〈スカーフェイス〉と以前この場所を訪れたことがあるか大至急知りたかった。

数分後に返事が来た。〈ウサマ〉は知らないという。中東の人間はほとんど誰もドローンが撮影した家々の航空写真を見たことがないので、それも無理はなかった。

トラックの行き先を突き止める必要がある。

すぐにどちらを追うか決断しなければならなかった。ためらってチャンスを逃すと、そのターゲットに再びお目にかかることはまずなかった。「トラックを追え」私は言った。

「了解」ドローンのパイロットがチャットで返信をよこし、高度一万二〇〇〇フィート（三六〇〇メートル）で追跡を開始した。

トラックが高速を下りてベイジ市街に入って行くと車の数が増えはじめ、見失う危険が高まった。市街地はドローンでの追跡にとって最悪の場所だ。人が多すぎ、隠れる場所が多すぎる。

だが私たちはラッキーだった。一〇分ほど走ってから、トラックは店先に色とりどりの庇《ひさし》が突き出た商店がたくさん並んだ場所で止まり、運転席から人が降りた。白いディシュダーシャとサンダルだ。ひげをきれいに剃っている。身のこなしが速く、若い男のようだった。

「どの店に入った？」私は言った。だがドローンの旋回のためにその瞬間はちょうど商店街の雑踏に隠れ、誰にも見えていなかった。

ボックス内の誰もが立ち上がり、運転手が商店街のどこに消えたかの手がかりを探してモニターに見入った。ドローンが旋回を終え、さきほどのよく見える角度に戻るまであと六分。一分一秒がひどく長く感じられた。あの男が〈スカーフェイス〉だったら大変なことになる。部屋の中の空気は張り詰めていた。

あと四分。

私たちにとって唯一のチャンスかもしれない。

「ジェイク、見えるか？」

「まだです」

あと二分。

ドローンが旋回を続け、カメラがゆっくりとさっきの角度に近づく。

問題は、さっき車を降りた若い男がもうどこかに行ってしまったかもしれないことだ。ほんの数秒で彼の行方をたどるのは難しくなった。中東の市場は蜂の巣をつついたような場所で、いたるところに人があふれ、ひしめき合っていて、露店がびっしりと並ぶ通りが複雑に入り組んでいた。見失ってしまったか？

あと一〇秒でさっきの角度が視界に入る。

ジェイクが落胆したように私を見上げた。「見失いました」

「運転手がいないか、商店の入り口を確認していきますか？　車の監視を続けますか？」

「車を見張ってくれ」

私は運転手がいずれトラックに戻ると踏んでいた。「赤外線に切り替えろ」私は言った。

オペレーターがカメラを赤外線モードに切り替え、ドローンの旋回でさっきと反対側の映像が映ったとき、それまでよく見えなかったものに気がついた。トラックの助手席に、別の人物が残っていたのだ。いったい誰だ？　二、三分後、若い男が店から戻り、トラックは元来た道を戻りはじめた。

チームの皆が安堵のため息をつく。またチャンスが訪れた。

トラックは元のアジトに戻り、運転手が駐車後すぐに降車した。正面玄関から子供が三人と女性が一人出て来て男に駆け寄った。

「助手席側にズーム・イン」私は言った。

オペレーターが実用最大限まで映像を拡大すると、ちょうど助手席が開いて、でっぷりと腹が出て頭髪が膨らんだ男が出て来た。そいつは薄茶色のディシュダーシャにサンダルという格好だった。

私の脈拍が上がった。〈スカーフェイス〉だ、そう思った。体型が彼の身体的特徴とぴったり重なる。アジトは彼に関係しているはずで、敷地内に多数存在する石油貯蔵タンクが、この場所の所有者が付近の石油産業とつながりがある人物であることを示していた。

私たちは何か月もこの瞬間を、この人物をこの目で確かめることを待ち望んでいた。

一つ一つの事実だけを見れば急襲をしかける決定的な理由とはならないが、それらを総合すれば相手は私たちが追って来た人物だと信じるのに十分だった。

〈スカーフェイス〉、追い詰めたぞ。

「家の中に誰がいるか、特性別に教えてくれ」私はジェイクに言った。

「ツー・ワン・スリー」男が二名、女が一名、子供が三名だ。

それ以上誰かが中にいるのか、よくは分からなかった。大きな家だから全部は見えない。

作戦はしばしば、現場にいる女性や子供の安全が保証できないためすぐには実行できなかった。ドローンのセンサー・オペレーターには、着弾寸前に〈ヘルファイア〉ミサイルの命中を避ける「コールド・シフト」と呼ばれる手順が課せられていた。モニターに民間人が映ると、センサー・オペレーターは照準用レーザーの照射を民間人がいない安全な場所に移動し、ミサイルをそちらに誘導するのだ。

ターゲットへの攻撃をあきらめることは、相手が生き延びて次の攻撃を計画したり実行することを意味するため、常に難しい決断だった。ターゲットを永遠に取り逃がすおそれもある。それでも、規定された状況になったらコールド・シフトすることが義務付けられていた。

軍の司令官が、女性や子供に危害が及ぶと知りながら攻撃の実行を命じたのを私は見たことがない。それでも、無辜の市民に死傷者は出た。それが戦争なのだ。そして、敵は罪のない人々に暴力を振るうことをためらわない連中だった。急襲チームの出動を決定したときのドローンからの映像が完全ではないこともあったから、そのような状況は実際に起こった。

あるとき、特殊部隊が逃走中のトラックに迫ると、ターゲットが銃撃してきた。事前のドローン情報では、トラックの乗員はターゲットを含め全員が戦闘員のはずだった。把握していた人数は男三名。女と子供はゼロ。部隊はヘリから激しく応射し、ほんの数秒でトラックの全員を始末した。着陸してみると、事前のドローン情報どおりではなかったことが判明した。ターゲットと同乗していたのは、女と子供が一名ずつだった。

こうした間違いは本当に悲劇で、関わった特殊部隊メンバーに重い精神的苦痛を負わせた。このような事案は単純なミスとして片付けられるものでもない。不当な死の責任は兵士を苦しめる。私もまた、そうした死に苦しめられた。

ボックス内

のメンバーは、次の手をどうするか議論していた。私たちはお互いに兄弟のような関係だったので、早口で途切れ途切れの言葉でも会話できた。

「ここには来たことがあるか?」

「履歴を調べろ」

「了解」

「写真は?」

「探してます」

「全部の出入り口の一覧を用意してくれ」

「ＮＳＡの盗聴に何か引っかかってきているか？」

「なにもありません」

「〈プレデター〉はあとどのくらい飛べる？」

「攻撃しますか？」

この瞬間にもターゲットを殺害し、その活動を終わらせることもできた。だがそうするとＩＳＩの組織全体に関わる情報が手に入らなくなり、この男がやろうとしているアメリカ軍基地への攻撃は他の仲間がやすやすと実行できてしまう。

〈スカーフェイス〉に対する攻撃判断を特に難しくしているのは、彼を捕捉することがすべてプラスに働くとは限らないことだ。対米強硬派でこっちの仕組みに精通しているので、尋問に口を割らず、私たちの任務に役立つ情報を明かさない可能性がある。

もう一つ選択肢があった。相手はネットワークの上層部にきわめて近く、ドローンで追跡を続けて彼とその一味に関する情報をもっと集める手もある。〈スカーフェイス〉ほどトップレベルの指導者はほとんどいない。あと一週間追い続けるだけでも、テロリストの隠れ家や武器庫、仲間について知ることができ、〈マンハッタン〉と〈ブルックリン〉の組織の解明につながるかもしれない。彼が自宅で眠りについた後も、ドローンは上空にとどまって監視を続ける。夜明けとともに相手の一挙手一投足を目撃し、記録していくのだ。私たちはただ座ってモニターを見ているだけでよかった。目の前にいくつも並ぶ高精細モニターで映画を鑑賞するときのように。

私は決断した。「あの男を追おう」

だが、事態は思わぬ展開を見せた。

同じ地域で

任務にあたっていたレンジャー部隊がそのときたまたま私たちのドローン映像を傍受していた。戦場では軍の通信ネットワークが縦横無尽に張り巡らされていて、部隊の相互協力を可能にしている。レンジャー部隊が映像を見ているのは明らかだった。彼らに音声は聞こえず、作戦の細部までは知らなかったはずだ。通常、そうした傍受は状況把握のためと、自分たちの部隊の航空機がドローンの飛行空域に進入しなければならない場合に備えたものだ。

ほとんどの場合、こうした部隊間の情報共有は有益に働く。

私たち特殊部隊が特定の任務地域を持つことはあまりない。決まった地域で作戦行動するレンジャー部隊と異なり、特殊部隊は必要とあればどこにでも行った。

何か問題が発生するのを防ぐため、襲撃チーム司令官のマックスはあらかじめレンジャー部隊の司令官に連絡し、彼らの任務地域で〈スカーフェイス〉を追っている、手出しはしないでもらいたい、と伝えていた。

「話はついた」マックスが私に言った。「レンジャーも了解済みだ」

モニターにアジトの全景が映し出されている。もう誰も戸外にはいなかった。陽が出ており、見渡す限り嵐や雨雲の気配もなかった。ドローンの飛行にうってつけの晴天だ。我々は通常の追跡手順を開始し、見張りを継続しようとしていた。

ドローン一機では足りない場合に備えて、機体を追加すべきか私は考えていた。増援が必要だろうか？

じっと待ちながらさらに一〇分が経過し、ドローンがアジトの上空を旋回する間、私は〈スカーフェイス〉についての過去の記録に急いで目を通して手がかりを探していた。

そのとき、ジェイクがモニターの隅で何かが光るのを見た。

「複数台の車両が幹線道路からアジトに接近中」彼の声が響く。

「何だと？」

「高速で近づいています」

「くそっ、どうやらでかい車らしいぞ。ズーム・インして車両を特定するんだ」

カメラ・オペレーターが倍率を上げていく。

一体どういうことだ？　接近しているのはアメリカ軍のストライカー機動戦闘車だった。何が起こっているんだ？

ストライカーは非常に特徴的だ。八個の大きな車輪、ロケット砲、回転式砲塔を備えている。戦車並みの大きさで、歩兵部隊を戦闘地域に輸送する目的で作られている。圧倒的な攻撃力を持つその四台が、アジトに向かって大きな砂煙を捲《ま》きあげながら急行していた。

こいつらは一体誰だ？

ボックスでは誰もが信じられない思いで目の前の光景に見入っていた。私たちは突然、作戦の主導権を失った。恐ろしいことだった。誰も直面したくない事態だ。我々はストライカーの後部傾斜板が下り、迷彩服に身を固めた兵士たちがアジトに自動小銃の狙いをつけながら飛び出し、車体を盾にして配置につくのを見た。

陸軍レンジャー部隊だ。

〈プレデター〉のカメラ・オペレーターが報告する。「アメリカ軍部隊を視認」

「ふざけやがって」横にいた誰かが叫んだ。

「レンジャーは介入しないって約束したばかりでは？」

「そのはずだよな？」

誰もが同意するように部屋の中を見回していた。

兵士の一人が拡声器で何かを叫んでいるのが見える。おそらく〈スカーフェイス〉に出てこいと呼びかけているのだろう。

彼のことだ、両手を上げて出てくるはずはなかった。

その間、マックスはレンジャー部隊司令官に再び電話していた。激怒し、唾を飛ばしながら受話器に怒鳴っている。

「どういうことだ、了解が取れていたはずだろう？　なぜそっちの部隊がアジトにいる？」

短時間だが厳しいやり取りが続き、マックスが電話を切った。レンジャー部隊司令官は、すべては通信系統の故障が原因で、部隊を呼び戻そうとしたが手遅れだったという。

「ろくでもない言い訳だ」私は言った。「うそに決まってる」通信システムは簡単に壊れたりしない。これは明らかに、レンジャー部隊が大きな手柄を立てたくてやっているのだ。ここは彼らの縄張りであり、たとえターゲットを見つけたのが我々であっても、他人の手柄を見せつけられたくないのだろう。

だが文句を言っている場合ではなかった。

「なあみんな、納得はいかないが、今はレンジャー部隊を支援しなければ。〈プレデター〉をスクワーター監視モードに切り替えてくれ」

「スクワーター」とは、建物や車など、攻撃現場から「飛び出す」者たちだ。

〈プレデター〉は現場のアメリカ軍部隊の安全確保という、まったく新しい任務を遂行しはじめた。レンジャー部隊に対するいかなる脅威も見逃さず、誰一人裏口から逃げることのないようにする。

だがアジトはいまだに静まり返っていた。拡声器の呼びかけにもかかわらず、五分経っても誰も出てこなかった。

やっと、女性が一人、ためらいがちに正面玄関から歩み出た。子供を三人連れていて、手に何かを抱えている。若い男も彼女の後ろをついてきた。一行は家の前で立ち止まった。

こういう場合、爆弾や武器を持っていないことを確かめるために、その場に静止させるのが決まりだ。

女性と子供たちがゆっくりと、慎重に兵士たちの方に歩き出し、ストライカーの後部に連れていかれた。一瞬の間を置いて、男性がそれに続く。家の中に残っているのは一人だけだ。

我々は皆、ヘッドホンをして、レンジャー部隊の交信周波数に合わせた。

一人の兵士が状況について説明していた。

「女性によると、家にいる男がすべての銃を自分に集めさせたそうです。そして彼女たちに別れを告げ、電話と金を渡して、すぐ外に出るように言いました。自分は出ていかないと言ったそうです」

そのとき、銃撃が始まった。

高い窓からＡＫ－47の銃口がのぞき、家の前庭にコーラの泡の列を立てるように銃弾を掃射していった。レンジャー部隊が嵐のように応射する。

映像では何百という銃弾が小さな光の瞬きのように空気を切り裂き、家に叩きつけるのが見える。

集中射撃はずっと続いた。

だが男はしぶとく抵抗した。ＡＫ－47の銃口があちこちの窓から飛び出し、いたるところに銃弾を浴びせてきた。

そのとき、どの車両か分からないが、ストライカーがロケット弾を発射し、家の上部を吹き飛ばして屋根の一角に大きな穴を空けた。

「赤外線に切り替えろ」私は言った。

ドローンのカメラ・オペレーターが、家の中の様子を確かめようと穴の空いた箇所にズーム・インした。

ほどなくして、別のロケット弾が同じ箇所に命中し、開口部がさらに拡がり、外壁がずたずたになった。そして、地面にうずくまる死体がモニターに映った。絶命し、不自然にねじれた形をしていた。

レンジャー部隊はやがて射撃をやめ、現場に静寂が漂った。混乱の後では、まるで何時間も経ったように感じられた。しばらく様子を見た後、レンジャー部隊は家の中に入って行った。

あれは〈スカーフェイス〉なのか？　それとも別人？　私は家の中に別の誰かがいるのではないかと心配だった。だが、最大の心配は、〈スカーフェイス〉が自爆ベストを着用していて、兵士たちをおびき寄せようとしているのではないか、ということだった。

ドローンは休むことなくアジト上空の旋回を続け、そのカメラは他の人物やスクワーターの徴候に目を光らせていた。安全が確認されるまで、ゆうに五分はかかったが、やがて兵士の声が無線で伝わってきた。

「ジャックポット、敵一名戦死」

ボックス内は複雑な感情に支配されていた。もちろん、〈スカーフェイス〉がアメリカ軍に対する攻撃に手を染めることがなくなったのは嬉しい。その死はテロ組織にとって痛手だ。どちらも朗報だった。だが、私の中ではもう数日、数週間、彼を追跡したかったという思いがあった。〈マンハッタン〉と〈ブルックリン〉はいまだに野放しだ。

ドローンの映像を眺めながら、転がった死体から目が離せなかった。私は〈スカーフェイス〉を発見し、レンジャー部隊をここに連れてきた。意図的かどうかは別として、これが私の最初の殺害だった。

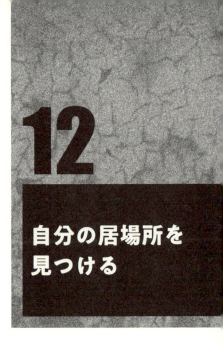

12

自分の居場所を見つける

「寝なきゃだめだ」ある朝、マックスがボックスにやってきて言った。「お前、ひどい顔だぞ」

全身青白くなって痩せはじめた私を、皆はキャスパーと呼ぶようになっていた。服がずり落ちそうになり、三〇ポンド（一三・五キロ）近くも痩せていた。着ていたシャツがやけに大きく、体が小さく見えた。ズボンがずり落ちないよう、ベルトを一番きつい穴まで締めなければならなかった。それは二〇〇九年の一〇月で、私は四か月でもう数千時間の飛行時間を記録していた。ときどき、自分がモニターの中に住んでいるような気分になった。自分の目がドローンのカメラで、砂漠や都市の上を果てしなく飛び続けているかのように。

「コーンフレークじゃなく、ちゃんとしたものを食え、キャスパー」マックスは言い、散乱しているコーンフレークの空き箱を指差した。私の手元には空のエナジードリンク缶が何本も並んでいた。

「後で」私は言った。「あとでちゃんと食って寝るよ」

私はどうしてもモニターから目が離せなくなっていた。ますますドローン作戦にのめり込み、普通に食事もとらず、四時間ごとにトイレ休憩に行くだけになっていた。シャワーも一週間に一度しか浴びず体臭がひどい。任務開始から数週間、麻薬のように仕事に溺れた。次々に作戦をこなす。私は情報ファイルを精査し、ドローンのカメラが映すものを追い、送られてくる映像のどんなに細かいところも見逃さないようモニターを見つめた。

昼も夜も関係なく、敵に戦いを挑んだ。同時に、私の体も激しい消耗と戦っていた。戦いのあらゆるストレスに耐えていることがどれほど体に負担をかけているか、仲間に隠しているつもりでも外見に現れはじめていた。チームの誰からも、自分が精神的、肉体的に弱い人間だと思われたくなかった。仲間に信頼されなければならないし、常に自信を持って指揮することが必要だ。だが、実際には私は急激に消耗していた。

ボックスには時間の感覚がない。そこは常に薄暗く、壁に並ぶモニターだけが明るく輝いている。ラップトップPCの画面には、世界じゅうの他のボックスやワシントンDCの本部から送られてくるチャットメッセージや、新しいターゲットに関する情報が途切れることなく点滅している。ドローンは一回の任務で一八時間から二〇時間飛び続けることができ、我々はそれに合わせて活動するようにしていた。アメリカに戦いを挑もうとするターゲットを見つけ出せ。ドローンがそう我々を鼓舞しているかのようだった。

ドローンからの映像はときとしていやになるほど退屈だ。おんぼろのトラック、がらんとした屋上、埃っぽい家屋、くねくねとした砂漠の道などが延々と続く。それでも私は何かを見逃すのではないかという不安から、じっと映像に見入った。必死に眠気と闘い、意地でも寝ないようにした。一時間失うごとに、作戦を練って攻撃を仕掛ける時間を敵に与える。ターゲットは何百人といて、私はその連中を発見することに中毒になっていた。

ドローン映像を追っていないときは、テロリストが自作したビデオや襲撃チームが持ち帰った血のついた書類などの資料に目を通した。こうした資料は吐き気を催すような、見たくないものばかりだ。

私たちのターゲットは、他のイスラム教徒の喉をヤギみたいに切り裂いたり、切断した頭部をカメラの前にずらりと並べたりする様子を自ら撮影していた。子供を生きたまま焼き殺したり、女性の部屋に押し入ってレイプする様子もあった。

その頃に私が見たのは、人間による最悪の所業だ。それでも私は見続けた。そうしたビデオから、ターゲットたちに繋がる情報が得られることもあったからだ。敵が見せるこうした残忍さは、私を一層戦いに駆り立てた。自分の任務が、かつてなく重要なものになった。

真夜中や早朝に重い足取りで自分のトレーラーに戻ると、疲れ果てているにもかかわらず不眠症に悩まされた。頭が冴えて眠れなかった。

長い一日が終わり、硬いシングルベッドに横になり、紙みたいに薄いシーツをかぶる。頭の中では、まだボックスにいるようにさまざまな作戦プランを練っていた。今日、足りなかったものはなにか、もっとうまくやれたことはなかっただろうか？　その夜、私は空に浮かぶカメラになって、見たことのない都市の細部を観察していた。

ターゲットの捕捉・殺害に成功するごとに、私はますます自信を深めた。ターゲットからターゲットへと、絡んだ情報の糸をほぐす技術を磨き、繰り返し目にする情報やデータの異変から謎を解く能力を高めた。ドローンでの飽くことのない監視を我慢強く続け、ターゲットにぴたりと行き着くのもうまくなった。

任務は私を消耗させたが、課せられた使命はあまりにも大きかった。諦めるわけにはいかない。

故郷に帰る

と、「誰かを殺したか？」と聞かれることがあった。そういうとき、だいたいはお気に入りの映画『トゥルーライズ』のセリフを拝借するようにしていた。シュワルツェネッガー演じる主人公が、殺した相手について聞かれるシーンで答える「ああ、でもあいつらは全員悪人だったから」というものだ。

自分としては、誰かを実際に殺したと言えるかどうか分からない。

自分が質問していることの意味がよく分かっていない民間人から、この質問をされた軍関係者は多いはずだ。私は何か月も戦場で過ごすうちに死者数を数えるのをやめた。死を数として捉えなかったのだ。数が大事なわけではなかった。

重要なのは、アメリカ人やその他の罪もない人々、私と同じような力を持たない人々を守ることだ。がっかりさせるつもりはないが、それくらい単純な動機だった。ひどいことをする者たちと戦う。それだけだ。

何か月も追い続けた男のことを覚えている。ある日、彼はバグダッドのシャアブ地区にある混雑した市場の真ん中に車を乗り付けた。後部座席には小さな男の子と女の子が乗っていた。二人とも一〇歳にもなっていなかったに違いない。

市場にいた地元の人々は、男が子供たちを車に残して近くの店に入るのを見ていた。数分後、車が爆発する。後部座席の子供を含め、市場にいた五〇人以上が犠牲になった。運転していた男は車に爆弾を仕掛け、子供を乗せて駐車した車を無害に見せかけたのだ。私は驚かなかった。こんな男は人間ではない。たとえ生物学上はそうであっても。

もちろん、我々はその男を見つけ出して殺害した。今回は選択肢を与えなかった。

現地にはテロリストによる残虐行為がますますはびこっていた。

ターゲット

を生かすか殺すか判断していたのは私かもしれないが、ほとんどの場合に引き金を引くことになるのは他の兵士だった。

ある日の深夜二時三〇分、我々の特殊部隊が襲撃を開始した。計画通り、銃撃を手始めに戦闘員が建物に踏み込み、銃を持った男が建物から現れて地面に崩れ落ち、司令官のマックスが「ジャックポット」と無線で伝える。特殊部隊がターゲットを仕留めた。

雑音の混じる無線を通じ、今後に役立ちそうな証拠を現場で探す、とマックスが伝えてきた。だが、その付近の住民が起き出す前に素早くやらなければならない。

一日の任務が終わった。

私は常に襲撃チームが戻るまで待機していたので、彼らも自分たちの無事を見届けるまで私が眠りにつくことはないと知っていた。それに、そうやってたまに深夜のボックスで一人過ごすのは、翌日の新しいターゲットをじっくり分析するいい機会だった。

真夜中を何時間も過ぎたころのボックスはとても静かだ。ほとんどのメンバーは眠っているかトレーラーに戻るところだ。その静寂の中にいると、どんな小さな音も私には大きく感じられる。アメリカ軍の活発な情報活動を記録するコンピューターサーバーの作動音、ときおりどこかから入ってくる無線連絡、何かの機械からの通知音などだ。

四時ぐらいになってやっと〈ブラックホーク〉の重厚なローター音がボックスの静寂を破り、着陸の衝撃がこの仮設の建物を揺らした。

帰投後、チームは武器と装備をしまってベッドに直行するのが普通だった。次の日もこれを繰り返す。だがその日、エリックという兵士が私に会いにきた。

「今日のターゲットは誰だったんだ?」血だらけのままドアを開けて入ってきた彼が尋ねた。

ターゲットを至近距離から撃ったのは彼だった。

「殺した男は誰だ?」彼がまた尋ねた。

最初はなんと答えればいいか分からなかった。私は質問に動揺していた。

エリックは防弾ベストに身を固めたままで、無線機をぶら下げ、右手に持った自動小銃の銃口は地面すれすれに向いていた。汗と埃となにか湿ったもののむっとする臭いをさせている。赤黒い血しぶきが、こすり落とそうとしたかのように防弾ベストを横切ってこびりついていた。血はところどころまだ湿っていて、迷彩服や心臓の上あたりにベルクロ留めしている星条旗の記章にも染み込んでいた。

もう何年もこの任務に従事しているベテラン戦闘員のエリックは、髪もひげももじゃもじゃで原始人のような風貌だった。彼はいつもニューヨーク市消防局《FDNY》と書かれた濃紺のTシャツをお守りみたいに制服の下に着ていた。エリックは私が知る誰よりも多く被弾したことがある。チームメートの一人が、ぱりっとした正装用の制服姿で撮ったエリックの軍用写真を加工し、左胸の勲章の上に二〇個もの名誉戦傷章《パープルハート》を合成してそれをちゃかしたこともあった。運がいいのか純粋にすご腕なのか、いずれにしても絶対に銃火を交えたくない相手だった。

彼はくたびれてあちこちが擦れたヘルメットを脱いで私の机に置き、私の横のぐらぐらする椅子に腰を下ろした。こちらに身を乗り出す。

「それで?」彼は静かに言った。

私はどういう意味だ? と思った。彼が殺したのは国境地帯で最も有名な密輸業者で、人員や資金、物資を反政府勢力のために調達していた。どうしてそれを忘れるというのか?

私はとまどいながらそれを説明しはじめたが、途中でやめた。

ぴんときたからだ。

エリックはついさっき射殺した男の正体を知りたがってはいなかった。私が襲撃メンバー全員に任務についてブリーフィングしたときにそれは聞いている。本当に知りたがっていたのは、こういうことだった。あの男は殺害すべき人間だったのか？

彼が言いたかったのは、一つの命が失われたのであり、奪ったのは彼だということだ。ボックスにいる私は、男の死を遠くから見ただけだった。だがいま私の隣に血の匂いのするベストを着て座っているエリックは、死とはこういうものなのだ、と示していた。

エリックはターゲットに至近距離から二発撃って倒した。襲撃チームが踏み込んだとき、相手は持っていたＡＫ‐47の引き金を引く余裕すらなかった。

「心配するなエリック。あいつは悪党だった」私は言った。

エリックはそれを求めていたのだ。私は悪党と知っていて命を奪った。決して軽い気持ちでやったのではない。エリックだけじゃなく、私も男の死に責任を負っている。

私たちは二人とも殺害に手を染めたのだ。

エリックは私を見てうなずいた。「おやすみ」それ以上、なにも言わなかった。

自分たちの責任の重大さを忘れないために、エリックは残りの派兵期間中ずっと、例の血に汚れた星条旗記章をベストに留めていた。

私たちは二度とそれを話題にしなかった。デルタに志願した最初から、沈黙が我々の了解事項だ。なにが起こったか話さないし、分析もしない。それは自分たちの中にしまっておくことだった。

とはいえ、ターゲットを追う日々において、たまには妙な楽しみを見つけられるからこそ、なんとかやっていくことができた。

一番楽しかったのは、テロ組織にドローンに対する強迫観念を植え付けたことだ。薄曇りのうだるように暑い日、私たちは何時間もターゲットを追っていた。その男は誰かを振り切ろうとするかのように渋滞したモスル市街をあちこち移動し、砂漠に出るとやがて車を止め、外に出た。数フィート歩くと空を見上げた。車の前に回って同じ動作を繰り返し、次に後ろに回った。まるで、場所を変えると空がもっとよく見えるとでもいうように。

これはよくあることだ。ターゲットたちは砂漠に出て、あるいは空いている道に車を止めて、ドローンの姿や音を探した。何か月にもわたって、敵の間に強迫観念が増大していくのが私には分かった。まばたきしない目、ドローンに対する不安だ。そのころにはドローンによる監視はすっかり当たり前になりつつあり、イラクの空にドローンがひしめいていることは秘密ではなくなっていた。ＩＳＩはドローンへの対処法をまとめ、テロ組織内部に通達しはじめた。それは笑える内容で、屋根にアルミホイルを貼り付けたり、ドローンに捕捉されないように夜は車からバッテリーを外す、というようなものだった。別の日には、男が車の脇に立ち、よく晴れた青い空を三〇分も見上げていた。上空でひどいテレビ番組をやっていて目が離せないとでもいうように。

相手は慣れてきたが、我々も負けてはいなかった。ドローンをより高高度で飛ばして音を聞こえにくくし、その上で普通の航空機を市内の別の場所に低く、大きな音で飛ばして、我々が別のターゲットを追っているように見せかけた。

悪党は常に何か悪だくみをしていると思うかもしれないが、ドローンから一日じゅう観察していると実際にはそうではないことが分かる。我々が追っていた相手は一般人っぽく装うように訓練されていて、ほとんどの場合うまくやっていた。他人には絶対に教えないような奇行を目撃することもあった。誰も見ていないと思ったときに人がやる、さまざまなことだ。

エアコンのない家が多かったので、たくさんの人々が夏は屋根の上で寝ていた。それでセックスもたくさん見た。夜中に裏庭にガラクタを運び込み、糞をまき散らした男たちもいた。バグダッドのダウンタウンで屋根の上にいる男が、味方の地上部隊に忍び寄っているのではないかとズーム・インしてみると、その男はマスターベーションをしていた。人里離れた農場で牛とセックスしている男を見たこともある。これには何日も笑いが止まらなかった。

捕まえた情報源の男が、ドローンに対する恐怖で屋根付きのボンゴトラックをサンルーフ付きの乗用車に取り替える動きがテロリストの間にある、と言ったこともある。間抜けな連中が、それで運転中にドローンを見つけられると考えたのだ。

その間、我々の空からの攻撃を避けるため、テロ組織の指導者はより深く闇の奥に隠れていた。より多くのドローンを我々が投入すればするほど敵にとって不利になり、指導者たちが公然と活動できる時間が短くなった。指導者たちは組織内のいろいろな相手に連絡するとき、連絡係に頼る頻度が高くなっていった。携帯電話はしょっちゅう廃棄され、メールも使われなくなり、インターネットカフェは得意客をなくすことになった。ある男は、二五種類ものプリペイド携帯端末をダッフルバッグに詰め込んでいた。

イラクはまだに地獄のような場所だったが、我々のドローン戦争はそれに変化をもたらしはじめていた。二〇〇九年の九月と一〇月には、アメリカ軍部隊への攻撃が減少した。道路に仕掛けられる簡易爆弾や自爆テロ事件の数が減り、国境を越えた密輸も減少した。

私はその時期、わずか二か月足らずの間に計四〇回の任務をこなしていた。殺害したターゲットは数十人に達し、数百人を捕まえた。ビル、ジャック、そしてマークのチームも同じぐらいのスピードで仕事をしていた。我々は連携しながら任務にあたることでイラクの北部地域を広くカバーし、敵は夜安心して眠ることも、大規模な集会を開くこともできなくなっていた。すべては順調だったが、事態が逆転してしまうこともあり得ると私たちは知っていた。攻撃の手を緩めれば、状況はたちまち悪化する可能性があった。

私たちは不安定なイラク政府を心配していた。その夏、イラク政府はアメリカ軍の作戦遂行に裁判所の許可を義務付ける法律を制定した。

我々は驚いた。一体どういうことだ?

これはまったく理屈に合わない。我々は極秘に活動していた。内容を知っているのはごく限られた人間で、それが当然だった。作戦の詳細を一般公開すると、敵に情報漏洩するおそれがあった。そんなことは到底受け入れられない。我々は法律を無視し、自分たちのやり方で任務を遂行した。法律が施行されると、我々はすぐ今までよりもっと自分たちの活動を秘密にするようになった。ちょうど我々の敵と同じように。

我々の極秘

活動の一部として、きわめて勇敢な地元情報機関員の協力と支援を得ていたのは重要な点だ。我々のチームはイラク人の男女を少数選抜し、監視技術を教え、たばこやキーホルダーに仕込んだカメラなどのスパイ用機材を与えた。このグループを我々は〈コブラ〉というコードネームで呼んだ。彼らの多くは、我々が入り込むことのできない場所で何年にもわたって情報を収集した。

我々が街の真ん中に出て行くとどうしても人目を引いてしまうため、遥か上空を飛ぶドローンを通じて地上の〈コブラ〉たちと連絡を取った。攻撃に際し、〈コブラ〉がドローンの照準をターゲットに合わせることもしばしばだった。地元の人間がこうして我々に協力するのは、私たちが追うテロリストによって自分たちの住む世界がめちゃくちゃにされたからだ。イラクの人々はきちんとした暮らしを家族や地域社会、そして自分たちの国に取り戻したがっていた。

ある日、ターゲット特定用の写真を撮影するためにある男を地上で尾行していた。そいつは何か月もある団地に身を隠し、ドローンからはほとんど見つけることができていなかった。男が隠れ家を出た幸運な機会に、〈コブラ〉に車で尾行させることにした。だが、事態は少々危ない展開を見せる。

〈コブラ〉はターゲットの車にだいぶ引き離されたが、ラッキーなことにやがて二台とも渋滞にはまった。少なくともターゲットは身動きが取れない。味方の男は一〇台後ろにいたが、突然車から飛び出してターゲットの方に歩き出した。

あいつはなにをしてるんだ？

そのイラク人は車の間を歩きながら、誰彼なしに悪態をついたり叫んだりして渋滞に頭にきているふりをしていた。一五台ほど前の方までわめき散らしながら狂態を演じると、戻る途中でターゲットのスナップ写真を撮影した。完璧な一枚だった。

「ちょっと話せるか？」

ビルからの電話だ。なにかが起こったらしい。

「ほんの少しなら」私は言った。「市街地でターゲットを追っているんだ。男は移動中。どうしたんですか？」

私は受話器を肩で耳に押し当て、白いトラックで混雑した市場の道を左右に折れたり信号で止まったりするターゲットのドローン映像を目で追っていた。トラックの荷台に積んだ爆弾がいつ爆発するかもしれない。注意をそらすわけにはいかなかった。

「本国の司令部から緊急メッセージが届いた」ビルが言った。ノースカロライナ州の本部基地のことだ。

ビルの言うことをぼんやり聞くのは初めてだった。「なんだろう？」

「緊急メッセージが届いたんだ。ご家族がお前を探しているが、一体どこにいるのか途方に暮れているらしい」

彼の声が急にはっきりと聞こえた。

「なぜ?」

イラクに来て以来、母や家族の誰とも話していなかった。このとき初めて、彼らのことをすっかり忘れていたことに気づいた。ここのチームメンバーが私にとっての家族になり、ドローンが生活のすべてになっていた。

「お前のいとこのことだ」彼は言った。「交通事故で亡くなった。ひどい事故だったらしい」

私はしばらく黙っていた。その知らせを受け止め、理解しようとした。いとこのAJとはテキサスで一緒に育った。その知らせを聞いて、私は急に故郷の街とそこに残してきたものを思い出した。いとこは二二歳、私より三歳年下だった。昔、AJとは兄弟のように仲が良かった。夏はオデッサの彼の家で過ごしたものだ。そこには大きなプールと、何マイルも広がる乾燥した大地に続く広大な裏庭があった。プールでお互いを溺れさせようとしたり、裏庭の家から遠く離れた場所で朝までキャンプしたりしたのを覚えている。ある夜、強い嵐がやってきて、突然の雷に目を覚ました。AJはテントの端を全力で押さえていて、吹き付ける風と激しい雨、雷鳴があたり一帯を包んでいた。テントは今にも飛ばされそうで、映画『ツイスター』の竜巻のように、空中に吹き飛ぶような気がした。勇気を奮い起こして二人でテントの隙間から顔を出し、三つ数えてから、家に向かって激しい雨の中を一心不乱に駆けて行った。まだ子供だったが、なんとか死を免れた気分だった。

事故のことは後になって知った。橋の欄干に激しく衝突し、即死だったそうだ。心臓が止まりそうなニュースのはずだった。だが私はボックスに座ったまま、なにも考えられなかった。あまりにも遠い世界の出来事であり、今は目の前の任務がすべてだ。

「わかった、知らせてくれてありがとう」私はビルに言った。

ビルは私に目を覚まさせようとした。

「よく聞け、おれはこの世界で長くやってきたので、お前がなにを考えているかは分かる」彼は言った。「おれもごく近い家族を何人か亡くし、そのたびに彼らに会いに行くより任務を優先してきた。行っておくべきだったと後悔している」

彼は一瞬間を置いて、こう続けた。「なあ、聞くんだ。あのころのおれはちゃんと考えていなかった。ここでの仕事より家族が大事だ。本当だぞ。家族のところに行って、葬式に出るべきだ。すぐに飛行機を手配する」

だが私はどこにも行きたくなかった。「無理だ、ビル。今は任務が大事なんだ」

ビルはとうとうあきらめた。受話器を置く前に彼はこう言った。「行かなかったことを後悔するぞ」そして電話が切れた。

葬儀はその二、三日後に行われる予定だった。家族全員が出席するはずだ。私がどこにいるのか聞かれたら、母はどこか海外にいて連絡がつかないと言うだろう。私は連絡をしていなかったから。

そのときには正しい判断だと思えた。ドローンと自分の任務以外のことがなにも見えていなかった。私は大きな戦争のなかで人の命を救っている。何年も経ってから、自分たちのやった殺戮と破壊は果たして正しかったのかと思うことになる。なぜ私は別れを告げに行かなかったのだろう？

だがそれはまだ何年も先の話だった。

今は任務が最優先だった。その夜、我々は追い続けてきた爆弾テロ犯を仕留めた。そしてまた電話が鳴った。次のターゲットが現れた。

〈マンハッタン〉と〈ブルックリン〉の居場所を知る情報源をＣＩＡが取り調べていた。組織の頂点に立つ二人を捕まえようと、我々は活動していた。

「こっちに来いよ」先方が言った。「男に会うべきだ」

私はよくＣＩＡと一緒に働いた。毎週のターゲット会議で一緒だったし、協力して敵を追うこともあった。戦場でドローンを運用し、地上戦闘部隊を持つ我々を、彼らは必要としていた。

だが、お互いの反感がときおり顔をもたげた。ＣＩＡの官僚主義のために任務がうまくいかなかったり、誤った情報を与えられたりしたこともあって、我々のチームは彼らのことをひどく嫌っていた。手柄を横取りされたこともある。ヴァージニア州ラングレーにあるＣＩＡ本部に、私たちが行った殺害のことを自分たちのものと報告したといううわさを聞いたことがあった。我々のチームには、彼らと口をきこうとさえしない者もいた。ＣＩＡからの電話は切ってしまう者が多かった。向こうも同じように思っていた。向こうの上級分析官には、我々が権力を持ちすぎているとして嫌っている者もいた。だが情報収集活動は9・11以降の数年で劇的に変化した。もはやＣＩＡは唯一の情報機関ではなく、そのことに彼らはいらだっていた。

ビルがそのことを知り、私に警告した。「行く前によく考えるんだ」ビルはＣＩＡの情報源、特にテロ組織の最高幹部に会わせてやると言う人間を信用していなかった。その気持ちは分かる。だが同時に、〈マンハッタン〉と〈ブルックリン〉についての情報が得られるなら、どんなものでもあたってみなければならない、と私は思った。

13

無駄に終わった追跡

次の朝、私は戦闘員の一人とヘリに飛び乗り、バグダッドにある秘密の前哨基地に向かった。荷物はラップトップ一台、拳銃、それに防弾ベストを少しという軽装だった。

我々はイラク北部の小さな飛行場に降り立ち、基地から迎えにきたエージェントの装甲車に乗った。午後の遅い時間で、いつも通り暑かった。汗が額の上で玉になっていた。

基地はサダム・フセインのかつての王宮の一つだった。広大な敷地に石造りの建物、プールもある。大きなメインの建物の周りに、いくつかの小さな建物が点在していた。

通常、こうした場所は一般的な武装をした兵士が警備している。だが、ここは私服の警備員によって厳重に守られていた。

ゲストハウスの一つで、電話で話したエージェントが通訳と情報源の男とともに我々を待っていた。ＣＩＡの情報将校に会うのは初めてだった。その将校について覚えているのは、口ひげをはやしていたこと、早口だったこと、そして私が〈サイレンサー〉と名付けた情報源を大いに信頼していることだった。

〈サイレンサー〉についてはほとんど知らなかったが、それはよくあることだ。安全のため、他の組織の情報源についてはなにも知らされないのが普通だったからだ。どこも情報源を使っていた。役に立つ者もいれば、単に金目当ての者もいた。〈サイレンサー〉は間違いなく多額の報酬を得ていた。我々のミーティングの冒頭、エージェントは彼に払う現金が詰まった大きな袋を私たちの目の前のテーブルにどさりと置いた。数万ドルは入っていたはずだ。

情報源のことは最初から気に食わなかった。握手するとき、彼は目を合わせなかった。背が高く、口ひげは不揃いで、左側の方が短い。後に、彼のせいでアメリカ兵が何人か命を落としていたことが分かった。実はＦＢＩが彼への逮捕状を持っていたが、ＣＩＡの保護で執行できずにいた。そいつは確かに不快な人間だったが、人々の命を救うには人間性に問題のある相手とも渡り合わなければならない。厄介な仕事だ。

部屋の中は豪華な革張りの調度品、樫の木のテーブル、磨き上げられた堅材製の床という造りで、訪れた者をくつろいだ気分にさせた。地下壕から引っ張り出したような、殺風景で埃っぽい備品が並ぶイラクの取調室とは大違いだ。

私たちはテーブルについて、コーラとシャワルマ（アラブ風サンドイッチ）で食事をしながらイラクの政治情勢について気楽に語り合った。尋問の前に、〈サイレンサー〉をなごませ、リラックスした気分にさせるためだ。

「彼は役に立つよ」ずいぶん経ってから、エージェントが〈サイレンサー〉の方を手ぶりで示しながら言った。

「どんな風に？」私は尋ねた。

私は情報源の供述になにかおかしな点があればすぐに追及できるよう、テロ組織についてしっかり情報武装してきていた。

「あの二人はなぜお前を信用する？」私は知りたかった。我々は〈マンハッタン〉と〈ブルックリン〉をもう何年も追っている。二人は見えない敵だった。「どうやって怪しまれずに二人に接近できるんだ？」

〈サイレンサー〉によると、二人に会ったことはないが居場所は調べられるという。以前にＩＳＩで働いたことがあり、二人の指導者の居場所を知るイラク北部の人物たちと懇意だった。「彼らはおれを家族のように信用している」彼は言った。「二人に近づくのはたやすいことだ」

彼が話題にした地域のＩＳＩメンバーについて聞くと、全員のことは知らないという。だが我々は彼が信用できる情報源だと信じたかった。ＣＩＡの見る目は確かだと思ったからだ。

尋問を終えるまでに、彼を使うことに決めて実行計画を立てた。〈サイレンサー〉は北部に行き、二人の側近たちのところに連れて行ってくれる男に会うつもりだという。彼によると、側近たちは彼に目隠しをして服を替えさせ、何日か異なる隠れ家をたらい回しにし、自分がどこにいるのか分からなくするはずだ。迷路に入り込むようなものさ、と彼は言った。その後、二人に会うために秘密の場所に連れて行かれる。

「おれを二、三日追っていれば……」彼は言った。「ジャックポットが得られるさ」

こうした状況で心配なのは、情報源がいなくなることだった。テロ組織に敵の手先だと見破られて殺されるか、怖気《おじけ》づいて自ら姿を消すかもしれない。

計画が進んで二人の指導者に会えれば、〈サイレンサー〉は持っている本に我々の技術者が仕掛けた高性能追跡装置を使って合図を送ってくることになっていた。一つ目は面会に成功したとき。二つ目は面会が終わったとき。それは私たちのチームが攻撃を開始する合図でもあった。

その夜、一つだけ彼には秘密にしておいたことがある。我々は彼の行動もまた空から監視し、やるべきことをきちんと実行しているか、ドローンから目を光らせることにしていた。油断はできない。

三時間後、〈サイレンサー〉とＣＩＡチームに「グッド・ラック」と伝え、ヘリでボックスに戻った。行動開始だ。

翌朝七時までに我々は三機のドローンを飛ばしていたが、〈サイレンサー〉の姿は見えなかった。

「情報源はどこだ？」私は無線で聞いた。「我々は作戦現場上空にいる」

バグダッドのダウンタウンは、すでに車と人とバイクが路上にあふれていた。

「もう少し待ってやってくれ」エージェントが言った。「彼は必ず来る」

前の晩、私は司令官に頼んで、自分たちの機以外に二機の〈プレデター〉を追加投入してもらった。一機はビルのチーム、もう一機はジャックのチームのものだ。

ＣＩＡ基地ではたくさんの人間が作戦を見守っていた。イラク各地の司令官も自分たちのモニターで映像を追っていて、アメリカ国内でも同様だった。ビルとジャックのチームも、我々への支援が必要になった場合に備えて映像を見ている。まるでスーパー・ボウル（全米フットボール・リーグ「ＮＦＬ」の王座決定戦）のようになってきた。

「あれがそうか？」

白いトヨタ・カローラが我々の見張っている通りに近づき、男が車から降りて電話しはじめた。

「グレーのスラックスに黄色のポロシャツ、白のトヨタ・カローラ」私は言った。「間違いない」

彼が車に戻って走り出したとき、北という以外にどこに行くのか見当もつかなかった。これから先、直接連絡は取らないことになっている。ここからはチェスをするようなものだ。彼が動けば、我々もそれに合わせて動く。関係機関に連絡し、ドローン部隊が向かう空域を確保しながら。

「作戦開始」私は言った。

〈サイレンサー〉は予定通り二時間ほどバグダッドから北に向かい、ティクリート郊外の低いコンクリート造りの家の前で止まった。その家の裏庭には、パーティでもやるかのようにプラスチックのテーブルや折りたたみ椅子があちこちに置かれている。

彼は家に入ったが、すぐに別の男二人と現れた。三人はどこに行くでもなく、折りたたみ椅子に座ってリラックスした様子でたばこを吸い、酒を飲んでいる。一人の男は最高にハッピーだと言わんばかりに、足を大きく前に組んでいた。

一体なにが起こっているのか？　長い時間が過ぎたが、なんの合図も送られてこなかった。我々が見る限り、家はごく普通の民家だった。警備の者はおらず、家の中も外も不審な動きはない。周辺の環境も静かだった。辺りの家の屋上にも何も動きはない。

もっとも解せないのは、〈サイレンサー〉がテスト用の一つ目の合図もまだ送ってこないことだった。この時点でおかしいと思うべきだったのだろうが、我々は待った。私はグラノーラ・バーをいくつかかじり、コーンフレークを食べた。ボックス内を行ったり来たりもした。モニターの中で彼が酒とたばこを手にぶらぶら過ごすのを見ているといらだってきた。何様のつもりだ？　様子がおかしい。ビルとジャックが、こいつはインチキだとオンラインチャットでメッセージをよこしはじめた。だがＣＩＡエージェントはずっと私に〈サイレンサー〉は信頼できる、これが彼のやり方なんだと説明した。

「みんな落ち着いてくれ。私は自分でこの男を訓練した。優秀な男なんだ」彼は言った。

三時間後、〈サイレンサー〉はやっと出発した。男の一人が助手席に乗り、二人は近くの道路脇にあるアイスクリームの屋台に行き、店員かオーナーの男と話しはじめた。

「この場所について過去の記録はあるか？」私はジェイクに尋ねた。

情報ファイルを急いで調べる。

「この場所はアルカイダに関係した連絡地点とされているようです」

これはいい知らせかもしれなかった。少なくともなんらかのつながりはある。

「店のオーナーの名前は？」

「情報なし」

私は三機のドローンを異なる高度で上空に旋回させていた。

〈サイレンサー〉はまだ一つ目の合図を送ってこない。

三人の男は、屋台が店じまいするまで一時間ほどその近くに座っていた。そのころにはもう日没が迫っていて、私は我慢の限界だった。

三人はそこで別れた。〈サイレンサー〉はカローラに乗り、アイスクリーム屋は三人目の男と自分の車に乗った。

「あくまでも情報源優先だが、他の二人がどこへ行くのかも知っておきたい」私は言い、ドローンを二手に分ける準備をした。

二台はしばらく一緒だった。交通量の多い道を二マイル（三・二キロメートル）ほど走り、ある家に着くと一時間ほどそこで過ごした。そこでもまた特になにも起こらなかった。

先に出たのはアイスクリーム屋で、あの男も一緒だった。二人はまた別の家に行き、そこに泊まった。かなりの高級住宅で、手入れの行き届いた庭やヤシの木があり、後方に独立したゲストハウスまで備えている。この二人は無関係だ。これ以上追う必要はない。

だが〈サイレンサー〉は別だった。家の明かりが消えると、彼が出てきて車に乗った。車が走り出して数分後、驚くことが起こった。二つ目の合図が送られてきたのだ。

これは現実なのか？

ボックス内で私たちは顔を見合わせた。二つ目の合図は彼が二人の指導者との面会が終わったことを意味する。

私はすぐに無線で二つ目の合図が誤報ではないことを確かめた。「間違いないか？」私は言った。合図は確かに出されていた。そこから事態は混乱し、収拾がつかなくなった。

あの家に指導者二人がいるのか、それとも情報源が合図を間違ったのか？　襲撃は開始すべきなのか？

我々の情報

ファイルでは、さっきまで〈サイレンサー〉がいた家はテロ組織となんの関係もなかった。それは高級住宅地にあり、家々の庭はどれもよく手入れされ、街路は清掃が行き届いていた。イラクでは珍しいことだ。警備された場所はなく、街頭になにかが隠されているような様子もない。路上駐車の車は少なく、誰も屋根の上で見張っておらず、武器はなにも見当たらない。

幹部テロリストは市街地にあるこうした家にはいない。そういう連中は常に居場所を変えているので、〈サイレンサー〉との面会は素早く、人目につかない場所でやるはずだ。我々が情報源を使うと知っているから、自分たちの仲間以外は危険な存在だった。どうもつじつまが合わない。

我々は市街地を縫うように走る〈サイレンサー〉の車を追った。彼が指導者二人と一緒なら、急がなければならない。

「ジェイク」私は言った。「同乗者がいないか、センサー・オペレーターにテープを巻き戻すよう伝えてくれ」彼が一人だと確認したかった。ドローンの映像記録がモニターに映り、我々はスローモーションで再生した。同乗者はいない。

私は怒りがこみ上げてきた。我々をだましていたのか？ 私たちは彼に一日中振り回された。司令官たちが見ている前でこけにされたようなものだ。

「家に何人いたか分かるか」

「入っていった三人だけです」

なにが起きているのかと、他のチームもボックスに集まりはじめていた。

「こいつは偽物だ」ビルが言った。「おれたちをだましているんだ」

私は面会メモを取り出し、当日朝に行動を開始してからの一連の計画について〈サイレンサー〉が言ったことを見返した。彼は二人の指導者につながる、自らの情報源のところに直行することになっていた。そんなことはなにも起こっていない。やったことといえば、友人と酒を飲んでたばこを吸い、アイスを食べに行っただけだ。

私は〈サイレンサー〉を信じたかった。〈マンハッタン〉と〈ブルックリン〉を見つける簡単な方法がある、二人を死体袋に詰めてイラク駐留を終えられる、そう信じたかった。今回の作戦が成功すると信じたかった。だまされた気分だ。作戦は中止しなければならない。

私はメンツにかけて続行したかったが、そうすべきでないと分かっていた。〈サイレンサー〉は我々の時間と金、貴重な資源を無駄にさせたのだ。

私は司令官に電話し、襲撃チームの待機を解除すると伝えた。CIAエージェントも同意した。映像を見ていて、自分たちの情報源がいかさまだったと分かったのだ。それから二か月ほど後、CIAは〈サイレンサー〉をクビにし、彼が提供したすべての情報を破棄するよう関係機関に通達を出した。何か月もかけて彼を育てたエージェントはさぞ残念だっただろう。だが最後に笑ったのは〈サイレンサー〉だった。何年間もCIAにうその情報を提供することで、何十万ドルもせしめたのだ。我々にとってせめてもの救いは、CIAの保護がなくなった今、FBIが彼を捕まえられることだった。

「みんな心配してるぞ」

ある夜、国境付近でのターゲット捕捉任務を終えたマックスが言った。「真剣にな、それ以上体重が落ちたらお前は消えてなくなる。休まないとだめだ」

深夜になっていた。私はいつものように適当に返事をしておいた。自分の部屋に戻ると、鏡で自分の姿を眺めてみた。まじかよ。

何か月もモニタースクリーンを見つめ続けて、もう何週間も陽の光を浴びていなかった。歯が黄色くなっている。両目の白い部分も。目の下のたるみはすっかりおなじみになっていた。年老いて死にゆく人間のようだった。

シャワールームに行き、体重計に乗った。四〇ポンド（一八キロ）近く落ちている。カーゴパンツが合わないはずだ。どの服もだぶだぶになっていた。

ターゲットを追う重圧とストレスで体がまいっていた。着任して四か月だったが、もう何年も過ぎたように感じられた。エナジードリンクとアイスだけで長時間働いていた。あまり眠れず、起きるのがどんどん辛くなっていた。私は燃料切れのまま走り続けていた。

イラクを去る二、三日前だからよかったものの、さもなければ私の体はもっとダメージを受けていただろう。ターゲットを追う時間を無駄にしないためには、自分の肉体的、精神的ダメージは二の次だった。

「かまうもんか」私は鏡に向かって大きく叫び、ボックスに戻っていった。

幸い、私にとってデルタ初の海外勤務はあと二、三日を残すのみで、二つか三つの任務をこなせば終わりだった。

二〇〇九年の一一月に派兵期間が終わった。見送りなどない。我々と交代するチームがヘリで到着すると、継続中の任務について引き継ぎを済まし、その同じヘリで我々は出発した。

アメリカに向かう飛行機にビルやマーク、部隊の仲間たちと乗り込んだときには、私の体はぼろぼろだった。任務の続行はほとんど不可能だっただろう。私には休息が必要だった。

我々を乗せたC－17輸送機は真夜中に到着した。他の部隊には帰還を祝う式典が待っているものだ。楽団の音楽、メッセージボードを振る家族、部隊の帰還を知らせる地元の新聞。我々は違った。

ヴァージニア州の飛行場は暗く、がらんとしていて、整備士だけが作業をしていた。

輸送機の後部傾斜板を荷物を抱えて降りると、荒涼とした気分に襲われた。我々は短期間に多くのことを成し遂げた。通常の軍隊ならやれたとしても年単位とまでは言わないが何か月もかかるような任務を達成した。だが、部隊の仲間以外に、成功を喜び合える人はいなかった。デルタの人間はそれが好きだし、私もそれに慣れる必要があった。私たちにとって、それが普通なのだ。

その夜、私は眠い目をこすりながらノースカロライナ州の自宅までずっと車を走らせ、眠りについた。服を脱いだかどうかも覚えていない。帰ってきてすぐガールフレンドのサラと話したのかも覚えていない。彼女とはもう何か月も話していなかった。軍での新しい生活では彼女と話す時間も、話していい内容もほとんどなかったから。任務を離れてもそのジレンマは深まるばかりだったが、いまはなにも考えられなかった。私は目を閉じ、ほぼ三日間眠り続けた。

14

故郷とは？

ノースカロライナで、私は大きな街のずっと郊外にある、公営ゴルフ場の一三番ホールのそばに住んでいた。人里離れたそのアパートは、周囲を森に囲まれていた。最寄りのスーパーやレストランに行くだけでも、一〇分や一五分は車を走らせなければならなかった。だがデルタ司令部には近かった。くねくねとした裏道を抜け、牧場と畑を通り過ぎれば、隠れた入り口があった。それは我々が人目につかずに出入りするためのものだった。そして、万一尾行されたときのために。

帰ってきた最初の三日間ぐらいは、目が覚めてもアンフェタミン（中枢神経興奮薬）を飲みすぎた後のようにぼうっとしていた。家でなにかするだけで頭が痛んだ。喉が渇き、胃にぽっかり穴が空いたような気がする。最初に食べたのは、いろんな具をはさんだビッグサイズのハンバーガーだ。

ガールフレンドのサラが、むさぼるように食べる私を見つめていた。

「お腹が減ってるの?」会話のきっかけを探すように、彼女は言った。

「飢え死にしそうだ」ちらりと彼女を見上げてそう言うと、私はまた食べ続けた。

その夜、私たちは話をしようとした。一見普通に思えることが、うまくできなくなっていた。私はあまりにもたくさんの死と暴力を経験し、自分の中に抱えてしまった。自分が見たこと、やったことを思えば、一体なにを話せばいいのだろう? 過去に戦場から帰ったときよりも元の生活に戻るのが難しかった。私の戦場での体験が恐怖に満ち、PTSD(心的外傷後ストレス障害)を引き起こすようなものだったと言っているのではない。私はほとんどの時間をデスクで過ごし、戦闘員が経験するようなことはほとんどこの目で見ていない。彼らこそ本当のヒーローだ。原因はむしろ、自分の生活が一夜にして変わってしまったことだ。まったく未知の世界で圧倒的な量の情報を前に、ほとんど夜を徹して任務にあたった。精神を限界まで揺さぶられ、気がついたら違う惑星でなにもかも一から経験しているような感覚だった。

戻ってきても、誰にもなにも話せなかった。私の仕事はすべてトップ・シークレットだ。部外者にはどうせ分かってもらえないだろうと、話す気持ちすらなかったかもしれない。そのせいでどんな会話も難しかった。なんでもない文章でも検閲がいるかのように、私は心の中で何度も反《はん》芻《すう》してからやっと口に出した。そのことが私を無口にし、内向的にさせた。職場以外では、私は心を閉ざしていた。

それでも、戦争は私の頭を離れなかった。カメラがターゲットを見下ろし、どこまでも後をつけ、敵の家族やその生活が目の前で展開していく。世界に名だたるテロリストを殺害した次の日に、気の利いたレストランでベーコンチーズバーガーを頬張りながら、楽しそうに談笑する人々を眺めている。日常生活とはこんなにも現実離れしたものなのか？　ど派手なアクション映画の中で生きていたのに、誰かが突然停止ボタンを押したために放り出されたかのようだった。自分がいまいるこの場所を、私はうまく認識できなかった。

夕食から帰ると、サラがまた聞いてきた。「向こうでなにがあったの？」

遅い時間だったけれど、私は疲れていなかった。私たちはリビングのソファに座っていた。彼女の目を見ようとしたが、うまくいかずに顔を背けてしまった。

「あなたの目ね、前と違う気がする」彼女は言った。

「目が？」

「石のようだわ。ただそこにあるだけのように」

二人の間に耐えがたい沈黙が流れた。夜の空気を甲高い音が満たす。コオロギが森やゴルフコースで鳴いていた。その鳴き声は、任務終了後のボックスで聞く、コンピューターの作動音や警告音より大きかった。

彼女になにもかも話してしまいたかったが、そうはいかなかった。

私は話題を自分から彼女に振り、その後もずっとそうした。私は良い聞き手ではなかったからあまりきちんと聞いておらず、彼女もそれを分かっていたに違いない。彼女の目をまっすぐ見ることができなかった。

従軍中の兵士は、普段の生活がどんなものか忘れてしまう。後に残った人々も、不在中の兵士のことを忘れる。自分も、みんなも変わる。そして、故郷に戻ったら自分が場違いだと感じるのだ。

戦争は家族や妻から離れ、単調な日々の雑事から解放されることだと考える兵士もいる。四六時中携帯に届く迷惑メールや、食料品を買うために渋滞に並ぶといった、普段の生活でやたらと時間をくうこととは無縁なのが私も気に入っていた。

海外ではそういう心配はない。デルタ部隊については、すべての活動を支える強力なインフラが構築されていてほぼすべてを自給自足していた。

私は戦場と故郷を、分割された画面のように別々の人生だと思いたかった。だが、そうした区別が不可能なこともある。

帰還した最初の週が最もつらかった。サラとの関係が気まずくなった。でもそれは避けられなかった。私たちは一緒に暮らし、寝室も同じで朝晩一緒に食事をした。なのに、私は火星にいるかのように彼女から遠い存在だった。

「あなたはここにいるの?」別の夜、彼女は言った。

「よせよ、サラ」

「そっちこそ。私と話して。二人で話さないと」

「話してるだろ」私は言った。

「誰かに誘拐されちゃったの?」冗談めかしていたが、彼女は真剣だった。

私がやったことを知る者は家族にも昔の友達にもほとんどいなかった。どんなに親しくても。人にはそれぞれ自分の人生があり、仕事や家族がある。テロとの戦いは一〇年近く延々と続いていた。世界じゅうでテロ攻撃が起こるようになり、アメリカ人はテロの恐怖に鈍感になりつつあった。心配事は他にもいろいろある。反対に、マスコミは軍事作戦や増え続ける人的損害をあまり報道しなくなった。世界規模でテロとの戦いが始まったころ、一〇人が殺害された攻撃をCNNはトップニュースで伝えたものだ。いまや五〇人以上の犠牲者を出す大規模な自爆テロですら、画面下のテロップになればいい方だった。誰もが新しい時代を迎えていた。我々のようにテロと戦い続けている者を除いて。

私にとっていまや戦争がすべてだったから、そこに戻りたかった。自分が経験したり見たりしていることをなにも言わなくても分かってくれる、そういう仲間に囲まれた場所に。チームのメンバーも同じだった。戦場に戻るまで、我々はみな同じ待機状態にあり、また戦場での生活が始まるのを待っていた。我々は飢えていたが、この飢えをどう癒やせばいいのか分からなかった。

日々が過ぎていき、待つことが退屈になった。テレビをつけても、なにも見たい番組がなかった。私はいつも残してきたターゲットのことが気になっていた。いまだに野放しになっている悪党どもだ。〈マンハッタン〉と〈ブルックリン〉。ときには三番アイアン片手にアパートからゴルフ場まで歩き、夜中まで十三番ホールでボールを打った。次から次に。私はあまり上手くなかったが、ボールを打つのも、それが闇に飛んでいくのも気持ちよかった。

遠くまでドライブすることもあった。愛車のコルヴェットで郊外の長い直線を飛ばすと、何かが感じられて好きだった。だが、混んだ道や、家の近辺に新しく導入されたスピード防止帯にいら立つようになった。私はもともと短気ではないが、戦争でそれが変わった。渋滞で動かない高速にいると不安が募り、被害妄想的になることがあった。

「おい、動けよ！」ある日の午後、ショッピングモールに向かう渋滞で、前に止まっているシルバーのカムリに叫んだ。バックミラーを見て、空を見上げた。誰かに見られているのではないかというように。監視する側からされる側へ。空はイラクのように青かった。ノースカロライナにいることを自分に思い出させる必要があった。

ある日の午後、インターネットの開設工事をめぐってタイム・ワーナー（ケーブルテレビ会社）の女性と口論になった。ちゃんとつながらないことに怒りを募らせたのだ。「お客様、ちゃんと解決しますから」彼女は言った。「いや、しないね」私は電話を切った。

私はボックスの効率性に慣れていた。そこでは任務を遂行するために必要なすべての資材やスタッフが揃っていた。荒涼とした砂漠の真ん中でも、高度に暗号化されたインターネット回線が必要なら手に入った。なのに、この会社は住宅地の回線一本まともに引けないのか？

このころ、母親に会った。最後に会ってから一年以上経っていた。私を訪ねてきた母を、私はイタリア料理チェーンに連れて行った。久しぶりだから会えてうれしい。でも、雰囲気は重苦しかった。席に着き、海外でどんなことをしていたのか尋ねる母に、私は何も教えてあげられなかった。

「たいしたことしてないよ」パンを食べながら、私は言った。

「なにかしらあったはずでしょ」

言えない、でもうそもつきたくなかった。

ドローンに関わる前は、自分の任務について多少は彼女に話した。特に秘密のこともなかったからだ。私が海外のどこにいるのか、ほとんど把握していた。なんの任務でどこにいるということ以外は教えなかったが、それでよかったのだと思う。私の行動や判断に賛成できないこともあっただろうから。

「ありふれた従軍だったよ」私は言った。

夕食はそうやって続いた。母親になにも教えられないのはつらかった。母さんが誇らしく思えることをしていたんだ、我々は人の命を救い、母さんと同じアメリカ人を守る仕事をしていたんだよ、と伝えたかった。なぜなら、母は軍隊のせいで私が変になったとか、ひどいものを見すぎたために医者に診てもらう必要があるかもしれないなどと、最悪の事態を考えていたはずだから。帰還兵についてPTSDという言葉が広く知られるようになったせいかもしれない。どれも見当違いだ。ときとして真実は人を傷つける。

食事が運ばれてきて、私は伏し目がちに食べた。でも、私がパスタをつつく様子を母がじっと見ているのが分かった。それでなにか理解できる、私が大丈夫なのが分かる、と思っているかのように。

「どうしてそんなにぶっきらぼうなの？」とうとう彼女は聞いた。「あたしと話したくないみたい」

テキサス州ケイティの小さな家で暮らしたころ、母親とはいろんなことを共有していた。いま彼女には彼女の世界があり、私にも自分の世界があって、二つは遠く離れていた。母は亡くなったいとこのことには触れないでくれた。ありがたかった。

私は母の新しい仕事について尋ね、彼女はあきらめてそれ以上戦争のことは聞かなかった。食事が終わるまで、テキサスからノースカロライナに引っ越したことや、ビジネスアナリストの仕事について語ってくれた。とても充実しているようだった。

帰り際に、母は体重のことで私に小言を言った。「あなた、痩せすぎよ」車に乗る前に彼女は言った。「もっと食べないと」そうする、と私は言った。

最初の一週間

間が過ぎ、私は待ちかねたようにデルタ司令部に向かった。司令部までは車で一五分ほど。着いたらすぐに、私はラップトップを開いてドローンからのライブ映像につないだ。イラク北部の砂漠地帯が映っている。別の映像では、白いヴァンが他の車の間を縫うように走っていた。次の映像は、イエメンで活動中のターゲットがいる泥の家にズーム・インしていた。

ビルとジャックもいる。彼らも私と同じぐらいこれにのめり込んでいる。私にとってここは自分のアパートより快適だった。かつての任務を振り返り、記録ビデオを見て、あのときどんな判断をしてどこを改善できたのか、何日も議論した。スポーツチームがビデオで試合を振り返るように。

我々はかつての情報ファイルも見直して、任務中に見逃していたことがなかったかをチェックした。チームメンバーは皆それぞれに、前回取り逃がした相手に再度挑みたいと思っていたから、我々は次回の作戦についても議論した。

ある日の午後、地下オフィスの低くうなる蛍光灯の下でたくさんの書類を広げていると、〈スカーフェイス〉のことが出てきた。

「ああ、あの男をもっと長く追いたかった」私は言った。

「組織の全体像が聞き出せたかもな」ビルが応じた。

「こういう男たちの監視にもっと時間をかけることが大切だ」ジャックは言った。

現地で私が失敗したのも主にそれだった。ターゲットを十分に泳がせ、テロ組織の上層部に迫る努力が足りなかった。自分より経験が上の戦闘員が血気にはやって攻撃を主張したら、素直に同意していた。

ビルはよく、アルカイダ指導者のアブ・ムサブ・アル・ザルカウィに関する有名な任務について語った。彼のチームはザルカウィの宗教顧問が特に変わったこともなく活動する様子を一か月も追っていた。その男に対する一日二四時間の監視を何週間も続けて、チームは実力行使に移りたくなっていた。誰もがいら立っていて、じっと待つことがなぜ重要なのか、ビルたちは毎日のように戦闘部隊と議論していた。待ち続けたチームに、その日が訪れる。「その男は家族を車に乗せ、郊外を何時間も走った」ビルは語った。「まっすぐザルカウィのところに行ったんだ。我々は全員捕らえた」

「我慢だ」彼は言った。「そうすれば大きな獲物が得られる」

故郷で過ごす数か月間、私たちはポケベルを持ち歩き、常に呼び出しに備えていた。部隊は抜かりない体制を敷き、世界規模の事件に我々の対応が必要な場合に備えていた。

ポケベルは時代遅れなようだが、敵に見つかる心配がなかった。私は夜、自分のポケベルをベッドサイドテーブルに置き、イラクへの赴任命令が届くのを待った。装備を詰めた黒いダッフルバッグは準備してある。夜中にポケベルが鳴ると、私は車を飛ばしてオフィスに駆けつけた。赤信号を無視し、再び血が騒ぐのを感じながら。大抵の場合はただの訓練だったが、それでも嬉しかったし、それにいつ本番が来るかもしれなかった。

私は自分たちと交代したチームについて常に最新情報を仕入れ、遂行した作戦に関するレポートが届き次第、目を通した。戻ったときに現地がどういう状況か知っておくためだ。

もちろん、我々がいつ戻るのかについてはいろいろなうわさがあった。イラクの可能性が高い。だが誰も教えてはくれなかった。それはきっと、最後の最後までどうなるか分からないからだろう。事態は常に変化していた。

我々にメンバーを殺され、テロ組織全体が上層部の人間を補充する必要に迫られているという情報が入っていた。組織によっては指導部に大きな穴が空いていた。軍事リーダーを欠いたり（〈スカーフェイス〉を殺害）、組織運営リーダーがいなかったり（〈ウサマ〉を捕捉）、あるいは兵站リーダーしか残っていなかったりという具合だ。

我々の攻撃のたびに経験を積んだＩＳＩメンバーがいなくなるため、新しくリーダーになる者の若年化も進んでいるようだった。

我々には常に〈マンハッタン〉と〈ブルックリン〉のことが頭にあった。手がかりを探していたが、二人は私たちの前に姿を見せなかった。どうやら二人の手口は巧妙化しており、以前よりも連絡役を使い、組織の階層を増やし、砂漠の奥深くに潜っているようだった。

訓練もたくさんあって、私にとっては気晴らしになった。ある週には、イラクの街角に似せて改装した倉庫で、ゲリラに扮した数十人の役者を相手に戦闘訓練をやった。その後、私はポーランドで緊急対応作戦グループ《GROM》の将兵に対し対テロ戦術を講義した。ノースカロライナに戻ると、航空機からの降下訓練が待っていた。

背広組との仕事もあった。私の嫌いな仕事だ。

情報共有のためにワシントンＤＣに呼ばれ、ＦＢＩ、ＤＩＡ、ＮＳＡ、ＮＧＡ（国家地球空間情報局）など他の情報機関に報告するのも珍しいことではなかった。彼らは九時から五時まで働く、スーツを着た集団だ。民間のコンサルタント「ベルトウェイ・バンディッツ」もいた。彼らはいつも、我々はなぜそれほど早くターゲットを見つけられるのか興味を持っていた。自分たちが旧来のやり方で探している容疑者について知恵を借りようと、戦場でテロリスト掃討に忙しい我々によく連絡してきた。

9・11以前にはこうした機関との関係が最悪で、情報の共有などありえなかった。これは長い目で見るとアメリカ市民の生命を守るという大きな目標にとってマイナスだ。情報機関同士の緊密な協力と関係強化に向けた努力によって、テロとの戦いを有利に進められるようになった。

だからといって、彼らがくだらない質問をしなかったわけではない。むしろ逆だ。

「テロ指導者Xはどうなった？」

「我々の部隊が二年前に殺害しました」

「そうか、では彼はリストから消さないとな」

別の男は、自分の組織よりも軍の方が多くのドローンを飛ばしていることをまったく知らなかった。ドローンはパキスタンでのみ使われていると思っていたのだ。だが同時に、こうしたミーティングは我々にとって重要だった。分析官によっては我々に連絡できることを知らず、また急を要する情報がある場合にどう連絡すればいいか分からないかもしれないからだ。

私たちが何か月も見つけられずにいたものや人物について、彼らから情報が入るかもしれない。ときにはそうした情報が決め手となって大きな戦果を挙げることができた。

会議に参加する女性は、私たちが到着すると目を輝かせるのが常だった。彼女たちはあらゆるアメリカ軍部隊をつなぐ役割を持つ国防情報局（ＤＩＡ）に所属していた。我々デルタフォースやネイビー・シールズと働くことは、彼女たちを夢中にさせるなにかがあった。それはたぶん、彼女たちにとってデスクワークではない世界に触れることなのだろう。我々はそれを「魔法にかかる」と呼んでいた。私たちにとっては好都合なことに、ＤＩＡの女性は美人揃いだった。

背広組との仕事は三週にわたって順調に続いたが、四週目になると私は会議に辟易《へきえき》しはじめた。ジャックから電話が来たのはそのときだ。二〇一〇年二月だった。

「すぐにお前が必要だ」彼は言った。「射爆場に戻るぞ」

イラクへの再派兵だ。

「準備はいいか？」

準備はとっくにできていた。

15

再びの戦地

「計画は？」バグダッド中心部の司令部に向かう〈ブラックホーク〉の機内でジェイソンが尋ねた。二〇一〇年の二月だった。二人とも任務開始が待ちきれなかった。

「殺害リストがある」私は言った。「それが計画だ」

ジェイソンは新しい襲撃部隊司令官だ。頭の切れる男で、陸軍士官学校を出たあとにレンジャー部隊勤務を経てデルタに入った。前任者のマックスは別の国に異動していた。

殺害リストは、ノースカロライナを発つ直前にベルトウェイ・バンディッツから受け取った。イラク全土における最重要指名手配者二〇名が載っている。選りすぐりの悪党、アメリカ軍の増派作戦を生き延びたゴキブリどもだ。

リストの面々はISI組織の中核をなすリーダーたち。一度、ボックスでの任務に従事したとはいえ、私はまだ若造だ。前回よりはるかに練度は上がったが、どんな戦いが待ち受けているのかまるで見当がつかない。ドローン戦争のそこが気に入っていた。

迷彩服姿のジェイソンはＧＩジョーそのものだった。背が高く筋骨隆々で、ブロンドの髪を短く刈っている。軍のボディビル大会で何度か優勝したことで知られており、戦場で力を発揮したがっていた。かつてハワイのサーファーを描いた映画にエキストラで出演したことがあり、仲間たちは彼のことをミスター・ハリウッドと呼んでからかっていた。

ほとんどの襲撃部隊司令官は、情報戦は分析チームに任せて自らは戦闘員たちの指揮に集中していた。ジェイソンは別だった。彼は我々がどのように情報を集め、誰を追い詰めて殺害するか判断するプロセスを正確に知りたがった。

我々は基地内のデルタ専用エリアに降り立ち、バッグを担いで前任チームが待つボックスへ向かった。取り囲む高いフェンスのすぐ向こうはバグダッドの街だ。この基地はグリーン・ゾーンにあるかつてのイラク政府の建物を使っていた。基地内の壁、椅子、デスク、ベッドなどあらゆるものがベニヤ板でできていた。私が一人で使っていた二段ベッドは塗りたてのペンキの匂いがした。前回暮らした場所と大差なかったが、そんなことはどうでもよかった。どうせベッドではほとんど過ごさないのだ。私たちはここを「ベニヤの宮殿」と呼んでいた。

「一軍のお出ましだ」ボックスに入りながら、私は言った。何かを始めるときは軽口をたたくのが一番だ。時刻は午前一時ぐらい。情報主任のマーティがあきれた顔で私を見る。彼は腕の立つベテランだ。「怒濤《どとう》の日々だったよ」引き継ぎを始めながら彼は言った。離任する準備は整っていた。

ボックスはヘリの駐機場からほんの数歩で、暗証番号キーが付いたドアをいくつか通り抜けた先にあった。数か月前までいた前任地のものに比べて倍の大きさだった。木のデスクは映画館のように階段状にせり上がり、正面の壁には六〇インチのモニターが一二枚並び、イラク各地の上空を飛ぶドローンからの映像を映していた。室内はおなじみの匂いがした。体臭、汗、そして煮詰まったコーヒー。なつかしのわが家だ。だがここはより豪華で、世界の中心に位置しているかのようだった。指揮下のドローンも三機ある。

私はまずラップトップを開き、電源を入れた。いまやこれが任務の頭脳だ。このころにはボックスさえも必要としなくなっていた。世界じゅうどこにいても、最高機密の暗号化された回線に衛星経由で接続できる。必要とあればホテルのスイートルームからドローン部隊を指揮できる。

私は奥の冷蔵庫からエナジードリンクを一本取り、マーティと深夜まで話した。彼はやったことを全部説明してくれた。誰を殺害し誰を拘束したか、残っているのは誰か。

このバグダッドのボックスで一つ言えるのは、優秀なハンターなら誰でもここで仕事をしたいということだ。この街は常に悪党どもの主要な活動拠点となってきた。マーティのチームによると、警備の厳重な検問所を張り巡らしていても、敵のリーダーが前よりも街のいたるところに出没しはじめているという。マーティたちは敵の組織をいくつか壊滅させ、また増派も明らかに成果をあげていた。アメリカ兵の死者は毎月減り続け、政情は安定してきていた。オバマ大統領は翌年のアメリカ軍撤退を検討していた。だがテロ組織の司令官たちは野放しのままで、マーティは我々がアメリカ国内で聞いていたうわさは正しいと認めた。「テロ組織はずっと賢くなっている」彼は言った。「こちらのやり方に適応しているんだ」

私は〈マンハッタン〉と〈ブルックリン〉の二人のリーダーについて尋ねてみた。

「情報はない」

その後、マーティはチームとともに部屋を出てヘリに荷物を積み込み、帰国の途についた。

「グッド・ラック」彼は言った。

正式に任務を引き継いだとき、思ったことはこれだった。さて、なにから始めればいいんだ？

世界が突然自分の背中にどしりと落ちてきたように感じられ、不安な気持ちになった。デルタ以外にこの任務を遂行できる部隊はない、私は本当にそう信じていた。普通の軍隊にはこの悪党どもを捕まえるチャンスはなかった。我々の仕事であり、私の仕事だった。

私の新チームは一〇人ほど。ケイトがジェイクに代わる新しい戦術管制官だ。私からの指示を隣でオンラインチャットを通じてカメラ・オペレーターとドローンのパイロットに伝えている。彼女は空軍兵で、若く、スリムで、陽を浴びたことがないかのように色が白かった。長い茶色の髪をポニーテールに結んでいる。だがそれ以外、彼女はとても控えめだった。自分の仕事をきっちりこなし、その内容も優秀で、無駄口を一切たたかない。

FBI、DIA、NSA、NGAはいずれも人を派遣していた。ほとんどの情報機関から来たスーパースターと仲間になった。9・11後、私たちがとても緊密に連携していたことの証左だ。彼らに教え込む時間はなかったので、我々のスキルを同じチームで経験してもらうのはいいことだ。

スーパースターの一人に、地図作りの天才ブライアンがいた。大学を出てすぐにＮＧＡに入り、順調に出世してここにたどり着いた。まるで頭の中に地図を備えて生まれてきたような男だ。彼は他の人にはできないものを作ることができた。バグダッドにある建物の立体レイアウトをはじめ、あらゆる種類の軍用地形図だ。彼はターゲットがいる付近上空の宇宙からさまざまな角度で高精細画像を撮影するため、最高機密の軍事衛星を動かすことができた。他のメンバー同様、若くてやる気満々だった。彼はいつも「これどうだい、親友?」「ちょっと見てみなよ、兄弟」などと私に話しかけてきた。街の少年たちのような話し方で。

本国では上司のマークも、ここでは同じチームにいた。バグダッド市街はすぐ近くだったので、チームはアメリカ軍の高官やイラク政府の要人たちと頻繁に打ち合わせをした。マリキ首相には我々の任務について定期的に情報提供するよう依頼されていた。マークの担当はこうした要人との会議で、ほとんどの時間をお偉方の対応に使い、私がそうしたことに関わらないで済むようにしてくれた。私の役目は日々ターゲットを追うことだった。

移動で疲れてはいたが、次の日はエナジードリンクをがぶ飲みしながら戦況の把握に努めた。一度、隣の建物にある食堂に行った。プラスチックカップに入ったいつものコーンフレークが置いてある。食料は十分だ。

追うべき二〇人の大物ターゲットは分かっていたが、手がかりはほとんど残っていなかった。それまでの四か月で、大物に関する情報を聞き出せそうな下級のテロリストは前任のチームがすべて殺害するか捕まえてしまっていた。我々の分はほとんど残してくれなかったのだ。

今回の対テロ作戦はうまくいかないのではないかと心配になった。ドローンはまもなく想定空域に到着し、戦闘部隊は出撃指示をいまかいまかと待つだろう。麻薬中毒者がクスリを求めるように、私はすぐ任務に取り掛からなければならなかった。

爆弾魔〈ボンバー〉の情報が初めて入ったのはそのころだった。

〈ボンバー〉は道路に仕掛ける爆弾のエキスパートで、ハイウェイに出没する暗殺者だった。移動中のだれかを殺す、あるいはアメリカ軍の車列を破壊する。そういうときにISIはこの男を選んだ。

グリーン・ゾーンからほど近い、崩れかけたコンクリートの家にその男がいるという情報が入った。当初は相手にすべきか迷った。普段、こういう下っ端は通常部隊か現地軍に任せておく。下級戦闘員の情報は洪水のように入ってくるので、ほとんどの相手にはあまり注目しなかった。さもないと我々の仕事はただのモグラ叩きになってしまう。だがこの男は別だった。

ある情報ファイルを調べているとき、〈ボンバー〉がマナフ・アル・ラウィというテロ部隊司令官につながっているというレポートが目に留まった。ラウィは大物だ。バグダッドの行政長官、都市全体のISI指導者であり、地域の司令官を束ねる存在だった。我々はその男を攻撃目標〈ダークホース〉というコードネームで呼んでいた。彼は〈ブルックリン〉と〈マンハッタン〉に直接つながっている可能性のある数少ない人間の一人だった。〈ボンバー〉のような下級戦闘員からは遠いつながりだが、追ってみる価値はあった。

ほどなくしてその男の隠れ家を突き止め、ジェイソンはその日の夜に襲撃することを決めた。〈ボンバー〉はテロリストが多数潜伏している場所として知られているマンスール地区の家に身を潜めていた。ジェイソンのチームは今回も完璧だった。隠れ場所を急襲して相手を捕らえ、無傷でそこから出てきた。

襲撃部隊がターゲットを連れてボックスに戻ったのは早朝だった。〈ボンバー〉は簡単に口を割った。〈ダークホース〉にはもう何年も会っていないという。だが、我々は代わりに重要な情報を得た。「〈バグダッド・スナイパー〉を知っているか？　おれにはやつの居場所が分かっている」

〈バグダッド・スナイパー〉は悪名高い男だ。指折りの残忍な殺人者として恐れられていて、これまでに数百人を殺害していた。イラクの人々はこの男を〈ジュバ・ザ・スナイパー〉と呼んでいた。だが私の捜査の網にかかったということは、次はこの男の番だという神の思し召しに違いない。そのテロ行為を終わらせる時が来た。待っていろ、私はそう思った。

この男の正体は誰も知らなかった。アルカイダとＩＳＩの広告塔であり、新兵勧誘の道具だという見方もあった。自分の残忍な殺人行為を撮影させ、ジハード音楽付きのビデオにしてネット上に投稿していた。私は手がかりを求めてこうしたビデオを何度も繰り返し見て、この男の組織に関する情報を探した。目を背けたくなる内容だったが、私はビデオを再生しつづけた。パトロール中のアメリカ兵を付け回し、狙撃してゆっくり死んでいくのを見ている様子。検問所にいたイラク兵の、両目の間に銃弾を撃ち込んで殺す映像。吐き気をもよおし、見るたびにこの男に対する憎悪が募った。

〈ジュバ〉は特定の個人のことではなく、マスコミによる虚像だという説もあった。敵の映像制作の腕はハリウッド並みに上がっていたからだ。だが〈ボンバー〉によると実在の人物だという。なぜならその男が捜査を逃れ、隠れ家から隠れ家へ移るのを手伝ったからだった。そして今夜、〈ジュバ〉は市内のある空き家にいる、と〈ボンバー〉は言った。だがそこに長く留まることはないはずだ。「〈ジュバ〉は狙撃銃を脇に置いて眠る」

問題は、私が捕虜を完全には信用していなかったことだ。CIAの情報源だった〈サイレンサー〉が私にそれを教えた。「〈プレデター〉を隠れ家上空に向けてくれ」私は言った。

怪しげな相手と渡り合うとき、情報を確かめる手段はドローンだった。

数分のうちに、旋回するドローンのカメラが隠れ家をとらえた。

「とても静かだ」私は言った。暗い通りに、低い家が並んでいる。

「人が少ないな」ジェイソンが戻ってきた。

隠れ家は小さな平屋建てで、朽ちかけて傾いた平屋建てや二階建ての家に囲まれていた。警備や見張りの者の姿は屋根にも通りにもいなかった。家の中に、何かが動く気配もまったくしない。周囲のエリアと同じように、中は完全な闇だった。

「気に食わないな」私は言った。「罠かもしれない」

訓練中、私たちはまずい状況に陥った場合のビデオを見るのに何日も使った。あるビデオでは、床から天井まで爆薬が積まれた場所から、襲撃チームが間一髪で脱出していた。

私はジェイソンの方を向いた。「もう一日〈プレデター〉で監視してから出撃した方がいいかもしれないな」だが、彼はチームに準備するよう無線で命じた。

「もう少しこのまま家の様子を見る」彼は言った。「それから出撃だ」

夜中の一二時になるまで特に変わったことはなかった。車の往来もほとんどない。不安だったのは、家の中に誰がいるのかいまだに確認できないことだった。これまでの同様のケースでは、任務を中止するか延期してきた。中に踏み込んだとき、目にするのが爆弾なのか普通の市民なのか、見当もつかないからだ。

このような任務は、的確な情報をもとに地上の状況を把握することがすべてだ。だが今回、それは問題ではなかった。このターゲットは賭けに出る価値があった。〈ジュバ〉の血塗られた手でたくさんの犠牲者が出ていたのだから。

真夜中になる直前、我々はゴーサインを出し、戦闘員たちが出撃した。〈ジュバ〉の本人確認のため、襲撃チームは〈ボンバー〉に見た目を変えさせ、任務に同行させた。シャツの下に枕を詰め込んで太ったように見せ、スカーフで髪と目を覆って、住民に見られてもいいように。

襲撃チーム

がヘルメットに装着した暗視ゴーグルで暗い通りを行くのを、私は見つめた。彼らの輪郭が見える。ターゲットの家に忍び寄る一二人ほどの人影だ。

今回の派兵で一緒に活動している戦闘員には、この世界で伝説的な存在が何人もいた。その中の一人は、ザルカウィを殺したチームにいた。別の男は、サダム・フセインを捕らえた任務に携わった。チームが地下壕に隠れていたフセインを見つけたとき、この独裁者を最初に目にしたのが彼だった。そのときフセインの顔にパンチを浴びせて「ブッシュ大統領からのご挨拶だ」と言った話を、彼はよく私にしてくれたものだ。

私はカメラを隠れ家に向け、数分間静かに待った。襲撃の直前、宇宙で回転する宇宙飛行士のように上空を周回するドローンのカメラから、こうして隠れ家を眺める瞬間があった。カメラは水平な屋根の中心に向けられ、周囲のものは一切映していなかった。襲撃チームの到着までに突然何者かが現れるのを警戒するためだ。そして、闇の中からゆっくりと男たちの影がカメラの隅に現れ、家へ忍び寄って戦闘配置についた。胸の鼓動が急激に早まる。常に同じだった。緊迫するこの一瞬、未来の見えない、静寂と狂騒の間のとき。次の瞬間、やむことのない手榴弾の爆音と急速な戦闘行動が始まり、事態が急展開する。

すぐに部隊は家の近くまで迫り、カウントダウンを始めた。いまだに上空からはなんの動きも見えない。バグダッドの人口密集地が完全な無人地帯に見えるのは不気味だった。

戦闘員たちが無線で交信しているのが聞こえ、それがだんだん熱を帯びてきた。「本部へ、戦闘配置についているところだ」そして襲撃が始まった。ほんの数秒の出来事だった。ドアを蹴たおし、手榴弾を投げつけ、中に突入する。だがチームが見たのは拍子抜けするようなものだった。爆弾も罠もない。代わりに男が一人、なにもないコンクリートの部屋の床で、寝袋にくるまって横になっていた。

家は完全に空っぽだった。男の持ち物は特別仕様のロシア製ドラグノフSVD軍用狙撃銃のみ。まるでその日の仕事が終わった後にそこに置き、起きたらすぐまた殺人任務につけるよう、自分のすぐ脇に置いたかのようだった。

〈ボンバー〉が語った情報は正確だった。

〈ジュバ〉は痩せこけ、服装もだらしなく見えた。明らかに長く逃走を続けてきた男だ。襲撃チームはその場で〈ジュバ〉を厳しく尋問し、それからヘリで秘密の監獄に連れて行き、我々はそこでさらに何日も尋問した。通常、尋問は別のチームが担当する。そのチームの役目は、捕えた敵から四八時間以内にできるだけ多くの情報を引き出し、テロ組織に対応する余裕を与えないことだった。〈ジュバ〉はすぐに自供を始めた。過去数年間に一〇〇人以上のアメリカ軍兵士とイラク治安部隊員を殺害したことを認めたのだ。男は殺した相手のことを、後で思い出すためにしまっておいたかのように鮮やかに記憶していた。一人一人の暗殺手順について、狙撃した位置、発射した弾数、死体が崩れ落ちた場所、どうやって逃走したかなど、詳細まで正確に尋問官に語った。

我々が一〇日後に〈ジュバ〉をイラク警察に引き渡したとき、警察は供述の細部を調べ、犠牲者の家族に聞き取りを行い、男の語った内容がすべて正しいことを確認した。〈ジュバ・ザ・スナイパー〉は何年にもわたり多くの人々を恐怖に陥れた。バグダッドの街と犠牲者の家族にとって、それにいま終止符が打たれる。数か月後、〈ジュバ〉は絞首刑に処された。イラクに戻ってよかったと思えた。

16

〈サウジ〉

「これを見て」ある朝、情報分析官の一人が言った。前夜あまり寝ていなかった私は、自分のトレーラーからやっと到着したばかりだった。

「なにか見つけたわ」彼女は言った。メーガンはもうすでに何時間も情報ファイルを分析し、手がかりを探していた。

彼女が指差すコンピューターの画面には、痩せて背の高い、髪がもじゃもじゃの男の写真が映っていた。

「誰だろう?」

「〈サウジ〉に違いないわ」

〈ジュバ・ザ・スナイパー〉を捕まえてから、私たちの任務には勢いがついていた。散在する情報を束ね、より多くの手がかりを積み重ねていく中で、私はすっかり前回の派兵からブランクを感じなくなっていた。私は以前のようにエナジードリンクを飲み、アドレナリンの力を借りて不眠不休で働いた。空には常にドローンを二、三機飛ばしていた。

任務がうまく回り始めたのは、メーガンに加えてジェーンとリサという二人の女性の存在が大きい。彼女たちはＤＩＡ所属で、私たちのチームがカバーしきれていない情報を探すのが役割だ。情報のすき間を埋め、写真の身元を割り出し、敵の会話の細部をチェックし、報告書に記載されていない部分を追求していく。私たちは彼女たちを「ピンク・マフィア」と呼んでいた。

でもそれは若くてルックスがいいというだけではない。彼女たちはとても有能だった。切れ者で意志が強く、私たちと同じぐらいＩＳＩ打倒に燃えていた。年齢は二〇代後半から三〇代前半で、日夜モニター上に鮮明に映し出される恐ろしい光景にもまったくひるまなかった。

そのころ、本当のところは分からないが、ＤＩＡは採用面接をこうやっている、という冗談があった。女性が優秀かどうか確認し、セクシーさを評価する。どちらも揃ったら採用だ。あるネイビー・シールズのチームは、エージェントの力を借りたいときにいつも同じＤＩＡの女性エージェントチームに依頼していた。

最初のうち、ピンク・マフィアが若い私から命令されることに抵抗を感じているのが分かった。お互いにまだよく知らず、彼女たちはなにも言わなかったが、その様子からこの男はいったい誰なのよと思っているのが感じられた。でもそれで彼女たちの仕事ぶりは変わらなかった。ここでは誰もが自ら信頼を勝ち取らなければならないのだ。彼女たちのおかげで気が引き締まった。

ジェーンはアジア系の血を引くスポーツウーマンで、小柄ですらりとした体にいつもTシャツを着てランニングシューズを履いている。彼女の細部にこだわる性格は頼りになった。彼女がいれば、敵の情報は漏らさず手に入ると確信できたからだ。ターゲットについてチームが考えあぐねていても、彼女に答えがひらめいたことが何度もあった。そういうとき、彼女は「わかったわ!」と叫びながらボックスに飛び込んできた。身分を偽っている男がいれば、その正体を暴いた。あるときなど、ターゲットについての手がかりはその男が太っていて黒いディシュダーシャを着ている、というだけのことがあった。それでもジェーンは過去の記録から相手が誰かを見つけ出した。

リサは三人の中で一番勝気だった。彼女の話し声はチェーンソーのように早口で響き、私にいつも狙うべきターゲットを提案した。間違うことがあっても、自分は正しいと信じて決して引き下がらない。ニュージャージー州出身で口が悪かったから、皆をうんざりさせることもあった。襲撃チームが我々の指示どおりにターゲットを殺害せず帰投したとき、一番かっとなるのも彼女だ。「あのくそ野郎は殺すべきだったのに」そう不満を鳴らした。上司(戦闘部隊)に礼儀正しいようでいて、彼らが出て行ったら途端に悪口を言う、そんな感じだ。それが彼女の得意技だった。

ボックスの男たちはピンク・マフィアを意識していた。コーヒーの匂いが混じる湿気とともに、その気配はいつも室内に漂っていた。仕事上のライバルという意識だけでなく、異性として気になっている部分もあった。別に誰かと付き合っていたわけではない。ただ単に戦場ではあまりにも女性が少なかったからだ。そのため、戦闘員たちは非番になると理由をつけてはボックスにやってきた。

「情報戦について知りたいんだ」というのが彼らの口癖だった。

メーガンは弁護士を辞め、ＤＩＡでキャリアを築こうとドローンチームに加わった。アラビア語を話し、黒髪は長くカールしていて、電柱のように痩せていた。そして、誰よりもターゲットを追うことに執念を燃やしていた。

そしていま、〈サウジ〉を見つけたという。彼女は壁のモニターにその男の情報を次々と映していった。バグダッドの軍事司令官として、〈サウジ〉はＩＳＩ組織の頂点に近かった。我々は長年にわたって捕らえてきた敵からの情報をつなぎ合わせ、彼が行ってきた悪事を暴いた。何百人もの部下を指揮し、大規模な爆弾攻撃を仕掛け、バグダッド市内の検問の網をくぐり抜けながら武器や爆弾の不正な取引を行っていた。

ずっと長い間、我々はこの男の所在をつかもうとしていたが、バグダッドにいるのかさえも分からなかった。分かっていたのは、組織内部に何重にも張り巡らせた連絡係の陰に隠れ、ダミー会社を活用し、使い捨ての携帯電話を使っていたことだ。自分のボス、〈ダークホース〉にもきわめて近かった。

「彼は医者として生きてきたのよ」メーガンは言い、詳しく説明していった。

世間には医者ということにして、一般市民に交じって暮らしてきたのだ。薬局を経営しながら家族を養っていた。乗っている車は黒のＳＵＶ、シボレー・サバーバン。こういうターゲットは見つけるのが実に難しい。一般人と見分けがつかず、近所の人間も彼らの正体を知らなかった。人々は彼のことを勤勉な家庭人だと思っていたことだろう。ごく普通の人間、戦時下の都市らしからぬ平凡さだ、と。

そこからは迅速に動く必要があった。開始点をいくつか設定し、数機のドローンを出動させ、最初に彼の薬局に向かわせた。

そこの駐車場はトヨタ・カローラやボンゴトラックなど、大半が白い車で埋め尽くされていたが、その中で一台の車だけがやけに目立っていた。黒い、埃をかぶったサバーバンだ。

「あれか？」私はメーガンに尋ねた。

彼女は自分のコンピューターで素早く情報を確認して言った。「間違いないわ」

「ズーム・イン」私はドローンのパイロットに命じ、サバーバンの真上にカメラが向くようにした。

車内には誰もいなかった。

薬局の周囲

にはバグダッドの街が雑然と広がっている。ビルや二〇階建てのアパート群、交通渋滞、あふれるような人の波は、最初の駐留時に私が見たどの都市よりも混雑していた。

そのため、監視活動にはより一層正確さが求められた。砂漠ならば、ドローンが車や人を数秒間見失っても、向かっていた方向や速度からどこにいるかすぐに見つけることができる。だがここではセンサー・オペレーターがカメラを少し大きく動かしたり、距離測定機材の調子が悪くなったりしただけで、ターゲットは市街地の迷路に永遠に姿を消してしまう。

市街での任務にも利点はあった。他の場所と違い、ドローンをかなりの低高度で飛ばせるのだ。市民はバグダッド国際空港を発着する航空機の騒音に慣れているため、上空のドローンを気にも留めなかった。我々はそれを大いに利用した。

砂漠での飛行高度は約一万二〇〇〇フィート（三六〇〇メートル）だが、市街地では四〇〇〇フィート（一二〇〇メートル）という低空で飛ばした。何もかもが鮮明で、色彩豊かに見える。任務の遂行が格段に楽だ。街を歩く男の顔がほぼ識別でき、着ているのが胸ポケット付きの黄色いシャツであることや、たばこの箱を持っていることもはっきり分かるぐらいだった。

薬局の駐車場上空を何時間も旋回しながらサバーバンを監視していると、やがて男が現れて乗り込んだ。

「あれがそうか？」私はメーガンに言った。

「そのはずよ」

その男はカーキ色のズボンと茶色のポロシャツを着ていた。スポーツマン体型で、写真のとおりだった。

「一人のようだな」私は言った。

車は駐車場を出て車の流れに乗り、しばらく走ってからある家の前で止まった。

「ここはどこだ？」

「アダミヤ地区よ」

そこはバグダッドでも治安が良い地域で、スンニ派教徒の中流家庭が多く暮らしていた。それはまた、ＩＳＩのシンパがいる可能性も意味した。

「家に変わった点は？」

その家は二階建てで、二階のバルコニーから幹線道路が見渡せた。

「なにも」メーガンは言った。「でも、一ブロック先で二〇〇七年に別のチームが任務を行っている」その任務では、ＩＳＩの軍事指導者の一人を殺害していた。

「もっと近づこう」私は言った。

男は庇《ひさし》の下を通り抜け、吹き抜けの階段を上って家の後ろに行き、バルコニーに出た。それからバルコニーの右奥まで行き、持っている鍵である扉を開けた。我々はそのまま何時間も監視を続け、その家と周囲の状況について記録していった。

我々は男の監視を三日間続けた。その間、大物を狙うなら我慢強くやらなければならない、というビルの言葉を私は思い出していた。まず、こいつが〈サウジ〉だと確かめなければならない。

私はブライアンに、その付近の衛星写真を新たに何枚か撮るよう頼んだ。襲撃チームが突入する場合に備え、周囲の道路や家に出入りするルートを調べておくためだ。ヘリが着陸できる広い屋根はあるか？　近くに検問所は設置されているか？　家の裏には八フィート（二・四メートル）の壁があり、乗り越えるにははしごが必要だった。

ビルが一度夜に連絡してきて、彼のチームが数年前にこの付近で実行した襲撃のことを話してくれた。「あれは誤算だった」彼は言った。「襲撃チームに被害が出たんだ」

襲撃チームの車列がターゲットの家に到着すると、ＩＳＩに忠誠を誓う重武装した男たちがいたるところの屋根に現れ、車列に銃撃しはじめた。大掛かりな待ち伏せ攻撃だ。チームメンバーの何人かが重傷を負った。「それには十分気をつけるんだぞ」彼は言った。

何日かが過ぎていき、ボックスはリアリティー番組『ビッグ・ブラザー』のような雰囲気になってきた。違っているのは、主人公が撮られていることを知らないことだ。最初のうち、男の生活になにも変わった点はなかった。薬局との行き来以外、外出はしない。我々は出勤と帰宅をどちらも追跡し、家と薬局の上空にドローンを一日中張り付かせた。

家にはおかしな点があった。室内の照明は一晩中決して消されることがなく、まるで誰かを待っているのか、逆に近づかせまいとしているかのようだった。

鍵となったのは子供たちだ。まだ幼く、見たところ五歳ぐらい。事前の情報どおりだ。〈サウジ〉の子供たちと同じ年齢だった。

昼間、ヴェールを被った女性が見守る中、子供たちが庭でおもちゃ遊びをしたりぐるぐる追いかけっこをする様子を我々は眺めた。アメリカの郊外で見かける子供たちとなんら変わりない。この子たちは自分の父親の正体を知っているのだろうか、と私は思った。きっと知らないに違いない。

だが、子供たちがいる以上、ドローンからの攻撃は論外だった。

イラクのような交戦地帯では、デルタ司令部の許可を得て〈ヘルファイア〉ミサイルを発射できた。ターゲットを狙う理由を提出し、そいつを〈プレデター〉の照準線に捉えたら、射撃許可を得てパイロットとセンサー・オペレーターがミサイルを発射する。

バラク・オバマが二〇〇九年に大統領に就任してから、敵の殺害に関する規則が見直され始めた。交戦地帯においても、攻撃に先立って〈ヘルファイア〉の爆発半径を計算し、目標地点にいる者の正確な情報を把握して巻き添え被害の推定を行い、着弾地点の特定や二次被害を予測することにかなり多くの時間を使った。イラク戦争が始まった二〇〇三年、巻き添え被害の許容度はずっと大きかった。アメリカは他国の政権を倒そうとしており、敵軍の将兵以外に犠牲者が出ることはほとんど問題にされなかった。ターゲットの近くに関係のない人間が二、三〇人いたとしても、司令官は攻撃命令を発したものだ。何年か経ち、巻き添え被害の許容度は下がった。射撃方向に一般人が一人か二人いるだけで、我々は攻撃を中止した。この変化は、一つには二〇一〇年の段階でかつてない数のドローンが実戦に使われるようになり、運用に厳しい監視が必要だという理解が広まったからだ。現代では攻撃部隊レベルのミスが戦争全体に影響を与える可能性があることもその理由だった。一人の民間人の死が、世界じゅうで論争を巻き起こすかもしれない。

だが、ドローン戦争における変化の多くは、より多くのターゲットが出現する、正規の戦闘地域以外の場所が対象だった。オバマは誤って女性や子供を殺害する重大性を理解していたため、すべての攻撃について自ら判断しなければならないと感じているようだった。

大統領は戦争地域以外での個別の攻撃可否に関する判断基準を策定するよう、側近たちに命じた。攻撃に対する制約は増すが、アメリカに対して差し迫った脅威となる人間だけを殺害する。それを確実に実行しなければならなかった。

こうした攻撃は、私のように戦闘の現場にいる者が、ターゲットに追う価値があるかを判断することから始まる。

イラクは現在でも公式には交戦地帯とされていたから、我々にとってははるかにやりやすかった。攻撃許可はすでに下りているからだ。

これがもし正規の交戦地帯でなかったら、我々が使っている情報ファイルの数々を上級指揮官たちに承認してもらわなければならず、その過程では攻撃を却下する理由を見つけようと待ち構える弁護士たちの壁も乗り越えなければならない。

こうした決定は常に慎重になされるのだ。

攻撃はまず地域の総司令官に申請する。通常は中東のアメリカ全軍を指揮する将軍で、次が国防総省の統合参謀本部だ。そこでは情報機関幹部や、攻撃の承認を求める陸軍の代表者と多くの議論が交わされる。

その時点では常に難関が待ち構えていた。攻撃に同意しないか、ターゲットが攻撃に値することのさらなる説明を要求する立場の者たちだ。そうした過程を経て、決定は最終的に国防長官に委ねられ、長官が大統領に相談する。最終判断はオバマ大統領が行った。交戦地帯以外のターゲットはそれから特別なリストに加えられ、攻撃の決定が地域の司令官に委ねられる。

我々末端の兵士から見れば、大統領は攻撃対象リストのターゲットについてすべてを理解することを優先していた。ブッシュ大統領のときはそれを部下にやらせていた。我々には、オバマ大統領がターゲットを理解することに個人的な責任を感じていることが分かった。

ターゲットの申請が認められるまでには数日から数か月、ときには数年かかることもある。その差は誰が反対しているかにもよるし、ターゲットがアメリカ市民かどうかなど、さまざまな要素に基づいていた。

私たちはこの巨大な官僚的プロセスを「パワーポイントによる死」と呼んだ。戦争地域以外でのドローン攻撃は文字通り政権中枢レベルで決定され、それを左右するのはパワーポイントによるプレゼンがどれほど効果的だったか、我々がどれくらい上手に、ターゲットが吹き飛ばされるべき悪党であると「売り込んだ」かだった。

我々が陸軍上層部に申請したターゲットを大統領が承認すると、それぞれのターゲットは殺害リストに加えられた。我々はそれを武力行使授権決議（AUMF）と呼んでいた。AUMFは9・11後にブッシュ大統領によって法制化され、軍が世界じゅうでアルカイダとその下部組織を掃討することを可能にした。それを根拠に、攻撃の指揮権が軍司令官に与えられた。

大統領の承認が得られても、最終的に攻撃を決断するのは司令官だ。だがその前に、最終段階の要検討事項があった。ターゲットは目標位置にいるか？　女性や子供はいないか？　ターゲットを殺害ではなく捕捉することはできないか？　敵を捕捉することは不可能というのが、ドローン攻撃の理由として頻繁に使われるものだ。私は決してそれを主張しなかった。世界のどこであっても、相手を捕捉することはできる。殺害はオプションだ。

ある朝、いつものように家を出た後で、〈サウジ〉が突然普段と違う行動に出た。我々が薬局に向かう〈サウジ〉を追っていると、彼がいつも左に曲がるところで右に曲がった。いったいなにをしているんだ？

しばらく走ってから、車は二、三ブロックほどの広さの野外市場で止まった。彼は二、三〇台の車が並んでいる路上に車を止め、店が迷路のように連なる市場の中を足早に歩き始めた。

「見てるか？」私はメーガンに言った。「見てるわ。様子が変ね」彼はなぜか後ろを振り返り続けていた。

「誰を探しているんだ？」

やがて〈サウジ〉は人けのない、日よけで一部覆われている場所に向かった。ほどなく、白いディシュダーシャを着た男が近づき、二人は数分の間話し込んだ。

そのときだった、〈サウジ〉が手になにか小さな包みか封筒のようなものを持っていることに気づいたのは。彼がもう一人の男にそれを手渡すとミーティングはすぐに終わり、二人は互いに逆の方向に歩き去った。

一機目のドローンで車に戻るターゲットを追い、もう一機で別の男を追った。誰かに尾けられていることに気づいたかのように、もう一人の男が歩く速度を上げた。群衆をかき分けるように先を急ぎながら、男は左右に目を配っている。あるとき、男は空も見上げた。

だがその男を追うのは困難だった。そこらじゅうに人がいて、あちこちに行き交っている。そして男は突然走り出し、そこから出て行くのを急に命じられたかのように、市場にいる人々の間を縫うようにして駆けて行った。

我々はすぐに男を見失った。しばらくの間、市場にいる中で男と背格好が似た人間にズーム・インとアウトを繰り返したが、男はどこにもいない。逃げてしまったのだ。

〈サウジ〉を捕まえるときがきた。これ以上待つことはできなかった。

襲撃チーム

に対し、〈サウジ〉の家に関する事前説明を行ったのは午前一時ころだった。出入り口、それぞれのドアが開く方向、四人の住人、夜も点いたままの二階の照明、スクワーターが出てくるかもしれない平坦な屋根、そしてどのような武器も置いていないこと。チームは裏庭の壁を乗り越えるため、一〇フィート（三メートル）のはしごを持って行く必要があった。「〈サウジ〉はいま自室にいる」モニター上で部屋の位置を指し示しながら、私は言った。

チームのメンバーは注意深く聞いていた。その瞬間に、自分が前回の派兵からずいぶん成長したことを実感した。現場で遭遇するはずのことについて、彼らがなにを質問するか私には分かった。

ブライアンが作った、その付近の様子やよじ登らなければならない壁を示した地図を彼らに渡し、〈サウジ〉に対する尋問事項の紙と彼の仲間の写真を配った。

「すぐにまた会おう」私は言った。

襲撃チームが武器を構え、深夜に街路から家に忍び寄るのを見ながら、私は興奮と軽い不安を感じた。

無線の音が突然響き、止んだ。

「ズールー・スリー」ジェイソンが無線で呼んだ。私のことだ。「スパークルできるか?」

「了解だ、エコー・ワン」

我々はその家にドローンの赤外線レーザーを照射した。巨大なライト（スパークル）を浴びせるようなものだが、暗視装置をつけた者だけに見えるのだった。

そのとき、驚くことが起こった。付近の屋根に何者かの影が見える。ビルのチームが待ち伏せにあったことを思い出し、心臓が早鐘を打った。「あそこにズーム・インするんだ」私は大急ぎで言った。襲撃チームが敵の砲火にさらされるかもしれない。

チームに無線で知らせようとしたとき、屋根の男が鮮明に映し出された。鮮明すぎたと言っていいだろう。男は全裸で、激しくマスターベーションをしていた。

「こりゃまいったな」ブライアンが言った。「あああーん!」ケイトが叫んだ。

メーガンが顔をしかめる。

「他人には無害のようだな」私は言い、カメラをターゲットの家に戻すよう、オペレーターに指示した。

襲撃部隊は

家まで半ブロックのところでいったん止まり、また動き始めた。私はある危険な考えを自問せずにいられなかった。我々に見えない屋内でなにが起こっているのか？

部隊がドアを蹴破って乗り込むまで、それを知るすべはなかった。私には〈サウジ〉がどんな反応をするかも予想がつかなかった。これまでずっとうまく身を潜めてきた男だけに、相手がなにをするか見当もつかない。

ドローンの赤外線センサーは熱源を黒く表示するモードにしてあった。ドアを爆破する閃光がモニターに映り、戦闘員たちが家の中に突入していった。

最初のうち、作戦は計画どおり進んでいるように思われた。だが、家の外で警戒にあたっていたメンバーが突然、家の裏手に向かって急いで移動しはじめた。様子がおかしい。

「スクワーター！」屋根を指差しながらケイトが叫んだ。

「いたぞ」

我々のターゲットはなんとか屋根に上り、向こう側に向かって走りながら、下に誰かがいるのを確認するように家の両側をのぞき込んでいた。そして、素早い動作で隣家の屋根に飛び移り、逃走を始めた。

外は真っ暗な闇だったが、我々は男の姿を赤外線カメラではっきり見ることができた。私たちのチームはモニターの前に集合していた。逃げる男にドローンの赤外線ビームをスパークルし、襲撃チームが後を追えるようにする。男は屋根から屋根に飛び移り、野良猫のように逃げていたが、とうとう隣の建物まで遠すぎて飛び越えられない場所に来た。

だが、男はあきらめなかった。家の外壁を乗り越え、少しの間壁面に両手でぶら下がり、ざらついた黒い画像として画面の中で揺れていたが、やがて落下した。まるまる二階分の高さを、建物の外階段めがけて。男は地面に崩れ落ちた。

立ち上がったとき、追っていた戦闘部隊員二名がちょうどそこに来た。そこからはほんの数秒の出来事だった。〈サウジ〉は二人に飛びかかり、ライフルに手を伸ばして一挺をもぎ取ったが、その瞬間に至近距離からもう一人の隊員に胸を二発撃たれた。私は〈サウジ〉が後ろに倒れ、階段の上で完全に動かなくなるのを見つめた。

そのとき無線連絡が入った。任務完了。ターゲットは死んだ。

最後の仕事は家と薬局をくまなく調べ、〈サウジ〉が行っていたことの情報を集めることだ。我々は文書や写真、コンピューターを押収した。だがあまり収穫はなかった。あの男は非常に注意深かった。

任務後のメーガンの反応は、その夜のメンバーみんなと同じだった。プロらしく無関心に、〈サウジ〉は死んだと理解した。

「悪党が片付いてよかった」彼女はそう言いながら、まだ血が流れ出ている階段上の男の死体にズーム・インした。

〈サウジ〉が死んだことによって、彼から〈マンハッタン〉と〈ブルックリン〉の所在に関する有益な情報を聞き出すことは不可能になった。我々全員にとってそれは残念だったが、振り返っている時間はない。私たちは次のターゲットに取りかかった。

17

誘拐

誘拐された女性の写真は私の脳裏から離れなかった。

四八時間、休むことなく多くの任務をこなした後、ごつごつしたシングルベッドに横になった私は、ただひたすら眠りたかった。枕はまるで大きなメルバトースト（両面をパリパリに焼いた薄切りのトースト）のように薄くて固い。それをあれこれ試してましな形にしてから、私は目を閉じた。だが、彼女はまだそこにいた。

私はライトをつけて身を起こした。エアコンの調子がまた悪くなって、がたがたと音を立てている。サイドテーブルから女性の写真を取り、それに見入った。四隅が曲がり、顔には細かいしわが寄っている。

女性は二〇代後半で、黒い髪を長く伸ばし、色白だった。瞳は刺すように青く、レバノン人のように見える。何日か前の夜、同僚がその写真を手にボックスにやってきて私に手渡した。

「あるイラク人の将軍が彼女のことで我々を訪ねてきた」彼は言った。彼女は高名なイラク人医師の妻だ。ＩＳＩの一派が数週間前に路上で彼女を拉致し、彼女を返してほしければ身代金を払えと夫の医師に毎日電話で要求していた。男たちは彼女をレイプしていて、医師が数百万ディナールの身代金を支払うまでやめないという。だが、医師にはそんな金はなかった。彼は将軍に妻を奪い返してくれるように助けを求め、将軍はまっすぐに我々のところに来た。

悲しいことに、イラクではこれは珍しいことではなかった。ＩＳＩには何年も前から、イラク政府高官や女性、子供などを狙った誘拐組織があった。社会的地位と金のある人間なら誰もが標的になる。それで得た資金は組織の運営にあてられていた。そしてほとんどの場合、身代金の支払いに意味はなかった。テロ組織はどちらにしても人質を殺したからだ。

「もしお前がやれるなら、将軍は本当に助かるはずだ」同僚は言った。

彼は私に、医師に対して脅迫電話をかけてきている男の電話番号を渡した。彼らにとってそれが唯一の手がかりだった。この件は、ムスリム同胞のために戦っていると言いながら実際には害を及ぼしているテロ組織の実態を示す、また新たな実例だった。こうしたことは毎日起こっている。私はボックスでそれをはっきり理解していた。

それは派兵期間の半ばで、夏の頃だった。我々はまだ他にも数十人の追うべきターゲットを抱えていた。もっとずっと多くの人間を殺し、アメリカ人を狙ったテロをアメリカ国内でも計画するような連中だ。私は、なぜ会ったこともないこの男を助けなければならないのか、見つけなければならないもっと大物の敵もまだいるというのに、と思ったのを覚えている。

「難しいな」私は言った。

我々には常に支援要請が届いていた。我々は他の誰にも見つけられない幽霊のような敵を探し出し、短期間のうちに正確な居場所を突き止めることができる部隊として知られ始めていた。他の軍隊から、自分たちが見失ったターゲットを探してほしいと依頼されることも珍しくなかった。

だが、自分たちには優先すべきことがある。我々は誰よりもテロ組織のことに精通していた。毎日、敵の動きに寄り添い、呼吸するようにそれを吸収していたからだ。また、我々は組織上司令部の命令に従うとはいえ、司令部からこちらに任務を押し付けてくることはまずなかった。部隊が独自に判断して動くことの重要性を司令部も理解していたからだ。

「とりあえずドローンを飛ばしてくれないか?」ある日のビデオ会議で、自分たちのターゲットを探してほしいとFBIのエージェントが私たちに言った。エージェントの背広姿はヴァージニア州の快適そうな会議室から送信されていた。

要求はばかげていた。ドローンを飛ばして、それがどこに行くかやってみろ、だと?

「我々だけでは決められません」私は当たり障りのない返事をした。

情報機関の連中は決して理解しなかった。彼らはドローンを、ボタンをちょっと操作するだけで、誰でも探したい人間を見つけるために飛んでいく、リモコン操縦の飛行機のようなものだと考えていた。我々の仕事は実際にはとても複雑で、技術が要求される。外部の人間には簡単なように見せているだけだ。

すべての支援要請に応えるのは無理だった。我々にはそれに対応できるほど多くのチームがなかったからだ。

だがその朝、イラク人医師の妻の写真を見直していたら、私の中でなにかが変わった。写真から目が離せなかった。今回は違うんだとなにかが告げるように、胸がぎゅっと締め付けられ、テロリストの悪党どもを追い続けてきたこの数年間に経験したことのない感覚を味わった。頭が痛む。このとき初めて、自分を人間たらしめているものを少しずつ失いつつあることに気づいた。他人を思いやる能力、自分の周りにいる人々を大事に思う能力を。

私はずいぶん前に、自分たちがひどいことをしているのは相手が極悪人だからだ、と自らを納得させていた。人を殺すことしか考えない狂信者どもに立ち向かうにはそれしかないからだ。

問題は、この世界において感情の入り込む余地はないということだ。我々が決断を下すとき、感情は判断を鈍らせる。私はドローンの映像に映る、自分たちの世界が今まさに崩れ去ろうとしていることなど知る由もないさまざまな家族の生活、女性や子供の様子を見つめ続けなければならなかった。

私は戦略全体を考慮しなければならず、それはいかなる個人より優先した。それは数百人、数千人の命を守ることであり、一人や二人の人間を個別に救うことではない。この女性は我が軍全体の目標とは無関係だったから、私の作戦計画には入ってこなかった。

毎日、人が死んでいた。私はときどき自分自身に、これは本当に人の死なのだと言い聞かせなければならなかった。

そうした感情が自分の中で渦巻き、めまいがするのを感じた。突然、頭の中をある考えがよぎった。これがもし自分の家族だったらどうする？　自分の母親や親族だったら？

私の中に葛藤があった。この女性を救えば、自分たちのチームにとって数少ない、目に見える形での戦果になる。この一つの生命を救うことが、そもそも自分がここにいる本当の理由ではないのか？　救出にそれほど時間もかからないはずだが、彼女の家族にとってはこの上なく重要なことなのだ。

私は立ち上がった。急いで服を着て、ボックスに向かった。

チームのみんなはすでに仕事に取りかかっている。私たちはそれまでの数日間、別の大物ターゲットを追っていたが、それほど進展は得られていなかった。我々はその男の生活パターンをしっかりと把握していた。職場と自宅の往復だ。特に変わったことはない。たとえドローンを他の任務に振り向けても、一日か二日あればまたその男を見つけられるはずだ。

「新しい任務に取りかかる」私はケイトに言い、写真を見せた。「この女性を見つけるんだ」


私たちは一時間ほど、医師の携帯電話に電話をかけてきている男の電話番号について調べた。我々のテクノロジーは世界最高レベルであり、それが役に立った。携帯電話に信号を出させる特殊なツールを使い、電波が発信されているおおよその位置を特定した。ほどなく、我々は任務開始点を決めた。

相手が比較的素人で幸運だったのか、それともただ単に自分たちが優秀だったのかは分からないが、それから数時間と経たないうちに、我々はある家の上空にドローンを旋回させていた。バグダッド南部のスラム街にある家で、女性はここに監禁されているはずだった。

その家がある一角には、古ぼけたコンクリートの家が乱雑に立ち並び、そのどれもが程度の差はあるものの崩れ落ちそうな代物だった。今にも倒れそうな状態で左右に傾いて支え合っている家もあれば、屋根がまったくない家もあった。

よく晴れた昼間で、通りはたくさんの人であふれていた。人々が行き交い、子供たちが遊んでいて、男たちは手持ちぶさたな様子でたばこを吸っている。道は未舗装で、あらゆるものが土埃に覆われていた。

ターゲットの家は小さく、せいぜい二部屋というところだ。前庭は駐車場としても使われていて、乗用車とヴァンが一台ずつ、玄関の前に止まっている。誰かがいるしるしだ。

日中はそのまま上空から監視を続け、二、三人の男の出入りを確認した。そのうちの一人はたばこを吸っていた。だが女性の姿は見えない。

私はボックスでジェイソンと話し合い、女性がそこにいる可能性が少しでもあるなら、手遅れになる前に踏み込まなければならないという結論に達した。拉致犯が彼女を別の場所に移すかもしれない。

我々はその夜に突入することにした。ジェイソンの急襲部隊がボックスに集まり、人質の救出手順を話し合った。通常の打ち合わせとは違う。女性が中にいるなら、襲撃は非常に注意深くやる必要があった。突入したら、すべては電光石火のスピードで動く。照準線の向こうにいるのが敵か味方かを一瞬で判断しなければならない。作戦は簡単に失敗しうる。部隊が正しい手順で襲撃を実行しないと、医師の妻は命を落とすだろう。

一時間後、ドローンが上空を旋回し、戦闘員たちがドアを蹴破った。彼らは誘拐組織の男三人を捕らえ、表の通りに引きずり出した。女性は後方のベッドルームに監禁されていた。「女性を保護した」と無線が響いた。

野蛮人どもは女性をエアコンに手錠でつないでいて、暴行していたのは明らかだった。彼女の顔には殴られた跡があり、服は引き裂かれていた。

男どもは殺されて当然だった。

派兵期間中、私は彼女の写真をノートに挟み、次のことを心に刻んでいた。悪がはびこるこの世界で、我々にはなにかを変える力があった。善良な人間を救うことは、敵を殺害・捕捉するのと同じぐらい重要なことだった。

私が誰なのか、あの女性はこの先も知ることはないけれど、彼女が安全だと思うと嬉しかった。我々のチームやドローンについて人々がなにを言おうと、どんな悪いうわさを立てようと、我々は正しいことをしたのだ。

18

爆弾

電話に出た瞬間、なにかまずいことが起きているとすぐに分かった。「市内で起こっている爆弾テロのことを聞いているか?」電話の主が言った。

それは総司令部にいる分析官だった。総司令部は早急に対処が必要な重大事件以外はめったに連絡してこない。「複数の同時爆弾テロが起こったと連絡を受けた」彼は言った。「なにか情報はないか?」

我々にもまだほとんど情報はなかった。電話を受ける前に、やっと少しずつ現地の情報提供者から一報が入り始めたばかりだ。「テロ発生地点の一つについて、いま情報が入ってきた」私は言った。「あとでまた連絡する」

私はケイトの方に身を乗り出した。それまで数時間、我々はあるターゲットの家の上空を旋回していた。だがそこは空振りのようだった。「〈プレデター〉のコースはまだそのままでいい」私は言った。「カメラだけズーム・アウトだ」

爆発地点からは数マイル離れていたが、ドローンの旋回コースを維持したまま、何が起こったのか確認することは可能だった。カメラは家から離れた遠くの方に素早く向きを変えた。数秒のうちに、我々は電話の情報を確認した。地平線の方に煙の雲が上がっている。

「オーケー、あそこに移動する。あの地点を中心に〈プレデター〉を旋回させるんだ」私は言った。

数分後、我々は爆破された商店らしき建物の上空にいた。荒涼とした黒と白の画像が二つのモニターに映っている。まだ煙が上がっていて、通りのあちこちに大破した車がある。まるでつまみあげて潰してから放り投げられたかのようだ。群衆が建物を取り巻き、イラク人の消防士と警察官が瓦礫の上で作業していた。

我々は〈プレデター〉をそのままにして、メールと電話でどっと流れ込んでくる情報を吟味していった。ある報告は複数の建物が全壊したと伝え、他の報告は少なくとも二五人が死亡し、数十人が負傷したと伝えている。救急隊員の中には二次攻撃に対する恐怖から事故現場で治療にあたるのをためらう者もいたため、被害状況ははっきりしなかった。

ほとんどの報告は地上にいる情報提供者や現地人エージェント、イラク軍の仲間からだった。こうした状況では、私のいるバグダッドの大型ボックスはまるで証券取引所のように、新しい情報が入るたびに人々が叫び合い、興奮した雰囲気に包まれた。

時間が経つにつれ、地上の様子が分かってきた。爆弾テロ犯たちは市内各地の人が多く集まる繁華街を選び、そうした場所のアパートを九軒借り上げた。そしてそれぞれのアパートに何週間もかけて数百ポンドの肥料袋を運び込んで爆弾を仕立て、携帯電話を使ってすべてを同時に爆発させたのだ。

それは残酷なテロ攻撃だった。八〇人以上のイラク市民が死亡し、一〇〇人以上が負傷した。それまでの数年間で最も多数の犠牲者を出した爆弾テロの一つだ。被害の映像は衝撃的だった。攻撃を受けた繁華街はいずれもシーア派教徒が多数を占める地区にあったので、犯行に及んだ組織はほぼ一つに絞られた。ＩＳＩだ。今回のテロはプロの手によって綿密に計画されていた。アルジャジーラ（カタールの衛星テレビ局）のニュースには、市内のさまざまな場所で燃えている建物が映っていた。まだ誰も犯行声明を出していなかったが、私の中では一人の男がはっきりと浮かび上がっていた。〈ダークホース〉だ。まだ煙がくすぶる犯行現場をモニターで見下ろしながら、これはあの男からのメッセージだろうかと私は考えていた。たとえ大きなダメージを受けていても、ＩＳＩはまだこれだけ大規模なテロを仕掛けられるのだ。そして、自分はもう身を隠していない、と。

数か月間静かな状態が続いていたため、我々は皆、この爆弾テロに衝撃を受けた。「静けさ」とはもちろん、「イラクにおいては」という意味であり、アメリカだったらそれだけで大混乱の状態だ。テロはイラクが崩壊し始めている証拠ではないか、とアメリカの指導者層は心配した。政治上、それは絶対にあってはならなかった。

その夜、総司令部からまた電話がかかってきた。軍と国務省の高官が、イラクの政治家と将軍に会って一日じゅう協議しているという。イラク側はテロに関して助けを必要としていた。彼らは実行犯たちを捜索しようにもいったいどこから手をつければいいのか分からず、またこれは単なる始まりにすぎないのではないかと恐れていた。「君が必要だ」総司令部は言った。

最初に私がやったのは、ボックスの奥にある冷蔵庫に行くことだった。エナジードリンクを一本取り出し、少しの間、その場に立ったまま休みながら、炭酸入りのカフェインが脳に刺激を与えるのを感じていた。冷蔵庫の周囲には泥がたまり、ブーツの跡が付いていた。私はその日に殺された人々のこと、血だらけの写真、死者の数について考え始めた。不幸にしてテロの現場に居合わせたイラクの人々は、暴力に対してほとんどなすすべがなかった。私は激しい憎悪を感じ、復讐したかった。

私はすぐに仕事に取りかかる必要があった。長い夜になるだろう。

「なあ、ここには牧師が常駐してるのを知ってるか？」真夜中を少し過ぎたころ、ジェイソンが言った。彼は私の隣に座り、モニターに映っている戦火で疲弊した都市を見下ろしていた。

私たちのチームには、なにか相談したくなったり励ましを必要とする場合に備え、常に担当の従軍牧師が割り当てられていた。多くの戦闘員たちが内面に苦しみを抱えていた。そうした苦しみは、酒を飲みながら語り明かす長い夜に聞かせてくれるのが普通だった。そういうとき、彼らが見たり経験したりしたことが生々しく語られる。私が聞いた彼らの物語は驚くべきものだった。

「おれはいつも戦闘員仲間に勧めるんだが、誰も行かないんだ」彼は言った。

「みんなXboxの方がいいのさ」私は言った。

「だいたいいつもおれと牧師だけなんだ。びっくりだよ」彼は言った。

「牧師がどこにいるかも知らないよ」私は言った。

私たちは笑った。

ミスター・ハリウッドだけでなく、ジェイソンにはこうした別の顔もあった。

彼はボックスにいるときも敬虔《けいけん》なクリスチャンだが、布教に熱心などということではない。純粋に信心深く、国にいるときは教会通いを欠かさないタイプなのだ。

私には宗教に使う時間はほとんどなかったし、敵が自分たちの神を悪用して、まるで人を殺すことが天国にいく唯一の方法であるかのように宣伝していること以外、あまり興味を持たなかった。

それでも、ジェイソンには驚かされたものだ。夜は冷酷無比な殺人者だが、基地に戻って一人で過ごすときは信仰心が厚い。私はいつも、彼が自分の中でどのように殺人というものをきっちり分けて正当化しているのか不思議だった。自分は神の仕事を行っていると信じているのだろうか？　彼に尋ねたことはない。私が口を出すことではないからだ。

長い沈黙が続き、私たちはじっと座ったままモニターの輝きを見つめていた。しばらくして彼が言った。「もしなにか話したいことがあれば、おれと一緒に行くといい」

いま思えば、ジェイソンだけが私の抱えていた感情や虚しさに気づいていたのかもしれない。

眠れない理由、増大する敵への憎悪、テロリスト掃討による消耗のことなど。自分と同じように、神が心の支えになると彼は思ったのかもしれない。

私は常に信仰を持ってきた。母は私をクリスチャンとして育てた。だが、派兵期間中は積極的に礼拝に出ようとは思わなかった。任務に対する集中力が削がれるような気がしたからだ。他にもいろいろな理由で足が遠のいた。もしかしたら、牧師に会うことで自分について知りたくないことに気づくのを避けていたのかもしれない。自分の心が感情をなくし、テロリストに対する血塗られた攻撃で、自分が情け容赦のない、かつての自分とは違う人間になってしまったことに。

私はジェイソンに考えておくと伝えた。「ありがとう」私は言った。「たぶんそのうちに」だが、きっと行くことはないと分かっていた。会いに行けば、任務に使う時間が減るのだから。

敵の多くに

、アメリカ政府が巨額の懸賞金をかけていた。相手によって一〇万ドルや五万ドル、あるいは数百万ドルの値がついていた。〈ブルックリン〉と〈マンハッタン〉はそれぞれ五〇〇万ドル。〈ダークホース〉は数十万ドルだった。

西部開拓時代さながらに、国務省が指名手配者のポスターを公表していた。私はモニターに映し出されるこうしたポスターに長い時間見入った。内部用のものもあれば、一般向けに公開されているものもあった。ポスターはテロリストのプライドも満足させた。自分の名前をバグダッドの至るところで見かけるのをとても喜んだのだ。そうした連中はまさに我々が追っている男どもだった。我々も懸賞金の分け前に与《あずか》れれば最高なのだが。

懸賞金の額は何年か経つうちにさまざまな要因で上がったり下がったりする。手配犯がいまだに殺人を続けているとか、潜伏しているなどの理由だ。誰が指名手配リストを管理し、どのように運用されているのか、私には最後まで分からなかった。私が知る限り、それは陸軍ではなかった。

高額な懸賞金を目にすると、いったい自分は本来いくら稼いだのかと一度ならず考えさせられた。こうした報酬に比べ、自分の稼ぎは本当にわずかな額だった。長い任務を終えた深夜、ボックスの席に座ったまま簡単な計算をしたことがある。一日二〇時間、週一四〇時間労働。そうした勤務とプレッシャーからくる肉体的、精神的負担。私はそのころまた眠れなくなっていた。私はノートにいくつか数字を書き付けた。自分の給与は時給にして六・五ドルほど、貧困レベル以下だ。思わず笑ってしまった。私はアメリカの対テロ作戦を最前線でリードする役割を与えられていたが、その報酬はマクドナルドの給料以下だったのだ。

だが、計算は面白半分に、眠れない時間の余興でやったことだ。私は自分の任務を愛していたから、実際はどうでもよかった。私は金のために働いていたのではない。他のメンバーもみんなそうだ。私たちは任務のために働いていた。そのころはそれが自分の人生のすべてになっていたから、心と体への負荷など関係なく、無給であってもやっただろう。

我々は情報機関の人間とは違っていた。同じような仕事をしていても、エージェントたちは誰かを見つけると高額のボーナスを得ていた。彼らは暗殺で金儲けしているかのように思えた。エージェント仲間たちは、殺害リストの上位にいる敵をドローンで仕留めるたびに、数千ドルのボーナスを支給される。これにはいつも、仕事の目的と矛盾していると感じていた。追うべきなのはテロリスト掃討という目的のために最適なターゲットであって、一番稼げる相手ではないのだから。

最初のうち、犯行現場から入ってくる情報は限られていた。爆発跡にはほとんどなにも残っておらず、手がかりがまったく得られないのではないかと私は焦り始めていた。

自爆テロ犯の場合は少なくとも遺体の一部があり、簡易爆弾なら残留物質が見つかった。事件のかすかな痕跡から、テロリストを追う第一歩が得られたのだ。だが今回の爆発はいずれも高温で燃焼し、炎が建物内のほとんどすべてを焼き尽くしていた。

テロを主導した男の手口は実に巧妙だった。爆弾テロ犯にアパートを貸したのが誰なのか、イラク情報組織が不動産業者に聞き取りをしても、手がかりはまったくつかめなかった。借主は偽名を使い、半年分の家賃を現金で前払いしていた。痕跡はなにも残していない。

事件のことはこのまま忘れ去るしかないのかと思った矢先、敵の失敗が見つかった。二日目の夜遅く、アメリカ大使館の仲間から連絡があった。九か所のアパートの一つで、爆弾が不発だったという。携帯電話がなんらかの理由で爆弾を起動せず、アパートはほぼそのままの状態で確保され、積み上げられた肥料袋も無事だった。携帯電話はイラク軍の爆発物処理班によって取り外されていた。

「イラク軍に連絡してその電話を手に入れるんだ」私は言った。「彼らに手出しをさせるな」数時間後には電話を入手し、我々の技術者が分解して調べていた。これが我々の最初の手がかりだった。

電話は折りたたみ式の新品だった。電話帳にはなにも入っていない。だが、爆発が起こった日時と符合するように、四回の着信記録が残っていた。起爆のために発信されたものだろう。我々は殺し屋の電話番号を手に入れた。

携帯番号はほとんどの人間にとって役に立たないが、我々の専門家にとっては最高の情報だ。彼らはさっそくコンピューターで調べ始めた。普通の人には想像もつかないぐらい多くのことがそこから引き出せる。だが、我々の分析ツールや手法は決して一般に公開されることはない。

殺し屋はこの電話を爆弾の起動だけでなく、他にも頻繁に使っていたようだった。誰の持ち物かは特定できなかったが、専門家は爆発があった時間帯の通話記録から殺し屋の仲間たちを洗い出した。その中で一つ際立っていたのは、その全員がバグダッドの「行政長官」〈ダークホース〉につながっていたことだ。

それでも、まだ誰の住所も特定できなかった。どの電話も電源が入っていないようだった。

捜査は難航したまま何日かが過ぎた。私が別のターゲットに対する任務をいくつかこなす間、専門家たちは爆弾テロの捜査を続けた。そんなある夜、私は一度、自室に戻って汗臭い服のまま長いことベッドに横になり、そのうちにうとうとし始めた。ポケベルが鳴ったのは真夜中で、私は急いでボックスに戻った。

「どうした？」私はケイトに尋ねた。

「殺し屋と思われる人物の所在をつかんだの」彼女は言い、旋回するドローンからの映像に映る家を指し示した。電話は電源が入っていて、持ち主は家の中にいた。


その男がいるのは、低層のテラスハウスが立ち並ぶ静かな通りに面した細長い建物だった。街灯はほとんど消え、住民もほぼ寝静まっているようで家々は暗かった。


だが、ターゲットの建物はモニター上で煌々と光っていて、活動している様子がうかがえた。

「人の動きがある」私はチームに言った。

「この家の記録はあるか？」私は過去の衛星写真ファイルに急いで目を通しているブライアンに尋ねた。

「ああ、別のチームが二〇〇六年に前の住人を殺害している」

「その任務の記録を残らず送ってくれ」

「送信する」


私のPCの画面に現れた情報は多くなく、現場で殺された男の写真が数点だけだった。その男は、ザルカウィの手下の一人のようだった。

監視中の家の玄関から男の人影らしきものが出てきて、どこからともなく現れた別の二人と接触した。

センサー・オペレーターがズーム・インする。「MAMが三人」と彼は言った。軍務適齢期の男《ミリタリー・エイジド・メン》たちだ。「一人は武器を持っている模様」

「たばこを吸っているやつもいる」ブライアンが言った。

たばこの黒く輝く様子が高解像度でモニター上に広がった。たばこ休憩かもしれない。数分後、たばこは地面に投げ捨てられ、三人は家の中に戻っていった。

このときまでに、折に触れて我々と一緒に任務をこなしてきたネイビー・シールズのチームがボックスに集まっていた。私の襲撃部隊は別のところで作戦を行っていたから、今夜はシールズが待機している。彼らは出撃を待ちかねていた。

我々とシールズの間には深いライバル関係があった。デルタとどちらがすごい特殊部隊かを競っていたのだ。だが、対テロ戦争が始まってから、二つの部隊の関係はとても緊密になった。我々は戦術面で連携したり、共同チームで作戦を行ったりして密接に任務にあたっていた。

本当のところ、内心では誰もが、作戦の成功は自分の功績だと仲間に誇りたい、重要な襲撃任務に真っ先に呼ばれたい、と考えていた。敵を殲滅するという目標は同じでも、それぞれが栄誉を望んでいたのだ。

シールズたちはコーヒーをぐいっと飲みながら、プロテイン・バーをかじっていた。そして私に次々と質問を浴びせてきた。家にいるのは誰だ？　外にはなにがある？　なにか足りない情報はないか？

ブライアンが家までのルートを示す地図をモニターに映した。ルートはきわめてシンプルだ。私は装備を身につけ、武器に弾薬を装填していくメンバーに、作戦の概要を説明した。現場まで遠くなかったので、部隊はハンヴィーで移動することにした。

　通常、我々は持ち主の身元が割れるまで携帯電話を追うことはしなかった。〈ダークホース〉一味のやり口は巧妙だったから、罠にかけられることが心配だった。我々をおびき寄せるために携帯の電源を入れ、それによって肥料爆弾を起爆するつもりかもしれない。なにが待ち受けているか分からないまま襲撃することは危険を伴った。だが、我々に選択肢はない。時間との闘いだった。

我々のドローンは家の周囲を飛び、シールズ到着までに状況が変わったり悪化したりしないか警戒していた。我々はあらゆる物陰や付近の隅々に、異状がないか目を光らせた。なにもない。さっきの男たちはもう出てこなかったが、家はまだ明るかった。なにかが起こっているのだ。

「ズールー・スリーへ、こちら第一検問所、ターゲットまで三〇マイク《Mikes》」

「ラジャー」

　部隊のハンヴィーがドローンの視界に入ってくるまであと三〇分ほどだ。彼らはターゲットの家から一ブロックほど離れた場所にいて、三〇人のシールズたちが車外に出た。ほぼ無言で行動している。沈黙が必要なのだ。誰もがどう行動すべきか理解していた。

　ドアを蹴破って突入する代わりに、彼らは犬を放った。犬はすぐに立ち止まり、向こう側に爆弾があることを知らせた。部隊の指揮官は拡声器で中の人間に出てこいと呼びかけた。なにも起こらないまましばらく過ぎた。中の男たちはどうすべきか考えているかのように、家は静まり返ったままだった。

我々は屋根を見張った。周囲の街路に、近隣の住民たちが姿を現し始めていた。成り行き次第では悲惨なことになりそうだった。

突然、三人の男が家の屋根に姿を現したのが白黒の赤外線映像に映った。「あいつらにズーム・インだ」私は言った。

三人とも拳銃を持ち、戦い抜くか降参するか決めようとしているかのように体を寄せ合っている。数十人の屈強なシールズ隊員がライフルを自分たちの方に向け、巨大な兵力で月まで吹き飛ばそうとしているかのような光景を目にしたら、決断は容易だった。

もう少ししたら、シールズは家と屋上に集中砲火を浴びせ、猛攻で一気にターゲットの息の根を止めるだろう。

私自身は男たちに死を選んでほしかった。生き延びさせたくない。この男たちに多少でも爆弾テロの責任があるなら、屋根の上で即刻処刑されるべきだ。

彼らはどうするのか？

結局、男たちは両手を上げ、銃を投げ捨てた。まだしばらく生きることを選んだが、私はそれに失望した。襲撃は終わったのだ。

その後、部隊が家の中を捜索したところ、おびただしい数の鉄パイプ爆弾、肥料、銃、迫撃砲弾が見つかった。男たちはその家でさまざまな小型爆弾を作っていたのだ。鉄パイプ爆弾は近々実施されるイラクの国会議員選挙で使用するつもりだったという。新しい民主的な選挙プロセスを混乱に陥れようと、各地の投票所に運び込もうと計画していた。

我々は男たちをボックスに連れ帰り、ほどなく九件の同時爆弾テロにおけるその役割を聞き出した。だが、誰も〈ダークホース〉のことは口にしなかった。彼を死ぬほど恐れているか、あるいは本当になにも知らないのかもしれない。結局のところ、それは問題ではなかった。

数日後、〈ダークホース〉は自ら間違いを犯した。

19 〈ダークホース〉

「冗談だろ？」

〈ダークホース〉の情報が入ってきたとき、私はマークと一緒にボックスのデスクで報告書を読みながら、ドローンが送ってくる進行中の任務の映像をチェックしていた。

「これはおかしい」私は言った。

「どういう意味だ？」

「いま傍受した情報だと、〈ダークホース〉が検問所で拘束された」

「またただのうわさかもしれないぞ」マークは言った。

それは二〇一〇年の三月のこと。マークと私は当初、その報告に取り合わなかった。

〈ダークホース〉に双子の兄がいることは以前から知られていて、情報機関だけでなく彼と同じ

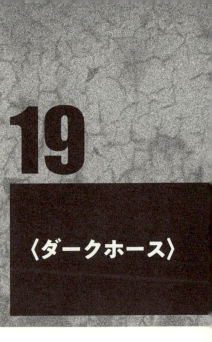

テロ組織の指導者でさえ、しょっちゅう二人を混同していた。だが、我々はこのときちょうど〈ダークホース〉ほど粗暴でないその兄を勾留しており、情報は間違いだろうと思ったのだ。ほどなく、チームの情報源管理官であるトムが同じニュースを持って飛び込んできた。「本当だ」彼は言った。「やつは捕まったんだ！」

私の体に電気が走った。こんな形で敵が捕まることはかつてなかった。普通、検問所で捕まるのは雑魚で、大物には縁がない。このとき、〈ダークホース〉はイラク第一のお尋ね者だった。彼の手配写真は、行方を追うイラク軍によってバグダッドじゅうのほぼすべての場所に貼り出されていた。彼らしくなかった。油断したに違いない。八年も逃げ回っていたせいだろう。あるいは我々の執念が実ったのかもしれない。彼を探し出すために莫大な時間と労力をかけたのだから。〈ダークホース〉は捕まったというだけでなく、生け捕りになった。我々はイラク軍が彼を捕らえたことを知る唯一のアメリカ軍部隊らしく、イラクじゅうに展開している多国籍軍はどこもまだ情報をつかんでいなかった。たくさんの情報を得られそうなのは喜ばしかったが、問題になりそうなことが一つあった。彼はイラク軍の暗殺部隊に拘束されていた。部隊はある検問所で偽の身分証明書を呈示した〈ダークホース〉を捕らえたのだ。

それは極秘の超法規的襲撃部隊で、ヌーリ・マリキ首相の統率下にあり、アルカイダとＩＳＩのメンバーを追い詰めることを使命としていた。政敵を武力で排除するためのマリキの個人的な暗殺部隊というのが大方の理解だった。部隊に捕らえられた者は例外なくすぐに命を落としたため、暗殺部隊と呼ばれていた。

〈ダークホース〉に接触できるのかどうかさえ見当がつかなかった。彼はまだ生きているのだろか？　イラク軍は我々を相手にせず、彼を殺してしまう可能性があった。

我々はすぐに行動しなければならなかった。強い抵抗に遭うことは覚悟のうえで戦闘用装備に着替え、強化装甲車両に乗り込んで、暗殺部隊責任者の将軍に面会するためバグダッド市内に向かった。

メンバーは、私とマーク、ジェイソン、そして情報源管理官のトムだ。トムはＣＩＡで訓練を受け、我々が倒した敵の多くに関して重要な役割を果たした。彼はボックスのすぐ後ろにあるオフィスにいて、エージェントを使って情報収集するのが主な役割だった。熟練の情報工作担当官であり、一流の腕を持っていた。

将軍のオフィスは市の反対側にある政府の建物の中だった。我々は事前に連絡を取ってこれから向かうこと、〈ダークホース〉について相談があることを伝え、面会の地ならしをしておいた。将軍の部下の一人が入り口で我々を出迎え、濃い茶色のソファと大きなオーク材のテーブルがある部屋に案内した。熱いお茶が出された。

部屋に入ってきた将軍は、なにも知らないという素振りだった。彼はテーブルの上座にある、ゴールドの装飾がついた茶色い革の椅子に腰を下ろした。法廷の裁判官のように、その椅子は部屋中の誰よりも高くそびえているように見えた。将軍の軍服はクリスマスツリーのように、おびただしい数の勲章で飾られていた。

「諸君がなにを言っているのか、わからんな。そんな男はここにはいない」将軍はそう言いながら、いかにも事情を承知しているという風に、にやりと笑って椅子に背をもたせかけた。

トムはそれにかまわず、一気にまくし立てた。「将軍、聞いてください」テーブルに身を乗り出しながら彼は言った。「この部屋にいる連中は最高の特殊部隊員です。我々の手腕を信頼していただきたい」

緊張が高まった。将軍がかつてなく我々に興味を持ったのは間違いない。一般の軍部隊にうそをつくことには慣れているが、我々のような部隊に出くわしたのは初めてなのだ。彼は我々を品定めするように見渡し、どうしたものかと心の中で計算していた。私は、彼が駆け引きしているのだと感じた。将軍との受け答えはほとんどトムがやったが、〈ダークホース〉が何者なのかと将軍が尋ねたとき、私が説明した。「あの男についてなにを知っている？」彼は言った。

「我々はもう何年も彼を追っています」私はそう言って、我々が最近殺害したり捕らえたりした〈ダークホース〉の側近の名を順に挙げていった。〈ダークホース〉は〈マンハッタン〉と〈ブルックリン〉に接触できる数少ない残党の一人だと思われることを将軍に伝えた。「あの男はＩＳＩを壊滅させるための鍵を握る人物かもしれないのです」

将軍はただうなずくだけで、多くは語らなかった。それが一時間以上も続いた。途中で彼は手を振り、お茶のお代わりを持ってこさせた。

やがてトムがしびれを切らした。「あの男がここにいることは分かっているんです」彼は言った。「会わせてください。あなたのお役にも立ちますから」我々は〈ダークホース〉に関する数年分の情報と、今後我々が将軍の部隊と共同で実行する作戦において、彼らにドローンからの情報を提供することを約束した。

しばらく沈黙が流れた。将軍があごをなでながら、ポーカーで大きな賭けをしようとするかのように私たちを見ていたのをおぼえている。彼は、無言で背後にずっと立っていた側近の方を向き、アラビア語でそっとなにかを伝えた。

将軍が我々の方に向き直ったとき、部屋の雰囲気が変わり、緊張が急に和らいだ。「いいだろう」彼は言い、まるで自分が勝って我々と友達になったかのように微笑んだ。「今日、あの男に会いたまえ」


これまでアメリカ政府の誰も〈ダークホース〉に直接会ったことはなかった。だがその日の午後遅く、私はその男に会いに向かった。

拘置所は、将軍のオフィスから三〇分ほど離れた、現在は使われていない古い飛行場の端にある、兵舎のようなくたびれた建物群の中にひっそり置かれていた。アメリカ政府はこの場所の存在すら知らなかった。

将軍の側近のイラク軍将校がゲートで我々を出迎え、中に案内してくれた。我々は私と通訳、それにトムだけだ。他のメンバーはボックスに戻っていた。

拘置所はイラク軍兵士によって厳重に警備されているが、建物の内部に入るまでそれとは分からなかった。我々が中庭に入っていくと警備兵がどこからともなく現れ、眼前にそびえる平屋建ての建物の中でも何人かの兵士が窓からこちらを見張っていた。昔の西部劇で、よそ者のカウボーイがバーに入っていくとピアノの演奏が止まり、中の全員が振り向いてこちらを見ているような気分だった。

扉の前の警備兵何人かが道をあけ、たばこに火をつけて吸いながら、我々の方を指差して仲間うちでなにか話していた。アメリカ人がここに足を踏み入れたことがないのは明らかだった。拘置所はイラク版の闇施設で、敵を密かに勾留していた。ここに収容された者は消し去られる運命なのだ。

我々は中に入り、長く続く暗い廊下を歩いていった。イラク人将校は無言で、足音だけがコンクリートの床に大きく響く。我々が通ると扉が閉められ、ここではほとんどが立ち入り禁止であり、扉の先にある戦争犯罪を知られたくないとでもいう様子だった。イラク軍将校が立ち止まり、振り向いて我々の通訳に話しかけた。

不安で頭がいっぱいになり、私はじっとしていられなかった。やがて、将校が手で合図し、我々はさっきと違う中庭を横切って別の建物に入った。

そこは床も壁もコンクリートでできた迷路のような場所だった。さっきより暗く、湿度も高くて汚い。私は内心、最悪のお化け屋敷に足を踏み入れたような気分になった。

先に進むにつれて照明がちらつき始め、むき出しのエアコンから水滴が床にしたたっていた。白い塗装があちこちで剝がれている。誰のものともしれない、手のひら状の乾いた血痕が壁にいくつもあった。床は土埃で覆われ、行き来するブーツが靴底の形に泥を落としている。ある扉の後ろから、男が苦痛に悲鳴を上げるのが聞こえた。明らかに拷問を受けている。建物内は暑く、よどんだ空気は死の匂いがした。悲鳴が廊下中に響き、やがてまた我々の足音だけになった。

我々は廊下を歩いていき、勾留者がいる部屋の扉をいくつも通り過ぎた。どうやら何十人もの人間が拘束されているようだ。やがてイラク軍将校は立ち止まり、ある扉を開けた。彼は我々に、ここだ、というようにうなずいた。

入ってみると、その部屋は驚くほど立派で、ここに来る途中で見た惨状とは大違いだった。そこは窓のない大きな部屋で、一方の壁には古い武器や勲章、写真が飾られたガラスケースが造り付けられていた。ゆったりした革張りのソファが部屋の壁いっぱいに置かれている。褐色の大きな木の机があり、その向こう側に別のイラク人将校がいて、我々に座るように手で仕草をした。

私はピンホールカメラが仕込んであるキーホルダーを取り出し、隣にあるテーブルの上に置いた。通訳を介して机の向こうの将校と話をした。彼はこの施設の責任者で、どこか妙に冷たい感じがした。だが、そのときはあまり深く考えなかった。〈ダークホース〉に会うことで頭がいっぱいだったからだ。私には彼が本当にここにいることが、そして将軍の言ったことが本当で、自分がこれから彼に会おうとしていることが、まだ信じられなかった。

我々が長年一緒に働いてきたイラク政府高官は、悪名高いうそつきぞろいだった。イラク軍は対テロ戦争ですでに勝利していて、アメリカ軍は全員撤収できるかのように言う者もいたほどだ。それまで一〇年に及んだ戦争で、アメリカ軍による直接の支援なしにイラク軍が大物テロリストを捕らえたり殺害したりできた例を私は一人として知らなかった。そのため、彼らが自力で〈ダークホース〉を捕まえたことに、私はまだショックを受けていて、信じていなかった。ずっと考えていたのは、私は何年も追ってきた男にこれから会うのだ、ということだ。五分から一〇分ほど待つ間に、心の中にさまざまな思いが去来した。長年にわたった追跡、この男のために世界が味わった恐怖、ばらばらにされた家族、殺されたアメリカ兵、そして彼がこれほどまで長く逃げおおせてきたこと。

〈ダークホース〉が部屋に入ってきたとき、私はキーホルダーのスイッチを入れ、カメラによる記録を開始した。

私は彼がアメリカの囚人と同じように手錠をされ、オレンジ色の囚人服を着て、武装した警備兵に連れられてくると思っていた。なんといっても、この男は長年にわたって数千人の一般市民を殺戮してきたのだ。だが実際はまったく違っていた。〈ダークホース〉に警備兵は付いておらず、着ているのは黒と白のアディダスのトレーニングウェアで、その下の長袖シャツの裾が外に垂れていた。それは妙な光景だった。手錠もしていない。男は平然とした様子で歩いてきた。

私は隣に座っているトムが自分と同じものを目にしているか問いかけるように、ちらりと彼を見た。彼の反応も私と同じだった。悪い冗談に違いない、という顔だ。

最初、私は〈ダークホース〉が飛びかかってくるかもしれないと思い、グロックの拳銃に手をかけた。生涯をかけてアメリカ人を殺してきた男だ、我々も躊躇《ちゅうちょ》なく殺そうとするに違いなかった。通り過ぎる際、男は二度我々を見て一瞬立ち止まり、どうすべきか指示を求めるような様子で机の向こうにいるイラク軍将校を見た。将校は男に対し、そのまま進んで椅子に座れ、というように身振りで示した。やがて男は「やあ」と言ってにこりとし、私たちの向かいのソファに腰を下ろした。

　男は目の色も髪の毛も黒く、太い眉が額の長さいっぱいに伸びていた。濃い口ひげは両端でやや下がり気味だが、まあ普通だ。髪は起きたばかりのようにぼさぼさだった。最初のうち男はこちらを見ず、壁を見つめるか自分の膝に視線を落としていた。

　数分の間、私は彼を見つめ、部屋中のあちこちを車のように走り回るその視線を捉えようとしたが、彼は決してこちらを見なかった。彼は神経質そうに指で口ひげをなでていた。

「名前は？」私は男に尋ねた。

　彼はすぐには答えようとしなかった。机の向こうの大佐を振り返り、話す許可を求めた。彼はなにが起こっているのかよく分かっていなかった。大佐とアラビア語でやり取りした後で、やっと答えた。

「おれはマナフ・アル・ラウィだ」

　我々はその初日、そこで三時間過ごしたが、彼はほとんどなにも話さなかった。我々は自分たちの名を告げず、彼もそれを求めなかった。次の日もその次の日も面会したが、彼は我々がすでに知っていることや、我々に知られているはずのこと以外はほとんどなにも話さなかった。我々を弄《もてあそ》んでいたのだ。

　ようやく彼が口を開いて〈マンハッタン〉と〈ブルックリン〉について話し始めたのは、数日経ってからだった。

　なぜ彼がもっと話そうと思ったのかは、分からなかった。それで解放されると考えたのかもしれない。他の収監者の悲鳴を廊下伝いに聞いたからかもしれない。あるいは、自分の死を少しでも遅らせたいと思ったのかもしれない。

「最後に彼らと会ったのは二〇〇六年だった」と男は言った。〈マンハッタン〉と〈ブルックリン〉とは連絡員網を通じて手紙でやり取りするだけだという。

〈ダークホース〉はやがて連絡員のネットワークに関する基本的な考え方を説明した。それほど詳細な内容は含んでいなかったものの、それは後にとても重要な情報となった。彼のメモは北部に行く人間を何人も経由して〈マンハッタン〉と〈ブルックリン〉に届けられた。数日あるいは数週間後、同じ経路で返事が返ってきた。連絡員たちは定期的に交代させられ、情報機関による追跡を攪乱《かくらん》した。

一瞬、私は二人を捕らえたと思った。「〈マンハッタン〉と〈ブルックリン〉はそっちにいるのか？　北部に？」

彼は笑みを浮かべ、我々の追及をまたかわした。「これ以上はなにも知らない」

彼はそれ以上譲らなかった。おそらく、二人の指導者についてもう十分な情報を与えたから、我々が満足して追及を止めるのを待つつもりなのだろう。だが、次はイラク軍の番だった。彼らには独自の尋問方法があり、我々はそれについて知りたいとは思わなかった。やがて大がかりな尋問が行われるはずだ。私がこの目で見たことからすれば、そうした圧力が数多くの大物ターゲットの捕捉や殺害に直接結びついていた。

それからしばらくして、彼が思わぬことを言った。「本当に知りたいか？」そしてあの笑みを浮かべた。そのときは珍しく彼が私の目をまっすぐ見た。彼によると、捕まる前にそれぞれ異なる四つの作戦を実行に移したという。「信じられないかもしれないが」彼は言った。まるで地中海クラブにいるかのように、彼は脚を組んでソファに深く腰かけた。自分の信条のために死ぬつもりなのは明らかだった。

急に話好きになった彼は、喜んでそれぞれの作戦の詳細を説明した。大爆発を表すみたいに両手で大きな仕草をし、通訳が即座に我々に訳してくれた。自分の仕かけた破壊工作を、連続殺人犯が殺人計画の全体像を語るときのように笑顔で解説した。自分が拘置所にいることを忘れ、大きく広がった自分の組織をいまだに命令一つで動かせるかのように、自分自身に酔っているのが見て取れた。

彼の計画では、飛行機をイラク政府の建物に突っ込ませ、近々実施されるイラク国会議員選挙の投票に訪れた人々を、バグダッド市内に仕掛けた無数の鉄パイプ爆弾によって殺害し、四か所の外国大使館を襲撃するという。

それ以上詳しいことは話さなかった。攻撃を阻止するための手がかりになりそうな情報はなにも語らず、我々への協力はそこまでだという。彼は勝ち誇り、自分がどういう人間かを我々に知らしめ、手出しができないことを思い知らせたのだ。

我々の各部隊は〈ダークホース〉が言ったことを急いで解読しようとしたが、すでに手遅れだった。四つの計画のうち、エジプト、イラン、シリアの各国大使館とドイツ大使公邸を狙った自動車による同時自爆テロを含む三つが現実となった。負傷者は数百名に上った。

「分かっただろ」テロ攻撃後の面会で彼はそう言った。「うそじゃなかったって」それからは長い間、我々になにも言わなかった。

それからの数週間、トムと他のチームメンバーは〈ダークホース〉との毎日の面会を続け、私は他のターゲットを追い続けていた。

我々は爆発した車載爆弾に残っていた指紋の男や、アメリカで飛行機の操縦訓練を始めようとしていた男、そしてアメリカ軍に対する凄惨な攻撃の様子を紹介するＩＳＩの宣伝ビデオを配っていた二人を捕まえた。別の夜には、テロ組織内部で「特殊グループ」と呼ばれる武力組織の指導者と資金係のトップを殺害した。我々は主要なテロリストたちを矢継ぎ早に襲っていった。我々の部隊全体で、着任時のトップターゲット二〇人のうちすでに八人を捕らえていた。

我々の尋問官が捕捉した男たちを調べ始めると、ほとんどの相手が無知を装った。「なんの話だ？　おれは悪党など誰も知らない」と、ある男は言った。別の男は「人違いだ」と言った。それが典型的なリアクションだが、あるとき、驚くほど正直な答えに出くわした。その男はＩＳＩの中ではほどほどの立場で、幹部というよりは兵士だった。「サー」彼は真顔で言った。「自分はアルカイダの人間以外に知り合いはいません」そして知っていることをすべて我々に話し、さらに数人の逮捕につながった。

しばらくの間、毎夜二つか三つの任務をこなす日々が続き、すべてが符合しはじめた。

私はこのとき初めて、完全に事態の主導権を握っていて、どんなに小さな手がかりからでも捕まえたい人間は誰でも見つけることができると感じていた。誰も我々を止めることはできない。そう感じられ、すべての瞬間を楽しんだ。テロ組織の頂点に直接つながる、重要な手がかりを見つけたのは、それからすぐのことだった。

私は頭の中で、〈マンハッタン〉と〈ブルックリン〉に迫る方法を思い描いていた。我々はテロリストを一人、また一人と夜な夜な追い詰めることでバグダッドのテロ組織を寸断していた。ISIは組織の指導者層を秘密のヴェールで覆おうとしていたが、誰がどの地位にいるか、組織内の人間すら知らないときでも、私はしっかりと把握していた。一日のすべての時間を、入ってくる情報を分析して足りない部分を補うことに費やしていたことで、私の技量にはますます磨きがかかっていた。私は敵の組織の動きに密着していたので、もしISIのグループを指揮することになってもなんの違和感もなくできたはずだ。そして、私たちの部隊が誰かを新たに捕らえたり殺したりした際、誰がその後任になるのか、正式な任命前から分かっていた。

あらゆる新しい情報や尋問内容、写真、情報源からのたれ込みによって、ターゲット集団の全貌が鮮明になった。そして私のコンピューターの組織図に、大きな家系図のように反映された。

それまで膨大な時間をドローンと過ごしてきたため、私は無人機の技術を細部まで理解し、どの機能を戦いに活かせばいいかを知っていた。常に二機か三機のドローンを使って敵との追跡戦を行い、一人の敵を追い詰めるとその相手からまた次のターゲットの情報を引き出した。

私は戦況により早く対応し、ためらうことなく次に打つ手を計算した。忍耐強く実戦に臨むことはすっかり身についていた。これまでこなしたすべての任務から、私は経験と知識を得ていた。モニターに映っている人物が一般市民なのか、群衆に紛れている本当の敵なのか、すぐに見分けることができた。私のチームは効率的で、それぞれが自分の役割を理解していた。チーム内では細切れの文章や、ときには二言三言の単語でもコミュニケーションがとれた。

任務の遂行は第二の天性のようになっていた。ターゲットに関するあらゆる情報、彼らの生涯や潜伏していると思われる地域まで、私はすらすらと言うことができた。かつて我々は空を舞うスパイだった。今では敵とともに生活し、彼らの頭の中で一緒に日々の活動を行っているような気分だった。多くの場合、私はターゲットをその家族よりもよく知っていると感じていた。

我々の成功は軍の最上層部にも伝えられていた。上官によると、捕捉した敵の情報は大統領に対する毎日の報告に含まれることもあるという。他のターゲットを追うチームからの支援要請もあって、任務の遂行はますます忙しくなった。あるときはＣＩＡから南部にいる男の攻撃を依頼された。遠く離れたアメリカの人間と関係している簡易爆弾の取引屋を調べてくれ、とＦＢＩから頼まれたこともあった。

ある時期、私は三時間睡眠で働き、モニターに映るドローンからの映像は常夜灯のように闇を煌々《こうこう》と照らしていた。北部や西部で活動中のデルタの仲間たちも同じような状況だった。我々は一体となって任務にあたり、部隊間で助け合っていた。夜間にはビデオ会議を開き、手がかりを共有し合った。

「組織は潰走しつつある」ある夜、ジャックが言った。「ますます多くのテロリストたちが活動をやめてシリアに移っているらしい」

「密告者を恐れるあまり、自分たちのグループ内で仲間を殺しているんだ」アンディが言った。

「追うターゲットが減っていいな」私は笑って言った。

「いま入ってきた情報によると、指導者たちは部下に対して集会で腕時計をするなと命じているらしい」ジャックが続けた。

「どういうことだ？」

「我々がそんなものまで徹底的に盗聴してると思っているんだ」

「もうスウォッチは禁止」私は言った。「敵の頭の中は我々のことでいっぱいだ」

「プレッシャーをかけ続けろ」総司令官が言った。

「我々は敵の家に乗り込んだ。自分たちはもう住めない、それが相手にも分かったんだ」


ある夜、ジャックが北部にある自分の拠点から連絡をよこし、ドローンの映像を見ろと私に言った。

「おい、こちらの映像をお前のモニターに映してくれ」

私は大画面モニターの一つをその映像に切り替えるように指示した。

「よく見るんだ」ジャックは言った。「映っているのはモスルの軍事指導者で、逃走中だ」彼は笑い、まるでこう言いたいかのようだった。この男はもうすぐあの世に行って神に会う、と。

「そのようだな」私は答えた。

ターゲットの男は屋根から屋根に飛び移り、それをイラク軍治安部隊が追っていた。ジャックの戦闘部隊はイラク兵を同行させていて、ターゲットはその合同部隊が自宅を襲う前に逃げ出していた。

イラク軍は多くの作戦において我々と共同で任務にあたった。「共同で任務にあたった」というのは少し言いすぎだが。バグダッドでの作戦で、イラク兵は以前よりも我々と一緒に行動するようになっていた。これは新しくできた法律によって、アメリカ軍が遂行する各任務にはイラク軍兵士が少なくとも一名は参加しなければならないと定められたからだ。たとえイラク兵が実際には役に立たなくても、「イラク軍による」攻撃と呼称するためのマーケティング戦略のようなものだ。イラク兵はボックスには立ち入れないが、我々の戦闘員と共に行動した。

後になると、イラク軍が誰それを殺害した、というニュースが流れるようになった。通常、そうした報道は誇張されたものだった。実行したのはアメリカ軍部隊で、単にイラク軍を連れて行っていただけだ。いま進行しているこの追跡戦もそうだった。

ジャックが言った。「見ろ、逃げ場がなくなるぞ！」

屋根を伝っているターゲットはまだ逃げ続けていて、追うイラク兵たちは息が切れているように見えた。

ターゲットはときどき振り向いて発砲したため、イラク兵の追走はそれでまた鈍った。自らの誤算がなければ、ターゲットは逃げおおせたかもしれない。男は結局、次の屋根に飛ぶには低すぎ、地上からは高すぎる屋根に追い込まれた。そのため、ターゲットは隅の方にある壁の後ろに身を隠すようにしゃがみこんだ。

ドローンのカメラは彼の真上にあった。私はヘッドホンをかぶり、無線のやり取りを聴いた。地上の襲撃部隊もドローンからのライブ映像を現場で見ることができるため、彼らはターゲットを見失ったイラク軍部隊に男の正確な位置を無線で知らせていた。イラク兵がゆっくりと敵に近づいていく。

ターゲットはそれに気づき、隠れ場所からちらちらと顔を出して発砲しはじめた。イラク兵たちが一人ずつ手榴弾を投げつける。ドローンの映像に、屋根に転がる手榴弾が映った。最初の一個で負傷したものの、男はまだ生きていた。よろめきながらも、まだ隅の方にうずくまって身を隠そうとしている。別の手榴弾が飛んできて轟音が響き、大きな爆煙が上がった。その一発がとどめを刺した。我々はターゲットがゆっくりと息を引き取り、体から血を流す様子を、上空を旋回するドローンから眺めた。

「これでいい、また一人ろくでなしが消えた」ジャックが言った。

「ああ、今日の殺害中継も楽しかったよ」と私は言い、その映像をモニターから消した。

その間も、〈ダークホース〉は黙秘したままだった。我々は状況を早急に打開する必要があった。

「いい考えがあるんだ」情報工作担当官のトムがある夜、私に言った。「やつの双子の兄を覚えているか？」

もう何週間も〈ダークホース〉を尋問してきて、彼のたわ言や、〈マンハッタン〉と〈ブルックリン〉の近況、他のＩＳＩ司令官の潜伏場所、次のテロ攻撃対象などについての度重なるうそに我々は嫌気がさしていた。私は〈マンハッタン〉と〈ブルックリン〉を追い詰めるための時間がなくなりつつあることが心配だった。〈ダークホース〉がなにも知らないというのはうそで、組織が自分の捕まった穴を埋めるための時間稼ぎをしているのは明らかだった。

ここで彼の兄弟を使うべきだ、とトムは考えた。その兄は我々の前任チームに捕らえられて以来、長らく勾留されていた。

トムは別の拘置所にいるその兄に会いに行き、それから何日もかけて相手を屈服させた。〈ダークホース〉が長年やってきたことのせいで自分は留置場に入れられ、イラクでは最も重大なことである家族の名誉が失墜したことを、トムは徐々に説き伏せていった。

双子の兄、アーメド・アル・ラウィは怒りに震えた。ここまで来れば、自分の兄弟がアメリカ軍に拘束されていることを知らない者同士をいつ引きあわせるか、それだけの問題だった。

我々は〈ダークホース〉を兄のいる拘置所に移送し、二人の対面をモニター越しに見守った。兄弟はもう何年も会っていなかったかのように、そしてこれが最後であるかのように抱擁し合った。手錠をかけられ、オレンジの囚人服を着て精神的に追い込まれたお互いの姿を目にしたため、二人は最初から声がうわずっていた。だが、愛情に満ちた抱擁も、事情が飲み込めるとすぐに終わった。

兄の顔が、弟と、弟がやったことに失望したように怒りの表情に変わった。これまで犯してきた殺人の数々を償うときがきた、アラーは彼の罪を裁こうとしている、というように。室内の緊張が一気に高まる。兄は〈ダークホース〉を、次に会ったときに言うことをもう何か月も考えていたような目で見た。

兄から〈ダークホース〉へのメッセージは要約するとこういうことだった。アメリカ人はすべてを知っている、戦況を支配しているのはアメリカ軍で、お前のやっていることは家族を不幸にしているだけだ。兄は弟に対し、ばらばらになった家族を救う一縷《いちる》の望みにかけて、我々に協力するように促した。

〈ダークホース〉は泣き出した。両手で顔を覆い、床に目を伏せた。その瞬間、我々は彼を落としたことを理解した。双子の兄は、彼の良心が生身の姿になったものだった。トムは〈ダークホース〉を屈服させたのだ。

こうした状況をたくさん見た私は、どんなに頑強な人間でも、二、三か月の間、ボックスで家族の様子を見させられると、必ずその態度に変化が表れるものだと知った。

これが、何年もの間私たちが待ち望んでいた転換点になった。

20

〈マンハッタン〉と〈ブルックリン〉

数日後、私は〈ダークホース〉を訪ねていった。

このとき、彼は我々の基地内にある、ボックスの裏側のがらんとしたタイル張りの部屋にいた。ひどいソファが置いてあるのは一緒でも、先日面会したときとはちょっと雰囲気が違う。

「やあ」彼は言った。声は静かで、ほとんど聞き取れなかった。彼はどことなく小さくなって、自信なさそうに見えた。服がだぶつき、顔がげっそりしている。初対面のときの彼は傲慢かつ非情な雰囲気で、たとえ収監されていても自分が主導権を握っているのだというように大声で話す男だった。いまは自分が囚われの身であることを思い知るかのように、冷たい床ばかり見つめていた。

私は情報ファイルから何人かのターゲットの写真を選んで持参し、床に並べた。彼は立っている私の足元にしゃがんでそれを見た。イラク人将校が二人、部屋の両側に立ってその様子を見ていた。彼は追い詰められた野良猫のようになにかを恐れているように見えた。だが、彼はこれからなにが起こるか知らなかったのだ。私だって同じ立場なら怖気づいただろう。

私たちは何時間も聴き取りを行い、彼は知っているいろいろなことや人物について話しはじめた。今回はもうなにもふざけたことを言わなかった。彼はその年に南アフリカで行われるサッカーのワールドカップを狙うテロ計画についても知っていた。我々はすぐにその情報をＣＩＡに伝えた。

彼が口にしたターゲットの一人は、我々の殺害リストに載っていた。北部におけるＩＳＩの新しい軍事司令官だ。我々はその情報をジャックに伝え、彼のチームはその夜にその男を始末した。

同じころ、〈ダークホース〉はバグダッド中の武器や爆弾の隠し場所を我々に伝え、またもっと重要なことに、自分の七人の側近が潜伏している場所も白状したのだ。その男たちはまさに数週間前、〈ダークホース〉が自慢げに話した同時爆弾テロの実行犯だった。その夜、我々は七人を仕留めるため襲撃部隊を送り込んだ。

ドローンが各潜伏地点の上空に飛び、ジェイソンが襲撃計画に取り掛かった。イラク軍特殊部隊の支援を受けながら、七か所すべてを同時に襲撃する。いっせいに攻撃しなかったら、ターゲットたちは居場所がばれたことを知って逃げ出すはずだ。

それは四月初旬の真夜中過ぎだった。そのときは七二時間近く一睡もしていなかったことを覚えている。その間、コーンフレークを一ケース分は食べたはずだ。

我々は七か所それぞれの上空にドローンを飛ばし、武器や爆弾の兆候、車の有無、住人の属性などあらゆることを調べた。さまざまな部隊で構成される襲撃チームの全員に、突入前に情報を完全に把握させるためだ。

戦闘員がイラク軍の新しい同僚と出撃するのを見ながら、私は頭の中でどんな危険が待ち受けているか考えていた。〈ダークホース〉の仕組んだ罠かもしれないという考えが頭をよぎった。収監者が我々を罠にはめようとしているか見破るのは難しい。彼が一般人の家を教えた可能性もあった。

各襲撃部隊が七軒の家の扉を爆破して突入する様子を私は見つめた。赤外線カメラに閃光がいくつも映り、数分後、男たちが外に連行された。

その夜、我々は多くのＩＳＩ戦闘員を捕まえたが、その中にとりわけ重要な人物がいた。〈ダークホース〉のおじ《アンクル》だ。その男は〈マンハッタン〉と〈ブルックリン〉につながる連絡員網の中でも上級の連絡員で、ちょうど次の日に特別な連絡を届けることになっていた。

情報の宝庫である〈アンクル〉を捕らえたことですべてが変わった。ＩＳＩの最高指導者二人を倒す作戦は、そのときから本格的に始まったのだ。

イラク軍はすぐに〈アンクル〉を拘置所の一つに収監して尋問を開始した。我々のチームからも数名が同行した。

彼は殺風景なコンクリートの部屋で椅子にぐったりと座っていた。太って頭の禿げた男で、口ひげをまばらに生やし、ローブ式の白い伝統衣装を着ていた。自分の仕事は黄色い封筒に入れた手紙を他の仲間に届けることだと言う。手紙を受け取った者はそれをさらに別の者に渡し、それがずっと上まで、うまくいけばアブ・アイユーブ・アル・マスリとアブ・ウマル・アル・バグダディ、〈マンハッタン〉と〈ブルックリン〉に届くのだ。

〈アンクル〉は毎週手紙を渡していた男以外、他の連絡員とは一切やり取りしたことがなかった。連絡員網は連絡単位を非常に細分化する形に組織されており、一部が敵に見つかっても大丈夫なようになっていた。

もし〈アンクル〉や他の連絡員が合流地点に現れなかったら、そのネットワークは消滅する。すべてのメッセージは消し去られ、まったく新しい連絡員網が組織されることになる。

最初のうち、〈アンクル〉は我々に協力するのをためらった。だが、拒めばどこか地下の暗く湿った留置場に移され、そこで死を待つことになるというイラク軍の脅しによって、彼は態度を変えた。

我々は彼から、三か月ごとにまったく新しいものに作り替えられる連絡員網が、毎週必ず人の手で直接二人の「族長《シャイフ》」〈マンハッタン〉と〈ブルックリン〉に情報を届けてきたことを知った。〈アンクル〉はそれに関してあまり詳しくは知らなかったが、手紙が出されるのは本当だと言った。「彼らは明日私を待っている」彼は言った。

彼は鉢植えに隠した手紙を次の連絡員に渡すことになっていた。手紙は〈マンハッタン〉宛だが、届くまでに何人の連絡員の手を通るのか、どれほど厳重なチェックを受けるのかは不明だった。

我々はその手紙を読みたくて仕方がなかったが、やめておいた。それは黄色っぽい封筒に封入されていた。手を加えたことがばれたら作戦が台無しになるおそれがあった。トムは迅速に行動しなければならないことを知っていた。

「では行かなければならないな」

〈アンクル〉は目を見開いた。「どこに？」彼は自分が役目を終え、尋問も終わったと思っていたのだろう。

「お前は連絡員網に戻るんだ」

「断る、私はそんなばかじゃないぞ」

「いや、行くんだ」彼は言った。「計画どおり、次の相手に手紙を渡せ」〈アンクル〉は自分のことを冷たい目で見つめているイラク軍将校の方を見た。

我々はこんな計画を立てていた。〈アンクル〉を合流地点で降ろし、族長への手紙が入った、追跡装置入りの鉢植えを次の者に手渡しさせる。鉢植えは常にそうやって届けられてきたのだ。

だが、我々が一緒に働いていたイラク軍部隊は、〈アンクル〉を使って別の計画を考えていた。その部隊は次の連絡員を捕らえることしか頭になく、我々が「イミント（画像による機密収集活動）による追跡」と呼ぶ、ドローンを使い連絡員網全体をたどって族長を見つける手法にはひどく消極的だった。彼らにはそれが理解できなかったのだ。

イラク軍との交渉はいつも厄介だった。彼らは慎重だったが、我々の方には説得力があった。彼らを説得し終わったとき、〈アンクル〉は大粒の汗をかき、ずっと首を振っていた。落ち合う相手が異状を察知したら彼は殺され、家族もまた生きてはいられないはずだ。「私たちは皆殺しだ」手で首を切る仕草をしながら、彼は言った。「ハリウッドっぽくやるんだ」私は言った。

彼には通じなかった。

「うまく演技するのさ」

我々は勾留されていた痕跡を消し去るため彼の衣服を洗い、不安を取り除くために筋肉弛緩剤を投与した。あまり効果はなかったが、とにかく出発する時間だった。

トムと戦闘員数名が〈アンクル〉と一緒にヘリに乗り込み、サマラ市の連絡地点に近い別の隠れ家に急いだ。

その日の午後、トムのチームは近所の店で新しい花とそれに合いそうな鉢を買い、追跡装置を仕込んだ青いボンゴトラックを調達した。〈アンクル〉の言い訳は、交通事故に遭って誰かのトラック（青いボンゴ）を借りている、というものだった。

我々は徹夜で準備した。最初の連絡員合流地点は私の受け持ち地区から遠く離れていてむしろジャックの戦闘地域に近かったから、イラク中のボックスから派遣されたドローンは彼が取り仕切っていた。〈アンクル〉が午前七時に出発したとき、三機のドローンが重なるように飛んでいた。合流地点を見つけるのは時間がかかった。〈アンクル〉は北の方から来ていたため、どこに向かえばいいのか分からなかった。連絡員と会う時間が迫っていて、もしそれに間に合わなかったら計画が台無しだった。

行き先と方向に関する指示を求める連絡が怒濤のように続いたあとで、我々はやっとその場所を見つけた。イラク軍特殊部隊の支援要員を乗せた乗用車が二台、道路脇で故障を装って受け渡し場所を警戒している。〈アンクル〉がその場所に着いた数分後、上空から見守るドローンのカメラの視界に、次の連絡員が到着した。

ジェイソンの部隊は〈アンクル〉が新しい連絡員に鉢植えを渡す間、離れたところから見守っていた。我々はどんな小さな動きも見逃さないよう、二人の抱擁の仕方、花の渡し方などに細心の注意を払っていた。三機のドローンは上空で重なるように飛び、壁に並ぶモニターに映像を送っている。別の日には一〇以上の作戦が同時に映し出されることもあるが、今日はこれがすべてのモニターを独占していた。

私は〈アンクル〉が相手の連絡員に我々のことをばらさないか、心配したのを覚えている。我々はそれを警戒して二人の気配を注視したが、受け渡しは何事もなく行われ、そのまま二番目の連絡員をドローンで追い始めた。我々は彼を〈チャーリー〉と呼ぶことにした。

これで作戦は成功だと思うかもしれないが、実際には物事はいとも簡単に、突然うまくいかなくなることがある。

追跡している男は尾行されていることを知らないとはいえ、我々はドローンのカメラだけが頼りだった。もちろん、追跡装置もある程度役に立つ。だが、敵は車や鉢植えなど追跡装置を取り付けたものを取り替えるかもしれない。そうなると相手はほとんど姿を消したも同然になる。〈プレデター〉は驚くべき先端技術の結晶だが、技術であることに変わりはなく、突然機械の調子が悪くなる可能性があった。カメラが原因不明の故障をするかもしれないし、冷気で翼が凍りつき、基地への帰還を余儀なくされるかもしれなかった。今回のような任務では、ストレスも高いレベルで発生する。一つの行動ミスや技術的失敗でも、作戦が振り出しに戻ってしまうのだ。

幹線道路を北に向かう〈チャーリー〉を追ううちに、彼の車はヤギやヒツジがあちこちにいる砂漠地帯に入った。こうした作戦は何時間も続く可能性があった。時間の感覚がなくなり、いま何時なのかも分からなくなる。だが、少なくともいま追跡している〈チャーリー〉は三〇分走ったあとで路肩に車を止めた。道路の反対側から別の車がやってくるのが見えた。

「あの車にフォーカスしろ」チャット回線を通じてメッセージが入った。「ラジャー」

ここもまた際どい分岐点だった。車から誰が何人出てくるのか、ここからどこに向かうのか分からないが、ドローンの機数は三つのターゲットを追えるだけしかなかった。

ボックスは重苦しい沈黙に包まれた。地上の光景が展開する様子を、私は息を潜めて見つめた。二台目の車が到着し、その白いトラックから一人の男が降りて〈チャーリー〉の方に向かった。二人は挨拶を交わして、来たばかりの男は〈チャーリー〉にタイヤを渡し、〈チャーリー〉は自分のトラックの荷台から鉢植えを取って男に渡した。

その間、我々は人物たちのすべての行動や、場所と時間の詳細を記録していった。あとでレビューするためと、新たな作戦でここに来る場合に備えて記録しておくためだ。

品物を交換すると、新しい男は自分のトラックに戻り、高速道路を北に向かった。我々は新しい連絡員を〈貴重な積荷《プレシャス・カーゴ》〉と名付けた。無線で呼ぶときは単に〈ＰＣ〉だ。

〈チャーリー〉は高速道路を南に引き返し、〈アンクル〉がいる方に向かった。最初の合流地点に戻った途端、彼は我々のイラク軍支援部隊に拘束されたが、部隊はすぐに武装民兵たちに追われていると取り乱したように無線で連絡してきた。結局それは誤報で、ただの被害妄想だったが。

作戦の情報が漏れたり、実行中に目撃されたりするとうわさがすぐに広まり、連絡員網によって上まで伝わるから、我々は慎重にやる必要があった。

〈ＰＣ〉は最終の連絡員だと我々は予想し、ある意味期待もしていた。世界一のお尋ね者二人につながる人間として。

〈ＰＣ〉は何時間もあちこちを走り回った。その間、いろいろな家や商店に立ち寄った。砂漠の真ん中にも行き、戻ってくると小さな村々を回った。

彼がどこかに立ち寄るたびに、我々はそれを記録した。こうした場所、とりわけ家は、いずれ攻撃の対象になる。こうして作戦が進行している間、ドローンのカメラはそれぞれの場所の写真を数百枚撮影し、道路や付近の様子、モスクなどのＧＰＳ標識とともにデータとして記録していった。特殊作戦が飛躍的に進歩したのは、我々が文字通り地球を地図化していたのも理由の一つだった。

午後、〈PC〉は自分のものとそっくりな白いボンゴトラックが三〇台から四〇台並んでいる自動車ディーラーを訪れた。異変に気づき、車を変えようとしたようだ。だが、我々にとっては幸運なことにディーラーは車を引き取らず、〈PC〉は行き詰まった。

これは失態だった。〈PC〉は尾行されていると分かったら手紙の運搬を中止するように訓練されていて、今や明らかにそう判断していた。なぜなら、一時間と経たないうちに彼は窓から大きな物体を砂漠に投げ捨てたのだ。手紙の入った鉢植えだった。

「まずいことになってる」私はチャットシステムでジャックに伝えた。

「あの男の行動はおかしい。脈絡のない場所に車を停めていて、さっきは花を窓から放り投げた。ドローンの高度が低すぎるのか？」

「低いのは確かだ。だが、高度を上げたら雲で見えなくなる」

「くそっ、だがこれはいい兆候だ。きっとなにかたくらんでるに違いない」

「ああ、そのとおりだ」ジャックは答えた。

〈PC〉は走行を続けた。だがすぐに天候が変わり始めた。地平線上の厚い雲がモニターに映っている。暗く、うねるように広がっている。「これはまずい」ドローンが嵐の方にまっすぐ進むのを見ながら、私はジャックに言った。

我々は皆、そうすれば雲を追い払えるとでもいうふうに、モニターの前で緊張していた。だがすぐにドローンのカメラは雲で真っ暗になってしまい、翼の片方が結氷しはじめた。事故が起こる前にそのドローンは基地に戻さなければならなかった。

そうして一〇分が過ぎ、〈ＰＣ〉は姿を消した。

いったいどこに行ったのか？　どのドローンからも姿は見えなかった。

完全に暗くなったモニタースクリーンを見ながら、私の心は沈んだ。カメラに映っているのは雲だけだ。

ボンゴも〈ＰＣ〉も見えない。

誰もがパニックになっていた。

何人かがモニターに向かい、運命は我々に味方していないというように悪態をついていた。形勢は我々に不利だった。このタイミングでいったいなぜなのか？

我々の専用チャットシステムはターゲットを再び視界に捉えるための新しい命令や指示であふれていた。

もし〈ＰＣ〉を完全に見失っても、次善策はあった。戦闘員たちは待機場所にいて、〈アンクル〉と〈チャーリー〉の連絡員二人を砂漠に連れて行く準備をしていた。〈ＰＣ〉がどこに行こうとしているか二人に見当をつけさせようという作戦だ。

作戦を支援している北部地区の地形分析官がアイデアを思いついた。彼はすぐに、雲が切れたときにボンゴがいそうな場所を、最後に視認された時点のトラックの速度とドローンの飛行速度をもとに計算して複数の予測を立てた。

予測地点の座標を受け取ったドローンは、熱センサーカメラをそちらへ向けた。我々はうまくいくことを祈った。五分経過するのが一時間にも感じられた。

ターゲットはどこにいる？　これまで積み上げてきたものが全部無駄になるかもしれなかった。速いスピードで流れていく雲の先に、わずかな切れ目が見えてきた。まるでケーブルテレビの画像が黒とグレーの画面にときおり鮮やかに映るかのように。雲の切れ目が現れるたびに、数千フィート上空を飛ぶドローンのカメラには砂漠の大地だけが映った。

それからの数秒間は時が止まったようだった。

まるで誰かの祈りが通じたかのように、ボンゴが突然またモニターに映った。ブライアンが安堵のあまり私の目の前で崩れ落ちそうになった。賭けはうまくいった。我々はついている。

砂漠の奥深く、ボックスから数マイル離れた場所にある戦闘指揮所で、戦闘員たちは出発の準備を整えていた。ジェイソンと部下たちは戦闘服に身を包み、完全武装でドローンからのライブ映像に見入っていた。〈ブラックホーク〉はいつでも飛び立てる状態だ。

日が落ちて夜になり、〈ＰＣ〉は砂漠の道をさらに奥地へと向かっていた。これが彼の最終目的地なのか？　総司令部の幹部連中も司令センターに集まってドローンからの映像に見入っていた。ワシントンＤＣや他の紛争地域にいる軍の最高幹部たちも映像を見ている。ドローンの映像チャンネルは「殺害中継」と呼ばれていた。

〈ＰＣ〉がどこに向かおうとしているのかよく分からなかったものの、五年にわたった追跡が終わろうとしていたので室内には興奮した雰囲気が漂っていた。いま目の前で展開しているものは、この数年間で最大の発見に結びつく可能性があった。

道路はカミソリの刃のようにまっすぐで、やがてどこからも隔絶された場所にある、土がむき出しのちっぽけなアジトにたどり着いた。モニターには、何頭かの動物が草を食んでいるのが映っている。ヤギだ。

「ズーム・イン」ジャックがカメラ・オペレーターに命じた。アジトの家を確認するのだ。そこに現れたのは体温反応で、小さな黒い幽霊のように、暗い建物の北側から浮かび上がっていた。見る限り、武装した警備兵の姿はない。

「どう思う？　ここがそうだろうか？」ジャックがチャットをよこした。

「そうだな、もし自分が逃げる立場なら、ここはうってつけだ。荒野のど真ん中だから」私は答えを返した。

ボンゴは停車し、〈ＰＣ〉が車外へ出た。だがそこからの彼の行動に、皆は急に不安になった。まっすぐアジトに入らず、数百フィートほど砂漠を歩き、空を見上げたのだ。彼は暗い夜空を真剣に見つめていた。まるでなにかが聞こえたかのように。我々を探しているのだろうか？

〈ＰＣ〉は砂漠を歩いたあと、ようやく家に入った。それから三〇分ほど経ち、その夜はもう彼がどこにも行かないことが明らかになった。ジェイソンは突入することを決め、戦闘員たちに準備を命じた。「フル装備だ、一時間以内に出発する」

ドローンで上空から入念に調べても、家の中にどれほど人がいるのかはっきりしない。だがもしここが〈マンハッタン〉と〈ブルックリン〉の居場所なら、少なくともそのうちの何人かは重武装していて、命がけで抵抗するはずだ。

ブライアンはすぐに家の図解作成に取りかかり、その付近の地図にも説明を加えていった。自らの生死がこの瞬間で決まるかのように、誰もが自分の作業に没頭していた。無言で作業が続く静寂を、無線の声が破った。

作戦の総指揮をとる司令官が、空爆はしないことを決断した。地上部隊で襲撃しなければならない。家に誰がいるのか正確に知ることは不可能で、たくさんの女性や子供を殺害することは避けたかった。〈マンハッタン〉と〈ブルックリン〉がここにいるのかもまだはっきりしていない。だが、襲撃は味方に人的損害が出る危険があった。襲撃部隊を送り込むには、ターゲットに危険を冒すだけの価値がなければならなかった。

戦闘員たちは常に私のチームの判断に従い、私は彼らの地上任務によって作戦を完遂した。全員が兄弟のように固い絆で結ばれていた。

かつて任務完了後、全身に血を浴びて戻ってきた兵士が、自分がいま殺害した男が誰なのか私に聞いたことを私は思い出していた。

準備を終えた襲撃チームが武器を手にヘリの飛行ルートを検討しながら、ドローンからの情報で家のレイアウトを注意深く確認していった。部屋が二つか三つ。隣接した車庫には例のボンゴトラックが駐車していて、周囲は六フィート（一・八メートル）の泥の壁で囲まれている。

現場で遭遇するかもしれないターゲットの写真入り情報カードが隊員たちに配付される。私はジェイソンと電話でも話し、これまでに〈マンハッタン〉と〈ブルックリン〉について分かっている情報をもう一度説明した。

「テロリストは靴下でもはくような感覚で自爆用ベストを身につけている」私は彼に言った。「あそこにいるのがあの二人だったら、生きて捕まるようなことはしないはずだ」

〈PC〉はここを含め、砂漠に点在する七軒の家に立ち寄っていた。その全部をほぼ同時に襲撃する。〈マンハッタン〉と〈ブルックリン〉はそのどこかにいるはずだった。

襲撃地点の数が多く距離も離れているため、私たちのチームだけで作戦を遂行するのは不可能だ。ジェイソンは第一目標の〈PC〉がいる家を襲撃することにし、他の六か所には陸軍レンジャー部隊を向かわせた。彼らの侵入プランはシンプルだった。ヘリでターゲット地点に直接乗り付け、ロープ降下して突入する。

「準備完了だ」私は言った。「幸運を祈る」

「終わったらまた会おう」

天候が再び悪くなり始めていた。

嵐雲が空に湧き上がり、強い風が砂を巻き上げて視界が極度に悪化した。

午前二時に〈ブラックホーク〉の一団が飛び立ったとき、我々は三機の〈プレデター〉を家の上空に旋回させ、待ち伏せを警戒して周囲の砂漠を監視していた。砂嵐でジェイソンたちの視界はほぼゼロ、世界最高のパイロットでもヘリを飛ばすには危険だった。そんな状況でも部隊は任務を敢行した。もう後戻りはできない。この絶好の機会を逃すわけにはいかないのだ。

そんな中、悲報が舞い込んだ。ヘリが目標地点に降下を開始したとき、緊急連絡が無線で入った。「墜落だ、〈イーグル〉が墜ちた」レンジャー部隊が乗ったヘリの一機が、襲撃地点に向かう途中で墜落した。ヘリは突風に煽られてバランスを崩し、ローターが砂の大地に叩きつけられたのだ。

状況を確認するため、ただちに三機のドローンの一つを墜落現場に向かわせた。

まもなく、ヘリの残骸が黒と白の苛烈な映像でモニターに映った。機体は横倒しで炎上しており、乗っていたレンジャー隊員の半数が周囲の警戒と負傷者の救護にあたっていた。

その直後、また悪い知らせが無線で入ってきた。

「味方が一名戦死」レンジャー隊員の一人が死んだ。

「了解、救護チームを送る」司令官が答え、墜落現場に救護用ヘリを向かわせた。

地上部隊指揮官のジェイソンは、襲撃の続行を指示した。命を落としたレンジャー隊員にしてやれることはそれ以上なく、襲撃は急を要した。辛いことだが、どんなことがあろうと任務が常に最優先だ。部隊に所属した瞬間から、それは我々の脳裏に焼き付けられていた。たとえ友軍に死者が出ても、絶対に〈マンハッタン〉と〈ブルックリン〉、〈ＰＣ〉を追い詰める。我々の全員が、犠牲は犠牲と割り切ることを学んでいた。それは後に私を苦しめることになる。

メインの襲撃地点では、我々の部隊がヘリから次々に出て家に向かっていた。ドローンが目標にスパークル照射し、部隊が暗視ゴーグルを通してその正確な位置を把握できるようにしていた。

部隊が突入する。銃声と爆音が響くはずだった。だが驚いたことに、敵は反撃してこなかった。部隊はそのまま中に入って行き、屋内を徹底的に調べた。

「〈PC〉を拘束、指導者二人の姿はない」ジェイソンが無線で知らせた。彼らは子供二人と女性一人を発見した。「空振りだ」

悪い冗談だ。〈マンハッタン〉と〈ブルックリン〉はいったいどこにいる?

最初の捜索を終えると、ジェイソンは何名かの部下を連れ、ヘリで他の地点を襲撃しているレンジャー部隊の援護に向かった。

後に残った四人のデルタ隊員が〈PC〉と二人の子供、そして女性と家の外で待機していた。

だが、女性はどことなく様子がおかしかった。

一緒にいる隊員の一人がその女性に見覚えがある気がしたため、女性の写真を撮ってボックスに送ってきた。我々は写真をデータベースと照合した。

作戦に参加しているすべての情報機関員が、過去数年間に収集した〈マンハッタン〉と〈ブルックリン〉の家族の写真をコンピューターで調べた。いろいろな場所から集められた何十枚というスナップ写真が、アメリカ政府のデータベースに保存されている膨大な数の襲撃記録や写真から選りすぐられ、たちどころに我々のモニターに映し出された。

女性は〈マンハッタン〉の妻に似ていた。

ジェイソンと部下たちは急いで戻ってきた。彼はまた連絡員の〈チャーリー〉をヘリでこちらに連れてくるよう命じた。あの男が役に立つかもしれない。

連れてこられた〈チャーリー〉は、明らかにその場所を知っていた。ヘリを降りた瞬間、彼はナーバスになり、見るからに震えていて、カフィヤ（アラブ人男性が着用する頭巾）をかぶり直して顔を隠そうとした。

五人の戦闘員が〈チャーリー〉を激しく責め立て、ここには秘密の隠れ場所があって〈マンハッタン〉がときどきそこに身を隠すらしいということを聞き出した。彼はまた、その場所を偽装するために特別な種類の便器を〈ＰＣ〉が購入し、その家の洗面所に設置したことを〈ＰＣ〉本人から聞いたと白状した。

話を聞き終わると、ジェイソンは〈マンハッタン〉の妻と思われる女性を〈チャーリー〉に会わせ、見覚えがあるかと聞いた。彼はなんとなく分かるけれど確信が持てないようだった。

隊員たちは女性を問い詰めた。彼女の夫について問いただし、穴の中に隠れているのか尋ねた。「穴のことを知っているんだろう？」彼らは言った。「出てこなかったら死ぬことになるぞ」

女性は肩をすくめ、なんの話か分からないという顔をした。彼女は夫はバグダッドにいるし、穴があったとしても自分は知らないと言った。部隊がさらに追及すると、彼女はこう答えた。

「夫がもしその中にいるなら、死ぬ覚悟でいるはずです」

ジェイソンは総司令部に連絡した。「ウィスキー・ゼロ・ワンへ、こちらブラボー・ゼロ・

フォー」

「どうした?」

「〈マンハッタン〉は死んでも出てこないと女性は言っています。やつはここに隠れているはずです」

ジェイソンは増援の兵士が到着するのを待って再突入することにした。四方から援護射撃できるようにしないと逃亡を許すかもしれなかったし、穴が予想以上に大きく、たくさんの敵が中にいるかもしれなかった。「部隊をこちらに送ってください」彼は急いで伝えた。「以上です」

その場所はいまやカウントダウンを始めた時限爆弾だった。戦闘員たちはなにが起こるか分からないまま、銃を構えて家を取り囲んでいた。私は周囲の砂漠同様にしんと静まり返ったその家を見つめていた。別の敵がいつ現れてもおかしくなかった。穴に隠れている連中が組織に警報を発した可能性もある。

増援が到着するまでの三〇分が長く感じられた。女性と子供たちは遠くに避難させ、戦闘員たちが〈チャーリー〉を家の中に連れていった。

家の中は物音一つせず、砂漠のように静かだった。だが洗面所に来ると〈チャーリー〉はひどく興奮し、すべてを理解した様子だった。彼は便器を指差した。「ここだ」彼は言った。便器はごく普通に使える状態だった。隊員の一人が数時間前に最初の捜索をした際、そこで用を足したぐらいだ。

家の中で隊員たちは次にとるべき行動を話し合った。大型の爆弾を便器に置くか、それともサーモバリック手榴弾をその中に落とすか。結局、通常型のM67手榴弾を便器から穴の奥深くへ投げ落とすのが一番大きなダメージを中にいる敵に与え、なおかつその場所は破壊せずに済むという結論になった。

それからは長くかからなかった。

手榴弾を放り込みながら、隊員の一人が叫ぶ。「メリークリスマス、くそ野郎ども！」

爆発の後、くぐもった銃声がトイレのあたりから響いてきた。隊員たちはいっせいに身を伏せた。敵はあの中にいる。

ゆっくりと後退しながら部隊はいっせいに家に銃弾を浴びせ、私はスクワーターを警戒した。そのとき、〈マンハッタン〉の妻が兵士の手を振りほどいて家の方に走ろうとした。銃弾の雨に飛び込んで自殺しようとしたのだ。だが別の兵士がとっさに彼女をつかまえ、地面に押さえ込んだ。

ドローンから見る銃撃戦は、黒い閃光が砂漠を飛ぶセミの群れのようだった。不思議なことに、何年も任務を遂行してきた後でも、一万六〇〇〇フィート（四八〇〇メートル）上空から見るこの景色を私は美しいと思った。黒い閃光が、それよりもっと黒い砂漠の夜を背景に舞う様子を。

手榴弾の煙が消えていくと、銃撃はいっそう激しくなった。さらに後退しながら、部隊は銃撃をドアに集中した。だが少なくとも一人の敵が穴から這い出て洗面所の隣の部屋に向かおうとしていた。さらに二人が這い出し、家の中を移動しながら激しい勢いで撃ってきた。

私は戦闘員たちのことが心配だったが、一方では戦闘が起こっていることに安堵してもいた。銃撃戦は我々が正しかったことを意味するからだ。

戦闘は長く続かなかった。別の隊員が家の中の敵が隠れている付近にまた一つ、手榴弾を投げ入れた。爆発から三秒ほど経ったとき、大きな爆発が二つ起こった。自爆用ベストだ。ドローンのカメラに、家が一瞬にして内側に崩れ落ちるのが映った。

銃撃が止み、一五分ほどの静寂が訪れた。襲撃部隊は銃を構えながらゆっくりと家に戻った。トイレの穴から、うめき声が聞こえていた。

隊員の一人がライフルの照準レーザーを穴の中に向けて呼びかけると、うめき声が返ってきた。そしてすぐになにも聞こえなくなった。声の主は死んだのだ。

戦闘が終わるとあたりは静かになり、夜の砂漠の音が戻ってきた。トイレの穴から瓦礫を取り除くと、その任務で最大の驚きが待っていた。

中では四人の男が死んでいた。〈マンハッタン〉もその一人だ。〈ブルックリン〉もいた。二人は一緒にこの家に潜伏していたのだ。一緒に過ごす夜を間違えたというべきか。二人とも自爆用ベストを起動していた。〈ブルックリン〉のそばには、彼の一二歳の息子もいた。父がベストを起動したとき、彼も巻き添えになった。別のＩＳＩ幹部も落ちてきた手榴弾の爆発で死亡していた。

後にそのＩＳＩ幹部の遺体が我々の基地に移送されたとき、解剖医たちは死体の脇の下に手榴弾が不発のまま挟まっているのを発見した。その処理に爆発物処理班が出動した。

ジェイソンが無線で正式な戦果報告を数マイル先から送ってきて、任務を完了させた。

「ジャックポット、〈マンハッタン〉と〈ブルックリン〉は戦死」

私は最初、なんと言っていいか分からなかった。言葉が見つからなかったのだ。モニターから振り返り、マークを見た。彼はデルタで最初に出会った仲間の一人で、彼とビル、ジャックが私を一から育ててくれた。彼はよくやった、というようにうなずいた。

ピンク・マフィアのリサが私の背中に飛び乗り、背後から抱きついてきた。いつもはプロらしく落ち着いているボックスの連中だが、今回は皆見たことがないぐらいはしゃいでいる。

祝うのは当然だった。我々はたったいま、対テロ戦争始まって以来といえるほどの大戦果をあげ、テロ組織に壊滅的な打撃を与えたのだ。翌日の報道で世界じゅうがそれを知ることになるだろう。

特に〈ブルックリン〉はＩＳＩにとって組織を最初に作った人物と目されていて、現在でも最初の指導者としての名声が高く、組織は彼の写真を宣伝に利用していた。その男を我々が殺害したのだ。後に彼の遺体の写真を見せられた〈ダークホース〉は、拘置所の自室で冷たいコンクリートの床に崩れ落ち、コーランを持ってきてほしいと頼んだ。そして聖典を握りしめたまま、床の上でゆっくりと体を前後に揺らしていた。すべては終わった。彼はそれを悟ったのだ。

だが、どんな喜びも長くは続かなかった。これはワールド・シリーズではなく、戦争なのだ。我々にとって大事なのはパーティではなく、次のターゲットだ。

襲撃部隊は数日後に基地に戻ることになっていた。彼らは戦闘の後、現場で瓦礫を取り除き、文書やコンピューター、ＤＮＡサンプル、遺体の一部などの遺留品を収集することに何時間も費やしていた。集められたものは残らず別の秘密施設に運ばれ、分析されることになっている。それから何週間も、ときには何か月もかけて作戦の報告が行われ、テロリストや隠れ家、資金の流れなど、得られた新しい情報はすべて記録に残されていく。

私はドローンを基地に帰した。

疲れていなかったので、私はシャワーを浴びた。たぶん何週間もそうしていなかったから、私はひどい臭いがしていた。浴室専用のトレーラーにはシャワー一〇台と洗面台、ひげ剃り用の鏡があった。朝の四時ごろだったので私以外に人はおらず、私は熱いお湯を流しっぱなしにして、長時間熱い水流に打たれ続け、つかの間の平穏を楽しんだ。

その夜、私は何か月ぶりかで深い眠りについた。そうすることが必要だった。だが、いつものようにそれは長く続かなかった。夜明け前にポケベルが鳴った。総司令部からの連絡だった。

21

総攻撃

我々が〈マンハッタン〉と〈ブルックリン〉を始末してから数時間も経たないうちに司令部から緊急会議の招集がかかり、すべての支部がビデオ会議に参加した。ふつう最重要ターゲットを殺したあとには少し休みがもらえるのだろうと思うかもしれない。だが休む暇などまったくなかった。モニタースクリーンに他の支部の映像が映し出されたとき、私たちのチームは長いテーブルを囲んでいた。全員を招集するとは重大事に違いなかった。

前夜はいいことも悪いこともたくさんあった。〈マンハッタン〉と〈ブルックリン〉を仕留めた興奮が体中を駆け巡る一方、ヘリの墜落で仲間を失ったのは辛かった。今朝はどこか時間の流れが遅く、錘《おもり》を引きずっているような気分だった。テーブルについた私は、それまでにないほど疲れきっていた。骨がずきずきと痛む。首は五〇ポンド（二二キロ）の錘をぶら下げているようだった。

疲れを抑えるためにエナジードリンクを二本飲み干したところで、司令官がモニターに姿を現した。あいさつも、前の晩に対する労《ねぎら》いの言葉もなく、すぐに本題に入った。「テロ組織を追い詰め続けなければならない」彼は言った。「いま追っているターゲットを一人残らず血祭りに上げてほしい。大物はもちろん、下っ端まで全員だ。情報が不足していても気にするな」その時点で我々は、当初リストに挙がっていた大物ターゲット二〇人のうち一二人を片付けていた。

私はマークに視線を送った。互いに司令官の言葉が何を意味するかは分かっていた。気が引き締まる。

それは敵に向かって巨大な〈ヘルファイア〉をお見舞いするようなものだった。司令官は我々の制約を取り払い、攻撃許可を与えた。〈ブルックリン〉と〈マンハッタン〉が死んだいま、世界で最も危険なテロ組織はトップを失って崩壊しようとしていた。我々は攻撃の勢いを維持しなくてはならない。司令官は我々に、敵を全滅するまで追い込めと告げたのだ。

私はテーブルに身を乗り出し、エナジードリンクを握りしめた。うしろで回っているはずの扇風機がまるで利いていないかのように、部屋の中が暑かった。人が集まりすぎているために、室内の空気は体臭でむっとしていた。

「状況を教えてくれ」司令官が言った。

イラク中の情報責任者たちが、残っているターゲットと見通しについて、順に説明していった。最初に答えたのはジャックだった。「狙えそうなターゲットが二人います」

「今夜やれるか？」

「もちろんです」

「我々の地域にもただちに作戦を実行できる対象が二、三人います」と、北部の別チームのリーダー、トラヴィスが言った。

私もそれに続いた。「私も大物一人と兵卒クラス何人かの調査を進めています」

会議は短時間で終わった。私は手榴弾のピンがたったいま外されたかのように、これから起こる事態への覚悟を決めた。考えている時間はない。我々の派兵期間は終わりに近づき、アメリカはイラクから撤退しようとしていた。決着をつけるときだ。

司令官が画面に近づいた。カメラに近づきすぎだと思うぐらい、大映しの司令官の顔が我々の目の前に広がった。

「すべて叩き潰せ」会議の最後に彼は言った。「今すぐだ」

敵の壊滅作戦

戦はその日の午後から始まった。私はドローンを三機飛ばし、戦闘員は次々と街に出ていった。

バグダッドのダウンタウンでは、仕事に向かおうとしていた男を衆人環視の中でタクシーから引きずり降ろした。ある市場では、宣伝用ビデオを配り終えて立ち去ろうとした男を捕まえた。別の男は自宅に隠れていたところを襲った。我々の襲撃はより大胆になり、ときには白昼堂々と行動して敵にメッセージを送った。我々が総攻撃態勢に入ったことをテロリストたちに知らせたかった。

同時に実行されている一〇以上の作戦がいくつものモニターに映っていた。ターゲットを監視するドローンもあれば、捕捉や殺害の瞬間を映すものもある。司令センターは人であふれ、全員が作戦に貢献しようとしていた。

戦争の火蓋が切って落とされたかのようだった。各支部がそれぞれの作戦をこなしていた。毎晩休みなく、二つや三つの作戦を同時進行させることもあった。手出しできずに上空でしびれを切らす必要はもうなかった。作戦が遂行されるたびに、敵の組織がダメージを受けていく。手掛かりをつかんでいるターゲットを詳しく調べ上げた。初日だけで八人を殺害し、週末までにその倍以上を捕らえた。

〈ヘルファイア〉ミサイルは空軍に任せ、ドローンの負荷を減らした。それによって敵を追う航続時間が二、三時間は延びる。さらに、他の戦地のドローンも投入して戦力を強化した。多くのドローンを重なるように空に放ち、イラク中の主要都市をくまなく監視した。

この総攻撃は最後の大戦果につながったが、同時に大きな失敗も起きてしまった。無辜の市民に死者が出たのだ。

ある夜、旧型の白いトヨタ・カローラに乗ったターゲットを市内で追い、私は敵を捕らえることにした。

他にもっと大きな作戦を抱えていたため、いつまでも一人を追っている時間はない。その男はテロ組織の中でも下級のリーダーで、バグダッドの南の郊外で身を潜めていた。写真は入手していなかったので、どんな外見なのかさえ詳しくは知らなかった。一つの情報源だけを頼りに白のカローラを見つけ、やがて泥壁の小屋にたどり着いた。

上空をドローンが旋回する間、心の中でなにかが違うと感じていたが、私は気に留めなかった。男が車を降りて小屋に入った。バグダッドからだいぶ離れたその村には小屋がいくつか建っていたが、そのどれにも明かりは点っていなかった。

それからすぐにシールズが現れた。我々のチームの戦闘部隊は別の作戦に動員されている。今回の襲撃はたやすいもので数分もあればすべて完了するはずだ、と思いながらシールズが任務にとりかかるのを見守った。

暗視ゴーグルを着けた戦闘員たちが車両から降り、散開して村の周囲を取り囲んだ。過ちはここから始まった。

部隊が村内に侵攻すると、別の小屋から出てきた男が部隊に向かって発砲しはじめた。シールズはただちにその男を殺害した。「敵と接触!」司令官が無線で叫び、銃撃を受けたことを知らせた。

それから部隊は素早くターゲットの小屋に突入した。さらなる銃撃戦を予想していたが、数秒も経たないうちに無線で悪い知らせが入る。「空振りだ」

部隊はターゲットの身分証明書を調べ、携帯電話からすべての情報をとり出し、他の村人からも話を聞いた。我々が追っていたのはただの一般人だった。テロリストとは何の関係もなかった。

私は愕然とした。「しくじったな、情報屋」と言われたも同然だった。私の立場にある者が最も聞きたくない言葉だ。

悪いことに、小屋から出てきて発砲した男も一般人だった。部隊に妻と子供をさらわれると思い、家を守ろうとしただけだった。その男は死んでしまった。

もっと時間をかけてターゲットの身元を確認すべきだった。だが時間がなかった。テロ組織はどんどん変化し、殺した相手の代わりに身元不明の新たな人間が加わっていた。違うやり方をすべきだったと思うことがいくつもある。だが、当時我々は決着をつけようと急いでいた。

その瞬間は男の死についてあまり深く考えなかった。ミスはどうしても起こるもので、それは巻き添え被害とみなされていた。ドローンが絡む殺害作戦には多くの人間が関わるため、ミスが起きても自分のせいではないと考えがちだ。男を撃ったシールズ隊員は「情報屋が命じた任務だから、責任はそいつにある」と言うかもしれない。私は私で「引き金を引いたのは自分じゃない」と言える。〈ヘルファイア〉による攻撃でも同じだ。情報ネットワークを使った戦争の、これが新たな現実だ。成功にはたくさんの要素が必要だが、失敗はちょっとしたことで起こるのだ。

だが実際には、私はこの死から逃れることはできなかったし、今もなお逃れられないでいる。死ぬべきでない人間が死んだ。そして、責任は私にあるのだ。

22

姿を消した男

一回の派兵期間中、必ず一人はなかなかつかまらないターゲットがいた。どれだけ情報を集めて追い回しても、なぜか身をかわされる。すべてのチームがそうした強敵を抱えていた。私にとって、二〇一〇年夏に追っていた〈アブ・ドゥア〉という男がそんな相手だった。〈アブ・ドゥア〉のことは何か月も追い、情報源や捕虜に圧力をかけ、多数のドローンを飛ばして四六時中見張った。多分その男は運がよかったんだろう。〈アブ・ドゥア〉自身は神の思し召しだと言うかもしれない。自分が神聖な裁きだと信じる大量殺戮への褒美として、アラーが力を貸してくれたのだと。

二〇一〇年春、〈アブ・ドゥア〉は我々特殊部隊の世界では最重要ターゲットだったが、一般には知られていない存在だった。

彼はＩＳＩ幹部全員とつながり、自分の支配地域を持っていた。何千もの洗脳された仲間たちのうち、広いテロ組織内で上位三階級の者にしか与えられない「真の行政長官」の称号を持っていた。前月に我々が〈マンハッタン〉と〈ブルックリン〉を殺してから、〈アブ・ドゥア〉がその地位を引き継ぐという情報がいくつも入っていた。まもなく、それが現実になった。

彼はＩＳＩを引き継いだだけでなく、やがて組織がいっそう残虐で歪んだ思想を持つＩＳＩＳに発展し、二〇一四年にシリアとイラクの一部地域を支配する過程にも関与することになる。私が追ったテロリストのなかでおそらく最も賢い男だった。

いまや世界の最重要指名手配テロリストとして知られている、ＩＳＩＳのリーダー、アブ・バクル・バグダディだ。

アメリカ政府はその首に一〇〇〇万ドルの懸賞金をかけた。

彼は私のことは知らなかったが、私の仕事については確実に知っていた。私の派兵期間中、チームは彼の捕捉を目的とした襲撃を三二回以上行った。そのほとんどは彼の居場所につながる情報を得たり仲間を捕まえたりして、追い詰めようとする試みだった。彼には頻繁に会わなければならない側近たちがいたが、その連中を徐々に摘発していった。〈アブ・ドゥア〉がそうした仲間たちとガソリンスタンドやどこかの隠れ家で落ち合って日々のテロ活動を行っていると聞けば、その仲間をただちに捕捉あるいは殺害した。毎週同じ時間に会う自分の友人や家族が数か月間で一人ずつ減っていくところを想像してほしい。ターゲットを取り囲む緊密なネットワークを構成する極めて残忍なけだものたちがゆっくりと消えていった。そうやって私は〈アブ・ドゥア〉を追い詰め、その支配を終わらせる段階にそれまでの誰よりも近づいた。だが、どうしてもあと一歩のところで尻尾をつかめなかった。

〈アブ・ドゥア〉が我々の手から逃れ続けたのには、いくつも理由があった。彼が他のどのターゲットよりも隠れるのがうまいことは確かだった。彼のセキュリティ態勢はテロ仲間でも最高レベルだった。我々が近づいていることを非常に警戒し、ある場所にいたかと思えば、天気が移り変わるように跡形もなく消え去った。小さなミス一つで捕まることを彼は分かっていた。我々のチームの影響で、セキュリティに異常なまでに固執する精神病質者になったのは間違いない。病的な警戒心が彼を生かしていたのだ。

我々は狙ったターゲットはほぼ全員捕らえることができた。一度目の挑戦ではうまくいかなくとも、最終的には仕留めた。私が捕まえられなければ、別のチームが手柄を立てた。我々のチームのあとには必ず別のチームがそいつを追い、そのあとにはまた別の後任チームが出動して休まずターゲットを追った。だが今回は状況が違う。アメリカ軍がイラクから撤退しつつあるなかで人員が減っていたため、このチャンスを逃せば二度と〈アブ・ドゥア〉を捕まえられないのではないかと思えた。

最初に〈アブ・ドゥア〉を追い始めたときの目的は、〈マンハッタン〉と〈ブルックリン〉につながる糸口をつかむためと、〈ダークホース〉が死んでいるかもしれず、そのために計画が頓挫する懸念があったからだ。〈アブ・ドゥア〉は彼らの居場所を知る数少ない司令官の一人だった。そのため、我々は二人とも追うことにした。

〈アブ・ドゥア〉はバグダッドの繁華街にあるアイスクリーム屋の常連だったが、その店の屋外席では一日じゅう地元の住民がたくさん集まってくつろいでいた。我々が得た情報によると、彼は木曜に仲間の戦闘員とそこで会い、連絡員との手紙の受け渡し場所にもしていた。当時世間に顔を知られていなかったため、地元民に見られることは気にしていないようだった。

ある夏の日、〈アブ・ドゥア〉がアイスクリーム屋で仲間と接触するとの情報を得たため、上空にドローンを飛ばした。それから何日もそのアイス屋を見張った。

「悪い冗談ね」と、コーン入りのアイスを食べる家族連れを映し出しているモニターを前にメーガンが言った。「アイスクリームサンデーが好きなテロリストなんて」〈アブ・ドゥア〉がストロベリー・ミルクシェイクのクリームをひげにつけながら次の虐殺について戦闘員と話し合う様子を思い浮かべた。

我々には〈コブラ〉と呼ばれる地元の情報提供者たちがいた。彼は街に溶け込んで写真を撮るチャンスをうかがっていたが、大きな手がかりはつかめなかった。そこにいるのは、デザートを食べて帰っていく家族連れだけだ。彼らが撮影し我々がボックスで分析した写真は何千枚にも上っていたはずだ。そのいずれにも彼は写っていなかった。結局〈アブ・ドゥア〉はアイス屋に来なかった。あるいは、来ていたとしても我々はそれを確認できなかった。〈アブ・ドゥア〉の追跡はいつもこんな調子だった。

どうやって彼があれほど急速にトップに上り詰めたのか分からなかった。アルカイダとＩＳＩは長年の仲間を上の地位に就かせることが多いため、通常は簡単にはトップにはなれない。彼の刑務所での服役期間（二〇〇四年に起きた二度目のファルージャの戦闘でアメリカ軍と交戦した罪）、そこで会ったジハード戦士たち、そして我々が急速にテロ組織の大部分を破壊したため失われた指導者の地位を埋めなければならなかったこと。それらすべてが関係していると思えた。また、サダム・フセインのバース党の元将校たちとも奇妙なつながりを持っているようだった。彼に協力した者の多くは似通った経歴で、イラク情報部隊における元高官だった。

通常ＩＳＩは、釈放されたばかりの者に対しては、スパイに寝返ったかもしれないと警戒した。そのため、数か月間様子を見てからやっと仲間に入れた。だが〈アブ・ドゥア〉の場合は違った。彼は刑務所から出るとすぐに最上層部の指揮官になった。

当時、この経緯を知る者は少なかった。二〇一〇年春になるまで、我々のチーム以外は彼の存在や経歴をほとんど知らなかった。イラク政府でさえ情報を持っていなかった。

最初に追い始めたとき、我々の手がかりは〈アブ・ドゥア〉というニックネームだけだった。だがそれは、ある夜、メーガンが古いファイルをあさっているときに変わった。突然彼の隠された経歴が明らかになったのだ。

「これを見て」とメーガンが言った。コンピューターにはいくつものファイルが開かれていた。そのころ、別のターゲットを捕まえるためにドローンを二機飛ばしていた。

メーガンが古い刑務所のファイルから見つけ出した〈アブ・ドゥア〉の本名は、イブラヒーム・アッワード・イブラヒーム・アリー・アル＝バドリ・アル＝サマライ博士だった。

「有力情報だ。やったな」と、私は興奮気味に言った。

我々にとって、その名前は彼の過去を知る鍵だった。その名前から、父親の名がアッワード・イブラヒームであること、出身地がサマラであること、出身部族がアル＝バドリであることが分かる。ドゥアは娘の名前だった。

ボックス内が一斉に動き出した。名前をデータベースに入力すると、すぐにイラクの町サマラのアル＝ジャブリヤ・アル＝タニア村にルーツがあると分かった。おそらく年齢は四〇代前半で、兄弟が三人と姉妹が五人いる。

さらに調査を進めると、彼の経歴が次々と明らかになり人物像が浮かび上がってきた。〈アブ・ドゥア〉はバグダッドでイスラム教研究の博士号を取得し、アル＝アンバールとサマラを含む各地のモスクで説教をしていた。妻は何人もいて、国の北部にいる妻アスマ以外にもバグダッドでの大学時代に知り合ったスマヤという名の妻がいた。母親の名はアリ・フセインといった。我々はまず妻を調査することにし、ファルージャ中心部に建つ第一妻アスマの実家の上にドローンを飛ばした。だが数日経ってもアスマがそこにいる様子はなかったため、おそらく見つかる前に〈アブ・ドゥア〉と共に逃走したのだと判断した。

〈アブ・ドゥア〉は動きが素早く、いずれ家族も我々のターゲットになると考えられていた。一方、戦いの前線に出ることは恐れず、部下の戦闘員に顔もさらしていた。これが他の戦闘員にとって彼が魅力的に映った理由だ。彼が参加した二〇〇四年のファルージャの二度の戦闘は、おそらくイラクでアメリカ軍が関わった最も激しい戦いだった。二度目の戦闘中にアメリカ軍は彼を捕え、軍が管理する最大の収容所であるキャンプ・ブッカに放り込んだ。

〈アブ・ドゥア〉はそこに何年も閉じ込められた。その収容所ではあらゆる憎しみが渦巻いていた。〈アブ・ドゥア〉と同じく、現在ＩＳＩＳで指導者の地位にある者の多くはこの収容所に入った経験がある。やがて収容所を出た〈アブ・ドゥア〉は、国内各地での攻撃計画と戦闘員の確保のために姿をくらました。彼は常に動き回り、我々には捕らえた他のターゲットからときおり情報が入ってくるのみだった。

近所のお気に入りのアイスクリーム屋にいる以外は、高級住宅地に建つ家にいるか、あるいはバグダッドの繁華街で自ら経営する小さなイスラム系書店でミーティングを開いているという情報を得た。だが、それらの場所に毎日ドローンを飛ばしても彼は姿を現さなかった。まるで我々の存在を感知し、こっちのやり方を把握しているようだった。我々のチームが行っていた襲撃のうわさが耳に届いていることは確かだった。

〈アブ・ドゥア〉には本当に手こずった。彼を探してドローンを飛ばした数週間は、他のどのターゲットを追っているときより体内で何かがくすぶって腹の中をえぐられるような気分だった。

彼を探していたときのドローン映像は今でも脳裏に焼きついている。イラクの繁華街に建つ崩れそうな塔、北部にあった泥壁の家、過密状態の南部のアパート、爆発物を載せて砂漠を走る白いトラック。〈アブ・ドゥア〉を追った映像は、まるで耳から離れない不快な歌のように頭の中で回りつづけた。

〈アブ・ドゥア〉は賢く狡猾《こうかつ》だった。彼は間違いなくこの地球上で最も邪悪といえる人間だが、おそらく私は不本意ながら心の底でそんな能力を尊敬していた。これほどの相手と戦うことこそが私の生きがいだった。

埃まみれの寝台に座って節だらけの合板の天井を見つめ、不安な気持ちでいっぱいになる夜も何度かある。汗が止まらなかった。このエアコン、本当に動いてるのか？　そう考えながら、これまで狭い部屋に充満した木と汗の臭いが気にならなかったことに驚いた。

這い上がってくるような恐怖心にさいなまれ、冷静さが失われつつあった。この作戦は自分を徐々に蝕《むしば》んでいると感じた。なぜ自分はこの戦いにこれほど執着するのか？

9・11の事件のこと、そして自分も戦いに貢献できると考えてこの世界に入ったことを思い出した。男として、アメリカ人として、戦士として生きる。ほかのことはどうでもよかった。だが、それから多くを経験した。自分のやれることはすべてやった。それを誇りにして前に進んでいた。

だがこのように迷いが生じる瞬間には将来のことばかりを考えた。そして、これまでの長い期間に自分がしてこなかったことを。一〇年後にはそれまでを振り返って「これが私の人生なのか？」と呟くのだろうか。疑問は次々と浮かんだ。自分の友人は誰なのか？　家族はどこにいる？　私を心から気にかけてくれる人はいるのか？　たくさんの人を遠くに置いてきた。私のことをこの先覚えていてくれる人なんているのだろうか？　この戦いはあまりに長引いてしまった。

ボックスはフリーズドライの状態にあるようだった。外の世界は回りつづけ、人々は互いに関係を築き、結婚して子供を持ち、多くの体験をして、さまざまな人生を生きていく。一方、私にはボックスしかない。〈アブ・ドゥア〉をはじめとする敵がすべてだ。私はボックスが好きで、そこでの仕事も気に入っていた。だが、それは箱《ボックス》の中の人生でしかない。

こうした考えが心を掻き乱し、偏頭痛のようにときおり頭に浮かんではまた潜っていった。そういうときは気づかないふりをしてテロリスト狩りに戻るのが楽だった。

ある晩、チームでコンピューターと銃を持って〈ブラック・ホーク〉に乗り、サマラの小さな前哨基地に向かった。〈アブ・ドゥア〉の兄弟、ジャワードの家を見つけ出したのだ。通常はボックスを拠点に作戦を行うが、ジェイソンが今回は地元の治安部隊と協力したいと言った。だが、この決定によってのちに痛い目を見ることになる。

〈アブ・ドゥア〉には三人の兄弟がいて、全員が彼のテロ活動に関わっていた。〈アブ・ドゥア〉はギャングのボスのように、家族ぐるみでの活動を好んだ。ジャワードの他の兄弟はアーメッドとラフィーという名だった。

その前哨基地はイラク軍の小さな野営地で、周りにはトレーラーや軍用車両が何台か停まっていた。コンクリートの柵と高い土の山に囲まれ、人が住んでいなければ巨大な公園の砂場のようだった。

我々はトレーラー内に作戦拠点を設け、ただちにドローンを出動させた。まもなく白黒の映像が送られてくるだろう。ジャワードの二階建ての家は町の南端に位置し、柵に囲まれた庭が舗装されていない道に面していた。

その後数日間見張ったその家は人であふれかえっていた。二〇人ほどがそこに住んでいた。そのうちの一人が〈アブ・ドゥア〉かどうかは分からなかったが、ジャワードとアーメッドは確認できた。突入するにはそれで十分だ。

だがその夜、襲撃部隊がその家に向かうと、予期せぬ事態が起きた。ある男が車に乗り込んでどこかに走り去ったのだ。どこに行くんだ？

ドローンは一機しか飛ばしていなかったため、家のほうを見張りつづけることにした。

その判断が間違いだった。

襲撃部隊が家に到着したとき、〈アブ・ドゥア〉の娘、おじやおば、いとこ、病気の祖父など親族が大勢いた。だが本人はいなかった。

我々と協力していたイラクの治安部隊が密かに彼の親族に情報を漏らし、すんでのところでジャワードを逃がしたことがのちに分かった。イラク北部では当たり前のことだが、彼らは民族としての仲間意識が強く、それは常に正義という重要な概念よりも優先された。イラクが一つの国として団結できない理由はそこにある。そうなると我々にできることといえば、作戦を細分化して次の動きを地元の治安部隊に知られないようにするしかなかった。ときに彼らには敵に対するのと同じような嫌悪感を覚えた。自分の国を守りたいと思わないのだろうか。いつかはイラク人自らが国を治めなければならないのだ。我々がなにもかもしてあげられるわけではなかった。治安部隊は多くの場合、我々よりも地元のテロリストを優先する。そのほうが自分たちにとって安全だからだ。

親族の家への突入で〈アブ・ドゥア〉を捕らえることはできなかったが、兄弟のアーメッドの捕捉は成功した。その後数か月にわたってバグダッドの刑務所でアーメッドに対して尋問を行い、〈アブ・ドゥア〉に関する有力情報を吐かせようとした。だがアーメッドはいっさい口を割らなかった。

実際、我々がイスラム国の初期の指導者たちを追跡して殺害できた理由には、〈アブ・ドゥア〉の存在もある。彼が構築した連絡員網をたどったおかげで、〈マンハッタン〉と〈ブルックリン〉の居場所を突き止められたからだ。〈アブ・ドゥア〉は自ら慎重に連絡員を選び、三か月おきに交代させていた。そうした連絡員の数人からは捕捉後に直接話を聞いたが、他の連絡員たちについてはまったく何も知らないようだった。彼らを結びつけていたのは〈アブ・ドゥア〉本人だけだった。

のちに分かったことだが、〈アブ・ドゥア〉のおじの家に突入したときはかなり惜しいところで彼を取り逃がした。彼は三時間かけてそこで〈マンハッタン〉と〈ブルックリン〉宛ての手紙を書いていたが、我々部隊の到着すれすれで逃げ出した。おじの話によると、わずか一〇分の差だった。突入の直前にまさにその家に彼がいたのだという事実は、その後も私の頭から離れなかった。

派兵期間の最後の数週間は、大量のファイルをあさり、情報提供者たちと話をし、手がかりにつながるかもしれないものをすべて調べた。

いまでも私が〈アブ・ドゥア〉に執着する理由の一つは、結局彼を見つけられなかったことだ。彼は逃げおおせた。彼の真の重要性を知ることになるのはそれから何年も経ってからだ。

ほぼ確かだった。

〈マンハッタン〉と〈ブルックリン〉の死後、〈アブ・ドゥア〉は長らく行方をくらました。すでに死んだといううわさも流れた。だが我々の情報のほうが上だった。そのころ、彼は常に追われ続けるストレスから逃れるためシリアに行き、新たな戦争に向けて軍隊を編成していることはほぼ確かだった。

彼が戦闘員たちに「今は隠れてアメリカ軍が去るのを待て」と指示していることも分かっていた。戦闘員らはそれに従った。アメリカ軍の撤退と呼応するように〈アブ・ドゥア〉は二〇一一年前半にイラクに戻り、彼を追う我々の力は弱まっていた。

そのときの〈アブ・ドゥア〉はすでにISIの指導者の座に就き、イラクとシリアで領地を広げ始めていた。ビン・ラディンが殺害され、何万人もの戦闘員が〈アブ・ドゥア〉の軍に流れ込んでいった。

私の指導教官の一人であるジャックと彼の部隊は、二〇一一年にバグダッドの家で〈アブ・ドゥア〉の姿を確認した。ほとんどの部隊はすでに輸送機でイラクから撤退していたが、彼らは〈アブ・ドゥア〉を仕留める最後のチャンスを狙って国にとどまっていた。

我々が以前訪れた家で重要会議を開くために、〈アブ・ドゥア〉がバグダッドにいるかもしれないという情報がジャックたちに入っていた。ジャックは会議の夜に彼を捕えようと考えたが、その前に国務省が襲撃に関わる規則を変更していたため、計画の実行が遅れた。

戦争は正式には終結していたため、ジャックのチームは一年前とは異なる法制度の下で作戦にあたることになった。襲撃を実行するためには、事前に政府から複数の認可を得なければならなかった。その手続きには数日、あるいは数週間かかることもあった。いまやこうした非公式の戦争は法律家たちが主導権を握っていた。

　ジャックは家の上空にドローンを飛ばし、それまで〈アブ・ドゥア〉のものだとされてきた特徴をまさに備える男が車で到着して中に入るのを見張った。

　その男にズーム・インすると、ジャックに迷いはなくなった。この男こそ〈アブ・ドゥア〉だ。

　それから数か月後、私が部隊を去ってからジャックはこのときのことについて話してくれた。

「役人どものせいで失敗した。あの夜はあの男を追い詰めたんだ。今でもそのときのドローン映像が残っている」

　この事実は当然ながら公にはされず、知る者は少なかった。このことを話したがる者もいなかった。あの夜、数年後にＩＳＩＳの指導者となる最重要指名手配被疑者を殺せたかもしれなかったのだ。

　ただ、そこには問題があった。このときのジャックには自分たちの襲撃部隊がいなかった。戦闘員はみな帰国してしまっていたので、ＣＩＡの特別部門が訓練したイラク人の暗殺部隊に頼るしかなかった。あまり成果は挙げていない部隊だった。

　ジャックのドローン部隊はもはや国防総省でなく国務省とＣＩＡの管理下にあった。そのため、ターゲット捕捉に動き出すには彼らの承認を得なければならなかった。だがあの夜、家にいる〈アブ・ドゥア〉をその目で見張るジャックの襲撃要求は官僚の間でたらい回しにされた。

　ジャックは上官たちに何度も電話し、まさにいま〈アブ・ドゥア〉がいるのだから行動を起こしてくれと訴えた。

だが、作戦実行の許可が下りたのはそれから一週間後。もはやなんの意味もなかった。部隊がようやく突入すると、ＩＳＩのメンバーを複数捕らえることができた。捕まった戦闘員はどんな証言をしたか？〈アブ・ドゥア〉は確かにそこにいた――七日前には。

その後、我々のチームは何か月もこのことについて話した。どうして官僚たちのせいでこんなことにならなければいけないのか？

二〇一一年のあの夜のあと、〈アブ・ドゥア〉は再び何年も姿をくらまし、次は崩壊したイラクを支配する存在となって戻ってきた。ＩＳＩＳは新たなアルカイダとして生まれ変わった。〈アブ・ドゥア〉はイスラムの恐怖が支配する国を作り上げ、アメリカはいまだに彼を追っている。

「本当に惜しかったんだ。よりによってあいつを取り逃がすなんて信じられない」ある夜、酒を飲みながらジャックが言った。

「これは新たな戦いだ」ジャックが嘆いた。「ルールが変わってしまった。おれたちの任務は官僚たちによってひどく制限されてしまったんだ」

PART THREE

23

出発

私がイラクを発ったのは二〇一〇年七月だった。別のチームとの交代はいつもどおりあっという間だった。私たちが装備一式をまとめていると、交代チームのメンバーが「一人ぐらい残ってくれないのか？」と冗談を言った。私たちの功績は早くも本部まで伝わっていたようだ。

この五か月のうちに、イラク各地で活動するデルタの各チームが、殺害リストに載る二〇人のうち一四人を片づけた。一六〇回以上の襲撃を行い、四〇〇人以上の敵のリーダーを捕らえ、二〇人以上を殺害した。飛行時間は数万時間を記録していた。その後、私たちの代わりに入ったチームは殺害リストからさらに四人を殺し、〈アブ・ドゥア〉を含む残りの二人は姿をくらました。そのとき、ＩＳＩは敗走中だった。

気分はとてもよかった。イラクの情勢は改善しつつあった。一般市民および兵士の死者数はそれまでの何年かのうちで最少になった。それにはドローン部隊も貢献した。だが、軍全体の犠牲と執念の賜物《たまもの》でもあった。

それでも私には、まだ重要なターゲットがどこかに潜んでいるのではないかという不安もあった。敵はたやすく組織を組み直し、戦力を増強して戻ってくる。

主要なテロ指導者を一人残らず捕まえ、すべての人にとっての問題をあっという間に解決し、戦争に勝利する。そんな大それた考えを持ったことはなかった。結局のところ、ドローンのおかげでできたことといえば、敵を弱体化し、仲間たち（特にイラク軍部隊）に戦いを有利に進めるための時間と地域を与えたことぐらいだ。

アメリカ軍はすべてをお膳立てした状態でイラクをマリキ政権に手渡した。オバマ政権は最小限の軍部隊を残してテロ組織へのプレッシャーを維持するために必要な手配をした。マリキ首相は自国の治安部隊単独で対テロ戦争の任にあたることができると考えていた。

とんでもない話だ。

私たちのチームが出発の準備を整えているころには、すでにマリキは間違いを犯そうとしていた。対立する宗派に誠意を示すため、大量の囚人を解放する計画を立てているといううわさが流れていた。その多くは私たちが捕らえた連中だ。ガムの万引き犯なんかじゃない、この地球上で最悪とも言える人間たちだ。

これに関しては議論が起こった。だがマリキの決意は固く、私たちがイラクを発つ数日前に、囚人のうち最も凶悪な五〇人をリストアップするよう頼んできた。その男たちだけは確実に捕らえておくというわけだ。だが、五〇人などというのはふざけた数字だ。それまでの一〇年、私たちのチームによって逮捕につながった者の中には何千人もの殺人犯、レイプ犯、爆発物のプロ、泥棒、自爆テロ未遂犯がいた。

何年もかけて善良な兵士たちの命を犠牲にしながら捕らえてきた狂信者が、あっさり解放されるというのか？　この国に安全を取り戻すため戦ってきた者たちの努力が政治のために無駄になると思うと吐き気がした。実際、解放された者たちの多くはのちにまたＩＳＩＳの戦闘員に戻った。彼らをまた逃がすことになるなら全員殺しておけばよかった、と思わずにはいられなかった。だがもうどうしようもない、それはもう私たちの役目ではなくなった。

出発の日、私はローターからの下降気流をくぐり抜け、走るようにしてヘリに飛び乗った。午前零時前後の時間でも、イラクの空気は焼けるように暑かった。体感温度はまるで一〇〇度だ。夏はまさに殺人的な暑さで、ボックスから離れられるのは嬉しかった。そこには汗と木のデスクとコーヒー、箱入りのコーンフレーク、エナジードリンクなどいろんなものの匂いが充満していた。

その配属地から持ち帰ったものは誘拐された女性の写真だけだった。彼女のことはまだ頭から消えない。もう自宅で回復しつつあると聞いていた。こういうことがあると、自分たちが役に立ったのだと実感できる。現地に残していく他の懸念を和らげてくれた。

ヘリがイラクの空に舞い上がる間、自分が次に何をするのかはっきりとは分からなかった。前の晩は、先のことを考えて不安がどんどん膨らみ頭のなかで鳴り響いていた。世界の向こう側には何があるのか、という考えが頭を離れなかった。故郷はどうなっているのだろう？　もう何か月も母親と話していなかった。恋人のサラとの関係も途絶えていた。もう電話で話すこともない。私たちは別の星に住む、別の人種になってしまった。故郷に帰ったら何を話そうか、と考えると恐ろしくもあった。みんなの目に私はどう映るのだろうか？　昔の私らしい部分は残っているのか？　テキサス州ケイティ出身の、世界を救おうとしていた男は？　すでに新たな派兵のうわさも聞いていた。新しい戦いが始まろうとしていて、ドローンの運用地域がイラクからそちらに移りつつあるアフガニスタンかイエメンだろう。そこに行きたいと思う自分もいた。この砂漠を出て、どこか他の場所へ。新たな冒険だ。だが、自分が何をしたいのかを決めかねてもいた。それはまるで、いまにも崖から足を踏み出そうとしているような気分だった。

ヘリは巨大な前進作戦基地に着陸し、駐機場にはC‐17輸送機が待機していた。ジャックとトラヴィスたちのチームもほぼ同時に到着し、全員で同じ機に乗ることになった。

彼らとの再会は嬉しかった。互いに握手して背中を叩きあい、それまでの数か月間についてはあまり話さなかった。ジャックは特に喜んでいた。彼が人を褒めるのを初めて見た。それまでにいろいろとあったせいで、感情を表に出すのが苦手なのだ。「いままでのイラク派遣部隊で最高だった」と彼は言った。

彼から認められるのは嬉しかったが、なにかが終わったのだという感覚もあった。

24

ボックスの外の人生

ヘリの後部傾斜板が下りると、私たちはみな装備一式とともに夜の中に降り立った。時刻は午前三時。巨大な飛行場にぽつぽつと見える光は朝まで待機する他の軍用機で、人影はまばらだ。開けたその場所を見渡すと、孤独感に包まれた。

ノースカロライナ州の薄暗く静かな飛行場で私はチームに別れを告げ、荷物をつかんで奥の駐車場に向かった。数か月間置きっぱなしだった私の車には埃が薄く積もっていた。エンジンをかけ、まだ睡眠薬が抜けないぼんやりした頭で深夜の街を走った。

よろよろと自宅の玄関に入り、大きな黒いバッグを二つまとめて木の床に放った。その晩も次の晩もゆっくりと横にはなれなかった。頭のなかはぐるぐると回りつづけ、まだボックスにいるような気分で、数百にも思える手がかりをもとに敵を追う戦略を立てていた。

寝ようとしても、寝つくまでに何時間もかかった。その後は数日間眠りつづけ、目を覚ましてはまた眠りに落ちた。時間の感覚を失っていた。

ある朝、だるい体を引きずって冷蔵庫に向かう途中、洗面所の鏡に自分の姿が見えた。それはもうひどかった。体重はだいぶ落ちて、見たこともないほど青白い顔をしていた。あごひげには少し白髪が交じっている。目は麻薬中毒者のように充血していた。ずっと暮らしていた地下から這い出てきたばかりのような、この世の終わりのような姿だった。

ゴルフボールを詰めたバケツを手に裏口のドアを出て、裏庭の隣の一三番ホールに行き、フェアウェーへひたすらボールを打った。アパートを何度か訪ねてきたサラは、私がほとんど話さないのは戦地帰りだからなのだろうと思い始めた。彼女や他の誰にも愛情を向ける余裕はなかった。レストランに食事に行き、ボックスで夢見たものもすべて食べたが、あまり味はしなかった。「大丈夫?」ある晩、一緒にハンバーガーを食べながらサラが言った。「疲れてるだけさ」と、なかなか彼女の目を見られないまま返した。この関係はそれからまもなく終わることになる。

次の週は戦争とのつながりを求めてオフィスに行き、すぐにドローンの映像を見て報告書をチェックした。敵に絶えず攻撃するために何ができる? 交代したチームの最近の作戦で死亡した男の写真に目を通すと、やる気が戻ってきた。まるでドラッグを使ったように、再び体を血が巡り始めた。

だが、どれほど無視しようとしても、数か月前から湧いていた考えがまた頭のなかで暴れだした。この仕事は少しずつ私を呑み込み、もはや自分でも分からない何者かに私を変えている。昼夜モニターを見つづける日々、作戦のストレス、捕らえたターゲット、そのすべてが私を蝕み、感情を奪った。戦場でのトラウマといえば誰もが戦闘員のことを思い浮かべる。彼らのいろんな体験を見聞きしたことが、すべて私のなかのどこか深いところに澱《おり》のように溜まっていたことに、このときやっと気づいた。

私の仕事で大事なのは、自分の生活をきっちり二つの世界に分けることだ。つまり、ボックスでの世界と私生活だ。だが、もはや自分はその二つを切り離せていないと気づいた。一方の世界がもう一方に侵食しはじめていて、その侵食はさらに進んでいきそうだった。

家族はそれまでの数か月間私が何をしていたのかまったく知らなかった。実際、何年も経ったいまでさえ詳しくは知らない。母親に電話しようともしたが結局やめて、向こうからの電話にも出なかった。私が戦地で下さなければいけなかった決定について、家族が理解できないだろうと分かっていた。彼らにどうやって〈ダークホース〉が理解できる？〈マンハッタン〉は？　他のテロリストは？

ある日の午後、アーリントン国立墓地で行われた仲間の兵士の葬式に出席した。彼はアフガニスタンでの戦闘で死んだ。暖かい日で、草地の上を風が吹いていた。大勢の参列者がいて、何年も戦地に出入りするなかで知り合った兵士もたくさんいた。亡くなった兵士は私ぐらい若かった。

周りを見ると、ほとんどの人がうつむいて涙を拭っていた。ジェット機が頭上を飛び、兵士たちが弔砲を鳴らした。アメリカ国旗に覆われた棺桶を見つめながら、なぜ自分はなにも感じない？　一体どうなってしまったんだ？　と考えつづけた。どんなに頑張っても涙は出なかった。目をぎゅっとつぶってみてもだめだった。風呂場の床に吐こうとしてもなにも出てこないときのようで、痛みを和らげるためなにかを出してしまいたいのに、ただ体が内側から引き裂かれていくようだった。

その日、他の参列者が去ってだいぶ経ってから自分の車に座っているうちに分かったのは、もう自分にとって死はなんの意味も持たないということだった。誰の死であろうと、自分であろうと。何千人も殺してきたテロリストの死を気にも留めないことと、仲間の兵士や自分の家族の死を深く考えないことは別問題だ。何百もの任務を通じ、フラットスクリーン・モニターのなかに死を見てきたせいで、感情を失っていた。画面越しの死に何も感じなくなり、そのために日常のすべてに対してなにも思わなくなってしまった。私はどこかで心をなくしてしまった。もう死んでいるも同然だ。

画面上でターゲットは赤く光って示される。私にとってその敵が誰かを知ることは難しくはなかった。私が読み取るように訓練されたのは敵の思考と日々の行動であり、感情ではなかった。ドローンでのターゲット狩りに感情は関係なかった。モニター越しに人の死を見る生活は、世界に対する見方まで変えてしまった。私もまた死んでしまったかのようだった。

頭のなかをよぎったさまざまな考えについて説明するのは難しく、あまり覚えてもいない。部隊を去るのは単純なことでもたやすいことでもなかった。軍務期間は終了したため、また三年延長するかどうかを決めなければならなかった。数週間、どうするか悩んだ。ある日は残ろうと思ったが、次の日には辞めようと思った。あの数週間は人生のなかでもかなり苦しい日々だった。

そのころ、数年前に私がデルタに入隊してほどなく部隊を去った男のことを思い出した。「犬が欲しいんだ。結婚もしたい」と最後の日に言っていた。「この場所の外にあるものが欲しい」と。そのときの私は意味を理解できず、ただ受け流した。これほど重要な役割をなぜ手放す？この仕事を辞める人間なんかいるのか？

その意味がようやく理解できた。彼は私が忘れてしまったものを切望していたのだ。つまり、普通の人間でいる感覚を。彼はもう世界に満ちる恐怖も、闇に潜む死や悪も知りたくなかった。他の人と同じ、まっとうな感覚を取り戻したかったのだ。

自分のやっていることの意義は大きいと感じていたが、そのことに長期的な価値はあるのかと考えるようになった。いつか完全に戦いから身を引いたとき、仲間たちは私のことも、共に挙げた戦果のことも忘れていくだろう。彼らはただ前進を続ける、私がいなくても。私なんて存在しなかったかのように。次世代の兵士たちが部隊の中心となって次世代のテロリストを追うとき、私には何が残っているだろう？　妻も子供もいない。家族にも友人にも取り残されて。人生で最も大事なのは本当にこんなことか？

いとこが死んだとき、葬式には行かなかった。彼は親族だったが、友人でもあった。だが私はさよならも言わなかった。母とも昔はよく話していた。それがもう電話をかけることもできなくなった。最後に話したのがいつだったのかさえ思い出せなかった。私は自分を愛してくれる人たちを遠ざけ、関係を壊した。自分の身勝手さと、終わりのない戦争のせいで。最後には彼らこそがそばにいてくれる存在であるはずなのに。

ある晩、自分の葬式の夢を見た。黒光りする棺桶に横たわる自分を見下ろしていた。参列者の席には誰も座っておらず、牧師の姿もなかった。教会は静まり返り、そこにいるのは私だけだった。私が生きている限り常に次のターゲットが現れる。アメリカを憎み、あらゆる理由をつけて自らの残虐行為を正当化するテロ集団が絶え間なく生まれる。戦争が終わることはない。

もう潮時だと分かっていた。

意を決してジャックとビルに相談すると、二人とも驚いた様子だった。「何を考えてるんだ？もうここがお前の家じゃないか？」彼らは言った。

自分は空っぽになってしまった、なにか違うものが必要なのだと説明しようとしたが、二人にそれを話すのは辛かった。心臓がえぐられそうだった。私たちは友人であり、兄弟だった。彼らと訓練を乗り越えたことをまだ覚えていた。ボックスでの数年間も。自分のチームを裏切っているような、メンバー一人ひとりをがっかりさせているような気分になった。

ジャックとビルは部隊にとどまるよう私を説得し、休養や大学卒業のための休暇まで申し出た。有意義な人生があるのはここだけで、外にはなにもないと二人は話した。数年間軍を離れたとき、一般人の暮らしは本当につまらなかったとジャックは言った。その気持ちは確かに分かった。どこに行こうとも、戦争こそが人生だと思えた。ほとんどの軍人が退役まで手放すことのない、すばらしく誇り高い人生だ。陸軍でデルタよりも優れた職場などない。ジャックはそう言った。ビルもだ。陸軍の中でも貴重な場所だった。

だが結局、軍務期間の延長はしなかった。私は軍を辞めた。二〇一〇年の冬だった。その日、二六歳の私は二つのことを感じた。一つのすばらしい世界が幕を下ろし、突如としてもう一つの世界が大きく開けるのを。

最後の日、オフィスを出て自分の車に乗り、裏道を通って林を抜けるいつものルートで家に向かった。誰にも会いたくはなかった。アパートに帰ってテレビもつけずにソファに座ると、リビングはこんなに静かだったのかと思った。そのとき、ようやく実感できた。これは現実だ。私は軍を辞めたのだ。すると疑問が次々と頭に浮かんできた。いいいいいいいいい、これからの人生をどう過ごす？　それまではいつも陸軍が人生の目標を与えてくれた。軍あっての自分だった。これからどうすればいい？

どんな兵士

にとっても一般人の生活を選ぶことは難しく、恐ろしいものだ。崖の端に向かって歩きながら、下には何があるのか、パラシュートはちゃんと開くかと考えるようなものだ。多くの者は先の見えない変化を避け、退役まで軍務期間の延長を続ける。日々の決まりごとに従う安定した軍隊生活を心地よく思う者もいる。一度除隊してから、一般の生活になじめないと分かって戻ってくる者もいる。一方で、周りに理解されない厳しさと闘う者もいる。自分の居場所と目標を探しつづける、内なる新たな闘いだ。勝利を手にすることができるまで。一般人が戦争の現実を知ることは、ましてや戦闘任務の有無に関係なく兵士が経験する孤独を理解することは不可能だ。

私にとって、戦争から帰り、部隊を去って、その先の生活が始まるまでに明確な境界線はなかった。なにかがひらめいて別の人間に生まれ変わる瞬間も、鏡を覗いたらやるべきことが分かったなどということもなく、すべては混沌としていた。ようやく整理がつくまでには長い時間がかかり、それから一年ほどの期間を表すとしたら、不安という言葉しか思い浮かばない。

民間人の生活に移るために、私はワシントンDCに引っ越し、所属していた部隊のつながりで特殊作戦機関の仕事を請け負い、対テロ戦を行っている複数の情報組織と仕事をした。毎日スーツを着てネクタイを締め、年収は一〇万ドル以上と割がよかった。警備の行き届いたオフィスで大きな円形のデスクに座り、ワシントンを拠点にするさまざまな情報機関の職員たちを指導した。仕事は戦略策定に関するもので、他の情報機関や法執行機関に特殊部隊がどういう活動をしているのか説明したり、テロのことなど何も知らない政府高官たちにまだ戦争が続いていることを理解させたりすることなどが私たちの役目だった。あちこちで握手をし、テレビ会議が首尾よく運んだり政府系機関とのミーティングを終えたりといった他愛もないことで背中を叩き合うような仕事だった。仕事相手はもっぱらワシントンDCという官僚機構だった。

会議に出ていないときはデスクに向かって次々とメールがたまっていくのを見ていた。驚いたのは、その多くが何の内容もないか、次の会議開催を知らせるだけのものだったことだ。

これは私にとって大きな変化だった。ボックスでは時間など存在しなかった。常になにかが起きていて、さまざまなことに注意を払うため、時間の輪郭は分からなくなっていた。私たちは話をするだけでなく、行動していた。一方、いまや一分一秒が過ぎるのを感じられた。頭のなかで秒針がうるさく鳴って、時間の進みの遅さを思い知らされるようだった。再び自分の心臓を鼓動させる何かを見つけなくてはならないと感じた。

仕事を始めて最初の数週間はあまり眠れなかった。帰ったらベッドに横たわり、天井を見つめた。新しいアパートに物はまだほとんどなく、ベッドと少しの家具、パソコンが一台、服を入れたバッグがいくつかあるだけだった。壁には何もない。長く住むつもりのない、一時的に滞在しているだけの誰かが、ホテル代わりに使っていそうな部屋だった。

私の様子を見に、母親がある週に訪ねてきた。除隊してワシントンで新しい生活を始めてから、彼女とはあまり話していなかった。近況が知りたいと言われ、急に会うのが楽しみになった。だがその夜家に帰ると、部屋はひどい状態だった。

ソファに座る母の目から涙がこぼれていた。

「どうして教えてくれなかったの？」と母は言った。

「何が？　どうしたんだよ？」

「ここにある勲章や賞状のことよ」

そう言って床の段ボール箱を指差した。そこには数年にわたって軍から受け取った勲章類が詰まっていた。あの時代を思い出したくなったとき以外、普段はクローゼットにしまってあるものだ。だがそのころはよく取り出して眺めていた。

「青銅星章《ブロンズスター》をもらったのね」盾を一つ取り出して母が言った。

「ああ、それが？」

母は両手で盾を裏返すと、それをじっと見つめた。

「二〇〇三年の動乱勃発以来、敵に与えた最大級の損害に関する直接的な功績を讃えるって書いてある」

私は頷いた。

涙が伝う母の顔は誇りに満ちていた。それまでの何年間も心の底では私が重要な仕事をしていると知りつつ、このときにようやくその本当の意味が分かったかのように。

誇れると信じていたものがついに立証されたのだ。私が一体どこにいるのかと考えながら何年も過ごしてきた母にとって、目に見える形でやっと示されたのだった。

「どうして教えてくれなかったの？」

「たいしたことじゃないと思ったんだ」

母は首を横に振り、袖で涙を拭った。

「名誉なんてただの紙切れじゃないか。自分には思い出のほうが大事だ」

「ただの紙なんかじゃないわ。分からないの？」

私には分からなかった。

「これはあなたの人生よ」母は言った。
それこそが私を苦しめているものだった。

ボックスのことは考えないようにしていた。戻れ、まだお前は向こうで必要とされている、と言いつづけるモニターの中の悪魔を黙らせようとした。夜には何かを求めて外に出て、生きていると感じられるものを探した。はじめのうちは車に乗って、ワシントンDCを囲む高速495号線を乱暴に飛ばした。特に目的地を決めず、車の間を縫うようにして一人で夜の高速を走るのが好きだった。

その後はオンラインのギャンブルを始め、一晩に何千ドルも賭けた。そのリスクはほんの少しだが戦場に戻ったような気分を与えてくれた。家のパソコンでモニターを二つ使いながらポーカーを八ゲーム同時にこなすのは、まるでボックスでスクリーンに囲まれているときのようだった。ここでのターゲットは他のプレーヤーたちだ。プレーヤーたちの名前をリサーチし、ポーカー分析ソフトを使って敵の情報を把握して試合を有利に運べるようにすらした。

私は戦うように訓練され、弱みを見せないように教え込まれていた。アメリカ軍は何万ドルもかけて、戦いの不安に対処する方法を私に教えた。任務の最中でも冷静でいる術を。だが、軍を去ってから冷静さを保つ方法は教えてくれなかった。多くの者が苦しむ時期だ。私も苦しかった。どうすればいいのか分からなかった。

それからさらに数週間が経つと、まるで映画『アドレナリン』の主人公みたいに、アドレナリンを分泌しつづけないと死んでしまうかのような気分になってきた。夜の生活については誰にも話していなかったが、ばれるのではないかと思った。イラクから帰ってある程度体重は増え、顔色も戻っていたが、いまや再び痩せて青白くなっていた。またキャスパーに戻りつつあった。

ある日、仕事を終えて郊外に車を走らせた。ワシントンからだいぶ離れたウエストヴァージニアに高速道路で向かった。スピード制限など気にせず、時速一〇〇、一一〇、一四〇マイル(二二〇キロ)で飛ばす私のような人間を待ち構えているかもしれない警察さえどうでもよかった。怖いものはないという気分になり、何者も私を傷つけられない、事故を起こしたくても起こせないと感じた。そのまま何時間も走り続けられそうだったが、ウエストヴァージニアの名もない丘に立つ「航空機によるスピード違反取締中」の標識を見てボックスのことを思い出した。

路肩に車を停めた。両側には畑がどこまでも広がっている。〈ヘルファイア〉ミサイルでスピード違反を取り締まる〈プレデター〉がふと頭に浮かんだ。シリア国境を越えようとする自爆テロ犯を仕留めるように。

数週間前から、職場でパソコンの前に座りながらジャックとビルに電話をして返事を求めていた。だが二人とも常に忙しく、短いメッセージの返信にさえ数日かかった。彼らが恋しかった。

道路の脇に座っていると、最高速度で飛んできた準弾道ミサイルが直撃したような、恐ろしい思いに突如として襲われた。軍隊から離れて手に入れようとした人生は、想像したほどいいものではなかったのかもしれない、と。一気に無気力の底に落ちていくのが分かった。とうとうわけが分からなくなった。私は一体何をした？　今どこにいるんだ？

この時期に

現れた唯一の希望の光はジョイスだった。軍にいる間にオンラインの通信制大学を卒業していた私は、除隊後にデューク大学のビジネススクールに入学した。そこで出会ったのがジョイスだ。デュークのＭＢＡプログラムは国際志向で、世界じゅうの経済中心地に留学することになっていた。一か月中国に行ったあとはロシア、という具合だ。

ドローンにも情報戦にも縁のない人々と交流するのはデルタに入って以来初めてだった。軍では人を信じないよう訓練された。人間の一番嫌な面、誰にも見られてないと思っているときに人がどんな行動に出るかを目の当たりにすると、現実世界から距離を置いてしまうものだ。他人を信じられなくなる。

クラスメートとの最初の会話は短くとりとめのないものだった。クラスの集まりではまるで別の惑星に降り立ったかのような気分で、みんな私が何者なのか、何をしたいのかと思案しているように感じられた。私はすぐ以前と同様に、これまで何をしていたかは隠すことにした。クラスのほとんどはグーグルやゼネラル・エレクトリック、ゴールドマン・サックスなどの会社から来ていたため、どうせ自分のことなど理解されないと思っている部分もあった。イスラム教徒のクラスメイトに会ったときは、相手を敵とみなす戦場での本能を必死に抑え込んだ。私の世界は皆とはひどく隔離されていたため、周りになじめないのではないかと不安に思った。私とはまるで違う経験をしてきた、私が見たものを見ていないクラスメイトたちに。数年間のうちのどこかで自分のアイデンティティをなくしてしまったような気さえした。自己を失った私には、どうやって人と心を通わせればいいのか分からなかった。

そんな私をジョイスが少しずつ変えていった。二〇一二年半ばに上海で行われたオリエンテーションで、私たちは名字の頭文字が近かったため大きな会場で近くの席になった。講義が始まってから、ちらちらと彼女を盗み見たのを覚えている。ジョイスは美しく、舞台上の賑やかなイベントに集中できなかった。

休憩時間になり、部屋の隅で数人と話している彼女のもとに近寄った。そこはホテルの大宴会場で、世界じゅうから集まった一五〇〇人以上の学生が一口サイズのサンドイッチと飲み物を囲んでいた。ジョイスと書かれた大きな名札を首から下げているにもかかわらず、私は「やあ、ジュリー」と声をかけた。一度目の間違いにジョイスはにっこり笑ったが、その夜私が二度三度と間違えたときには文句を言った。

ジョイスはケンタッキー州レキシントン出身だった。馬とバーボンの町だ。彼女は賢く楽しい女性で、かすかな南部訛りがすぐに私の心をとらえた。彼女といると緊張もした。動き回るターゲットを、ボックスからドローンに追わせていたとき以来の感情だ。彼女に対しては何を話せばいいか分からなくなったり、どう振る舞うのが正しいだろうと迷ったりした。再び体に電気ショックを与えられたようなその感覚が心地よかった。もっとほしいと思った。次の晩、ジョイスをデートに誘った。その日は深夜まで帰らず、その後の一週間もほぼ毎晩会った。

上海はスタート地点にすぎなかった。私たちは共に世界じゅうを回った。学校のプログラムでさまざまな国に行くうちに、私は自分の壁を壊していった。普段なら話さないことも話すようになった。数か月経った頃、私はジョイスに秘密を話した。それまでの人生のことを。閉ざされた特殊部隊コミュニティの外の相手に話したのはそれがはじめてだった。

一度に全部ではなく、少しずつ話した。そのたびにジョイスはもっと知りたいと言った。彼女の家族に軍人はおらず、私の話はまるで映画のストーリーのように思えただろう。危うく死にかけたミサイル攻撃の話もした。バグダッドにあるピザハットの話もした。

大学で彼女と過ごした一六か月は、まるで何もないところから浮かび上がった島のようだった。彼女と過ごす時間が増えるほど、現実から隔離されているという感覚がなくなっていった。自分の過去が巨大な風船となって空に飛んでいったかのように感じ、もう二度と戻ってこなければいいと思うときすらあった。

「いまは攻撃開始命令を待っているだけ」と、画面の向こうの女性が言った。

首を締めつけるネクタイを緩めてシャツのボタンを外したが、ワシントンのオフィスに送られてくるドローンの映像から目は離さなかった。〈リーパー〉のカメラが一気にバイクにズーム・インして、そこに跨っているかのような視点になると、胸の鼓動が少し速まるのを感じた。

ターゲットが砂漠を移動しているときは、ミサイル攻撃が最も合理的な選択だ。都市の中心から何マイルも離れているため巻き添え被害は少なく、ターゲットはたいていい開けた場所にいるからだ。

獲物を狙う鷹のように〈リーパー〉はターゲットの周りを旋回し、攻撃軌道に乗った。狩りの時間だ。そしてバイクに乗る二人の男にまっすぐ向かっていった。

「着弾まで一〇秒」

〈ヘルファイア〉発射からターゲット着弾までのその時間はいつもゆっくりと流れた。バイクの男たちは自分がもうすぐ死ぬことなど知る由もない。

だが〈ヘルファイア〉の着弾直前、バイクは予期せぬ動きをした。道に沿って緩くカーブをしはじめ、突然現れたようにも思える四階建ての建物に近づいたのだ。

ドン！

なんの建物かは分からなかったが、おそらく住居で、誰も住んでいないと思われた。それはバイクとともにミサイルの直撃を受けた。まもなく近くから民間人が次々と姿を現した。はじめは警戒して空を見上げていたが、やがて数人が死体を引きずり片付けた。

その朝、画面を消したあとは、周りで仕事が進んでいくなか何時間もそこにぼんやりと座っていたように思う。いつもどおりメールは次々と届く。会議も行われる。でも私はその場から動かず、軽いトランス状態で早めに職場を出た。

その日の午後、バンクロフトという警備会社を経営する親友のマイク・ストックから電話があった。マイクはアフリカの軍隊と協力して、アルカイダ系武装組織アル・シャバブと戦っていた。アメリカに戻ってきたばかりの彼が、ソマリアの首都モガディシュでやった仕事について話してくれた。アル・シャバブの戦闘員たちを都市から遠くに追いやった経緯や、その地での激しい戦いの話を聞くと、また興味が湧いてきた。

「あっちはまるで無人地帯で、またわくわくするのにちょうどいいぐらいの危険があるだけさ。お前もいつか見に来たらいい」とマイクは言った。

夕食のとき、ジョイスに話をした。数日前のドローン攻撃のことは話さなかった。そもそもあれがすべてじゃない。いままでいろんなことが積もり積もってきた結果だ。おそらく、あの攻撃がきっかけではっきりしたというだけだ。自分がボックスの外では生きていけないということを。軍隊に戻るという考えが頭のなかを駆け巡っていた。世界には数多くの悪がはびこっているのに、ここで座っていて何になる？　こっちの人間たちはこんなふうに生きられることがどれほど恵まれているか忘れているみたいだ。もっと大きなものと戦うことこそが私の人生だ。もはやこの生活には耐えられない、自分は戦地に行かなければいけないんだと決意を固めた。

「あっちに戻らなきゃいけない」と私は言った。「必要とされているんだ」二人でキッチンのテーブルに座っているときだった。この数か月で関係はさらに深まり、私はジョイスを信頼していた。もう二度と戦争に戻らないでほしいと彼女には言われていたが、それは無理だった。

「なんの話？」ジョイスが言った。

「ソマリアに行く」その場で下した決断をそのまま伝えた。

「なんですって？」まるで放射性物質でも飲み込んだかのように、ジョイスが口を思いきり歪める。

「大したことじゃない。安全な基地だ」

ジョイスは立ち上がって部屋の向こうに歩いていき、こちらを振り返った。「私のこと、本当に愛してるの？」

「もちろんさ」

「じゃあそう言ってよ」

「もちろん愛してる」

「私が死んだら泣いてくれる？」

「何だって？」私はその言葉を笑い飛ばした。前に同じことを言われたときも同じ反応をした。

「あなたは何も言ってくれないんだから」とジョイスは言った。彼女は大家族で、みんなであらゆる感情を分かち合う家庭だった。「ハグもしてくれない。『愛してる』も言ってくれない。まるで別世界にいるみたい」

そんなことはないと伝えようとしたが、ジョイスは耳を貸さなかった。

「私が死んだら泣いてくれるの？」もう一度彼女が聞いた。

「なにを言うんだ、もちろん泣くさ」

「どうかしら。たまに、あなたに感情なんてないんじゃないかって思うの」

それからジョイスは、部屋の隅にある私の黒いバッグに気づいた。昔いつも持ち歩いていたものだ。その上には防弾ベストが載っていた。

「安全な基地でこれがいるの？」

ジョイスは自分よりも戦争を選んだ私にひどく腹を立てていた。それが私なのだと伝えようとした。私にはこれが必要なんだ、と。この飢えを静める術は他になかった。たくさんのことを経験し、目にしてきた私のほうが理解していると思っていた。「君には分からないよ」と私は言った。だが、分かっていないのは私の方だった。それを思い知るのはあとになってからだったが。

数日後の二〇一三年春、

私はケニアのナイロビ行きの飛行機に乗っていた。ナイロビに着くとチャーターした小型セスナに乗り込み、モガディシュに向かった。銃弾と簡易爆弾に支配されるそのソマリアの首都が、新たなテロとの戦いの場だった。

到着してから、まずは少し歩いてみた。やがて空港の端の海辺に着き、崖の下で砕ける青い波を見下ろした。遠くには世界で最も危険な街の一つ、ごちゃごちゃしたモガディシュの中心部が見える。アル・シャバブと戦う部隊とここを隔てるのは金網のフェンスだけだ。

そこに立って海を眺めていると、真上を飛行機が通り過ぎて滑走路に着陸した。一日に一度行われるドラッグ輸送だ。巨大な輸送機には床から天井まで「カート」が積まれている。カートは地元民が使う麻薬で、口に入れて嚙めばハイになって嫌な現実を忘れられる。モガディシュを歩く男のほとんどがAK－47を胸に吊り下げていることに気づくと、これは空恐ろしかった。この街ではいつ何が起きてもおかしくはない。それでもそのときの私は落ち着きはらっていた。すべてひっくるめて、その地はどこか美しかった。

モガディシュでは厳重に警備された空港に停めた改造トレーラーで生活し、最初の数週間はアフリカ連合に情報収集のやり方を教えたり、〈レイヴン〉などの小型ドローンを飛ばしてターゲットの居場所を突き止めたりした。まるで軍にいたときのような日々だった。ある日はモガディシュの軍の本部基地襲撃を狙う自爆テロ犯を見つけ、別の日には物資輸送の車列を爆破するための簡易爆弾を製造する男を特定した。だがあるとき、ドローンを墜落させてしまった。

私が協力したのはソマリアでアル・シャバブと戦うウガンダ軍に対する現地支援を行う組織だった。ドローンは偵察のため真夜中に出動していた。このままドローンを見失い、やがて闇市場でそれを買った敵がこっちに向けて使うようになるのではないかと不安になった。

そのドローンは携帯型の〈ピューマ〉で、一機約一〇万ドルの代物だった。はじめのうちはGPS受信機が反応したが、すぐに沈黙した。もはやどこにあるのか見当もつかない。

ドローン飛行を担当する団体は法律上空港から出ることができなかったため、ウガンダの協力部隊を呼び、私も武装して最後にGPSが示した地点まで一緒に確認に行った。

私たちは裏から空港を抜け出した。通りは静まり返り、砂と土を踏む音が響くだけだった。私たちは防弾ベストに身を固め、懐中電灯とともにMP5短機関銃を構え、闇のなかに動きはないかと目を光らせた。街にあるのは崩れた小屋や、戦争の影響で壁に弾痕が広がるか爆破された建物ばかりだった。こういう状況はあっという間に悪化するものだ。

空港から四〇〇メートルほど先のGPSの発信が途絶えた地点に行くと、そこには何もなかった。ドローンは消えていた。

だが数分後、ウガンダ部隊が深夜に外をうろついている三人の地元の男を見つけた。その男たちが事態を目撃していた。彼らは空を指さし、それから鳥が落ちるようなジェスチャーをし、海の方角に通りを転がっていったと伝えた。「警察が持っていった」と、年長の男が言った。いよいよどこにあるのか分からなくなった。

私たちはいったん基地に戻ったが、最終的に別の情報源から情報を得た。ドローンは国家情報機関に所属するソマリア人将軍の手に渡されたらしい。いいニュースだと思えるかもしれないが、実際は違う。

次の日の日中、モガディシュ中心部にあるその将軍の屋敷に行くと、まったくなじみのない空気が漂っていた。私ともう一人空港から来た男が足を踏み入れると、壁沿いに立つソマリア人兵士たちがこっちをじろじろと見た。アメリカ人が辺りをうろつくのは珍しいようだ。

将軍は石畳の大きな中庭で私たちを迎え、事務所に招き入れた。恰幅のいい長身の男で、白髪の口ひげを生やし、あごにも少しひげが見えた。眼鏡をかけ、金色に輝く腕時計をはめている。

「空から落ちた機械について話しに来たって?」将軍は木の椅子に深く座り、顔に扇風機の心地よい風を浴びながら言った。「何のことか分からないな」

社交辞令は必要なさそうだ。

「墜落して、あなたの部下が拾ったドローンだ。あなたが持っていることは分かってる」私は答えた。時間を無駄にしたくなかった。モガディシュでは一か所に長くとどまるべきでない。うわさがあっという間に広まって、気づけば高い身代金をかけられて砂漠で暮らすことになる。

「ああ、あれか」と、まるで私たちがここにいる目的を知らなかったかのように将軍は言った。

「いろんな団体から何度も電話が来て、みんなあれは自分たちのものだって言っているよ」

「いろんな団体だって？」

明らかな嘘だ。将軍は背もたれに身を沈め、わずかに動揺を見せた私たちに目をやった。「あれが君たちのものだという証拠は？」

私は将軍のデスクで紙にドローンの略図を描いた。「おそらくいまは壊れていくつかに分解している、そうだろう？　あなたには起動させられないだろ？」

将軍は部屋の隅にいる副官を見たあと、こっちに視線を戻して微笑《ほほえ》んだ。「まだあれが君たちのものだと信じるべきか分からない。そうだとしても、ここにはないよ」

ソマリア人はこういう駆け引きが得意だ。だが私にも手はあった。

「将軍、少し一緒に外に出てくれませんか？」

彼と副官は疑わしげに私を見たが、立ち上がって中庭までついてきた。

庭に出れば、通訳はいらなかった。将軍の注意を空に向けた。

「これで信じますか？」そう言って、頭上を飛ぶまったく同じ型の〈ピューマ〉ドローンを指さした。空港にいる協力組織に予備を飛ばしてもらうよう頼んでいたのだ。

そのときの将軍の顔は一生忘れないだろう。興奮で目玉を飛び出させたまま卒倒しそうだった。彼と副官がおよそ五〇〇フィート（一五〇メートル）真上を滑空するドローンを見つめる光景は最高だった。将軍は圧倒され、まるで今まで信じてきた現実世界が魔法で変えられてしまったかのような様子だった。

もう予備のドローンは空港に戻らせていいと仲間に無線で伝えた。ドローンが見えなくなると将軍は私たちを再び部屋に招いた。私たちの勝ちだ。将軍は壊れたドローンを持っていると言った。その部品はすべて別の事務所にあるらしい。

だが、将軍はただでは引き下がらなかった。

身を乗り出して、まっすぐ私の目を見つめた。

「あれを見つけたソマリア市民に褒美を与えなくてはならない」と将軍は言った。

「ああ、もちろん」この提案に私たちは心のなかで笑った。褒美がほしいのは明らかに彼自身だ。「どれくらいが適当かな、将軍?」

彼の唇が弧を描き、大金を思い浮かべる漫画のキャラクターみたいに目にドルマークが見えそうだった。

「米ドルで五〇〇〇ドルだ」と、素早く返ってきた。

「今日は一〇〇〇ドルしか用意がない」

「いいだろう」将軍はまばたきもせず言った。

基地から調達していた一〇〇ドル紙幣を一〇〇〇ドル分、茶色い紙袋に入れて彼に渡した。ドローンの価値を考えればはした金だ。

他にソマリアでこれほど面白いことは起こらなかった。ほとんどはまったくつまらないことだ。滞在した三か月間ずっと、そこにいればやる気が戻って心臓がまた動き出すと思っていた。だがそんなことはなかった。

以前軍にいたときは故郷のことなどほとんど考えなかった。四六時中作戦のことで頭がいっぱいだった。だがソマリアでは違った。そこにいる間、ジョイスと話す時間がどんどん増えていった。ベッドに座ってパソコンを開き、彼女のぼやけた映像を前にスカイプで一度に何時間も話した。

その時刻はいつも真夜中で、コンテナの窓でエアコンが静かにうなっていた。たいていは彼女の近況について話し、こっちの壁のすぐ向こうで起きている戦争の話題は避けた。向こうも無理に聞いてこなかった――ある晩までは。

「理解できない」とジョイスが言った。

画面に顔を近づけた彼女のヘーゼル色の目がはっきり映る。どこかうつろにも見えた。機嫌が悪いのだと分かる。

「何が?」

「こんなのもうやめてよ」

「何だって?」

「何でそんなことして楽しいの?」と彼女が言った。「そんな危険な場所に行って」

できるだけうまく説明しようとしたが、「私にはこれが必要なんだ。大事なことなんだよ」としか言えなかった。

彼女は沈黙し、このまま流してくれるのかと思ったが、やがて再び口を開いた。「こんなつもりじゃなかった。あなたの過去と付き合う気はなかった。あのね、いつまでもこんな状態は嫌なの」そう言って画面から顔を背けた。

少しの間その言葉を呑み込んで考えると、一瞬ひどく胃が痛くなった。思いきり殴られたような感じだ。こんな気持ちは初めてだった。

「いつまでもなんて――」私は口を開いたが、彼女に遮られた。

「こういう人生を送る人がいるのは分かってる」ジョイスの声はかすかに震えていた。「そういう人たちはパートナーがいきなりいなくなったりするのも受け入れるんだろうけど、私には無理」

それから一呼吸置いて、伝えようと決めていたかのようにジョイスはこう言った。「そんな人生、私はいらない」

私は彼女の話を最後まで聞いて、またこっちを向いてくれるのを待った。だがお互いに沈黙し重い気持ちのまま会話は終わった。どちらもそれぞれに葛藤を抱えて。

アメリカを離れてから数週間が経った頃、もう自分は軍の活動では満たされないのだと気づいた。ソマリアじゃもう足りない、どんな戦地でも決して満足できない。

その数日後、ジョイスとの会話をじっくり振り返る時間があった。あの日スカイプで彼女を見て、この状況に参っているのが分かった。もうこれは私だけの問題じゃなかった。これまでにないほど彼女が必要だと感じた。実際に触れることのできる、支えになるものが私には必要だった。そもそも、そのために陸軍を去ったのだ。普通の人生を望んだというのに、いまや自らそれに対して壁を築いている。遠くの地で自分たちを憎みつづける敵と戦うのをやめて、アメリカで家族と友人をつくる基盤を築こうとしたのに。

その夜、スカイプでこのことをジョイスに伝えようとした。

「この間君の話を聞いて、そんな気持ちにさせてすまないと思った。君が正しいよ……こんなのフェアじゃない」

ジョイスは黙ったまま、私に話を続けさせてくれた。私が感情を露わにして、何か伝えようとしているのが分かったからだろう。

「まさかこんなこと自分が言うなんて思わなかったけど、ここにいても居心地がよくない。君に会えないから。私らしくないけど。もう帰ろうと思うんだ」

私が会いたがっていることと自分の言葉が伝わったことを知って、ジョイスの表情が明るくなった。

「帰ってくるの?」少しまごついた様子で彼女が言った。「もう仕事は全部終わったの?」

「ここに来た目的は済ますつもりだ。でももう気持ちは固まってる」

ついに二人の考えが一致した。話し合いが互いの新たな部分を結びつけたようだった。短い会話だったけれど、まさに私たちに必要なものだった。

その直後にこちらのインターネットの接続が悪くなり、つながらなくなってしまった。ソマリアのネット回線はひどい。だが、海からの湿った風を遮断するエアコンが回るコンテナに一人座りながら、一つはっきり分かっていることがあった。ジョイスこそが私にとって大切な人だ。彼女と結婚したい、手放したくない。私にはジョイスが必要だ。

これで終わるはずだった。永遠にドローンと戦争から離れて、いつまでも彼女と幸せに暮らすというハッピーエンドが訪れるはずだった。だが、人生はそんなに単純ではなかった。

ある朝コーヒーをすすっていると、空軍の情報担当のブラッドが部屋の隅にある私のデスクにやってきて、少し時間はあるかと尋ねてきた。

「二人だけで話せるか？」と彼は言った。

ソマリアから帰って一年あまりが経った二〇一四年の春だった。私は数か月前からシリコンバレーのソフトウェア会社、パランティアでコンサルタントをしていた。アフリカ地域を統括するアメリカ軍の軍事指揮センターに新しいソフトウェアを導入するため、私はドイツのシュトゥットガルトにいた。

その数か月、私は自分の殻に閉じこもっていた。ブラッドを除き、職場で私の過去を知る者はいなかった（ブラッドとは諜報の世界でドローンの作戦を実行中に知り合った）。そこでの仕事はそれまでやってきたこととは程遠く、まるで月の裏側に来たかのようだった。でも私はそれを気に入っていた。ついに、アドレナリンを出しつづけるかつての生活がなくても心地よさを感じられるようになった。

ジョイスとの関係はますます深まっていた。ソマリアから帰ってからの数か月間、ようやく自分が過去から逃れられたと思う瞬間が何度かあった。ジョイスもシュトゥットガルトに来て、ダウンタウンを見下ろす新築アパートの最上階の、寝室が二つある部屋で私と暮らしていた。週末は二人でヨーロッパを旅した。何も考えず車に飛び乗って、普段の場所を離れて一緒に過ごす時間をただ楽しんだ。ある週末にはプラハまで、次の週末にはミラノやチューリッヒまでドライブした。永遠に続いてほしいバケーションのようだった。

だが、それがいま打ち砕かれようとしていた。

「ナイジェリアで誘拐された少女たちを知っているか?」とブラッドが尋ねた。

当然知っていた。その年の四月にその事件はあらゆるニュースで報道されていた。ナイジェリアのボルノ州チボクで二〇〇人以上の少女がテロリストグループのボコ・ハラムに学校から誘拐されたのだ。すべてのニュース番組で〝私たちの子を返して〟がヘッドラインになっていた。捜索が開始されたが、テロ集団と少女たちは跡形もなく密林地帯に姿を消したようだった。だが私は事件にそこまで注目していたわけでもない。こうした事態について案じるのはもう私の仕事ではなかった。

ブラッドは長身のがっしりした体型で、髪は黒く、威圧感のある男だった。彼が立つと影ができる。ブラッドはプラスチック椅子に腰を下ろして私と向かい合い、まっすぐ私の目を見つめた。「あの子たちの捜索が私たちの任務になった。君の手を借りたい」

ボコ・ハラムは何年も前からナイジェリア政府と争っており、国の東部は大半が彼らに占拠されていた。アメリカはボコ・ハラムをテロリストとみなしていた。アルカイダとつながりを持ち、のちにはISISに忠誠を表明する集団だ。アメリカは頭のいかれた指導者アブバカル・シェカウに七〇〇万ドルの懸賞金をかけていた。

シェカウはたびたびネット上に映像を投稿し、まるで軍人のような暗い色の迷彩服姿で自動小銃を振りかざしながらアメリカを攻撃すると脅したり、キリスト教に対するジハードを唱えたりしていた。残虐行為を正当化するために、実在しないコーランの一節を朗読しているとも言われていた。やつの部下たちはナイジェリアの村を次々と襲撃し、仲間に加わることを拒めば男女子供問わずマチェーテ《なた》で斬り殺していた。シェカウによると、誘拐した少女たちはイスラム教に改宗させて部下の戦闘員と結婚させるつもりらしい。少女たちは自爆テロにも使われるのではないかという懸念もあった。以前にもシェカウは洗脳した少女たちをそのように利用したからだ。

私の顔に浮かんだ明らかな混乱にブラッドは気づいたはずだ。「もう君が辞めたことは分かっている。でもこれは重大な事件なんだ」と彼は言った。

パランティアでの毎日はほぼ代わり映えがせず、新しいソフトウェアのトラブルシューティングをして、バグが見つかれば地団駄を踏む日々だった。就業は九時から五時で、それまでの仕事と比べればまったく楽なものだった。睡眠もしっかり取れていた。

その場ですぐに浮かんだ答えはノーだった。彼ら自身でどうにかできるはずだ。もう私には関係のない戦いだし、ソマリアから帰ったとき、ジョイスに二度と以前の私に戻らないよう言われていた。もしまたそのスイッチを入れてしまったら、ジョイスは愛想を尽かして私のもとを去っていくだろう。

だがその夜家に帰ると、少女たちのことが頭から離れなかった。夕食時にジョイスがつけたCNNはそのニュースで持ちきりだった。

「ソマリアに行くって言い出す直前と同じ顔してる」ジョイスがそう言ってフォークを置いた。

「どうしたの？」

一瞬間を置いてから私は答えた。

「いまはどうも言えないんだけど、ある作戦に手を貸すよう頼まれてるんだ」

「もちろん断ったんでしょう？　もう終わりだって言ったじゃない！」

その夜、さらに考えをめぐらせた。だが、もう一人の私が勝ってしまった。たった一か月だ。ちょっと手を貸して、自分の経験をシェアして、〈プレデター〉を使い終わったら帰ればいい。多分、こんなものはバカげた考えだ。だが、私は思った。いいがどうしたっていうんだ？　私はもう前より幸せな暮らしをしている。抗《あらが》えない。行くしかない。


最初の二四時間は誰も眠らなかった。チームの人数は一〇人未満で、全員がパソコンで作業しながらモニターを見つめている様子は、イラクのボックスでの日々に似ていた。

作戦に携わる全員が、安全な軍施設の最上階にある、窓のない小さな部屋に押し込まれた。銀行の金庫室みたいだった。その作戦司令室はコンピューターとモニターが何とか入る広さで、デスク同士が重なりそうなほどだった。セキュリティコードで施錠された重厚な金属のドアが私たちと外界を隔てていた。

私たちにはナイジェリア空域の飛行許可が正式に下りた。それまではメディアの注目を嫌う政府が拒んでいた。

作戦は迅速に進められた。ボコ・ハラムの情報をくまなくチェックし、ナイジェリア国内外の地図や昔のファイルのデータベースを調べ、ユーチューブや他のSNSサイトで拡散しはじめていた少女たちの映像を分析した。

ボコ・ハラムが少女たちを誘拐したナイジェリア北東部はニューヨーク州ほどの大きさで、チャドとカメルーンと国境を接している。だが連中には国境など関係ない。

調査の結果、探査開始地点の候補がおよそ四〇に絞られた。ボコ・ハラムの目撃情報があったり、隠れ家のある場所が中心だ。私の直感では少女たちは三つのグループに分けられていた。以前にもテロリストたちはそうしていた。一つめのグループはおそらくマイドゥグリそばのサンビサの森、二つめは国境を越えたチャド湖近く、三つめはカメルーンとの国境手前にある国立公園周辺の南東地域と考えられた。

ドローンの出番だ。ある意味、私たちは地図を作っているようなものだった。ほとんどのアメリカ人が足を踏み入れたことのない地帯だ。はじめは絶景だと思った。森のなかにところどころ大きく口を開ける草原。全面が緑色の景色の中に、うねりながら広がる明るい茶色の砂利道は、まるで何かをほどいたみたいだった。家のなかより木の下のほうが涼しいため、多くの人はそこで生活をしている。草原に住む人々は道のすぐそばに建てた家に一家全員で暮らしていた。

そこらじゅうに人が見えた。歩いていたり、小型バイクに乗っていたり。ボコ・ハラムの戦闘員も身を隠してさえいなかった。ここでは自分たちは無敵だと、のんきな考えでいるらしい。

監視を始めて丸二日も経たないうちに、リストに挙がって探査候補地の一つ、サンビサの森で収穫があった。

はじめは誘拐された少女たちかどうか分からなかった。半径数マイルの地帯のうち最も背の高い木の太い幹から広がる枝が、巨大な傘のようにすべてを覆い隠していた。私たちはそれを「命の木」と呼んだ。

その周辺の数マイル以内には、いくつかの小さな村、深い茂み、命の木の周りでリボンのようにくねる砂利道ぐらいしかなかった。

現地では早朝、私たちのいるアメリカでは夜遅くの時間だった。少女たちらしき姿が見えた瞬間、部屋が一気に騒がしくなった。

「おい、木の下に大勢いるな」

「ああ、でかい木だ」

「女性かどうか確認できるか？」

「センサー・オペレーターはできそうだと言っている」

祈りの時間が終わると、映像に映る人々は一斉にテントに戻った。確信を得るまでに一日かかった。軍の将校を含むチームのメンバーたちが、目にしたものをあれこれ検討していた。上官に誤った情報を伝えたら大変だと、すべてを把握しようとしていた。だが私には分かっていた。一〇〇パーセントの自信があった。私たちが見つけたのはあの少女たちだ。

突撃の前に

サンビサの森を隅から隅まで知り尽くす必要があった。

ある日、少女たちの一人が祈りの時間中に逃げ出し、二人の男がAK－47を手に彼女を追って引きずり戻すのが見えた。

ナイジェリアのアメリカ大使館を訪れていた作戦チームの軍人がついに命の木の下の画像をナイジェリア治安部隊に送ると、彼らは私たちがこれほど早く敵を見つけ出したことに驚いていた。そしてすぐに突撃すると言った。ナイジェリア側も少女たちの居場所について独自に情報を集めていたが、その時点で有力な手掛かりは得ていなかった。だが、世間にはうまいことすべて自分たちの手柄であるように見せていた。ニュースではさまざまなナイジェリア政府高官が取材に応え、実際よりもはるかに事態を把握しているように振る舞っていた。

しかし、ナイジェリア部隊と何度もやりとりしたのち、奇妙なことが起こった。彼らはいつまでも行動に出なかったのだ。

数週間が経ち、私たちはモニター越しに命の木を見ながら救出の指令を待っていた。ボックスでいつでも戦闘員を出動させられたのとは大違いだ。

結局ナイジェリアが部隊を送ることはなかった。銃撃戦を恐れて尻込みしたように思えた。その代わりに数週間後、命の木の上に一機の戦闘機を飛ばしてボコ・ハラムに軍の存在を示しただけだった。だが、これほど愚かな判断はない。カメラの映像を流すことで世間に少女たちの居場所の一つを突き止めたと証明できたが、一方で誘拐犯たちにも警告を与えてしまった。

その一、二日後、すべてが終わった。天候が悪化して〈プレデター〉をいったん戻さなければならなくなり、その後再び森に飛ばすと、少女たちの姿は消えていた。

命の木の周りを旋回しても、その下に人の気配はまったくなかった。ただ木だけがそこに立っていた。あの戦闘機が原因で移動してしまったのだろう。

悔しくてたまらなかった。

最終的に手を下すことができなければドローンなど何の意味もないという完璧な例だった。〈ヘルファイア〉にしろ急襲部隊にしろ、ドローンが見たものを実際の行動に活かす能力のある者が指揮権を持たなければどうしようもない。

私たちが思うに、ナイジェリア政府は少女たちを発見したくなかったのだろう。私たちが渡した情報があれば何らかの行動は起こせたはずだ。誘拐は政治のツールであり、政治家が選挙で勝つために不純な動機で公約を掲げるように、政府はこの事件を利用したのだ。彼らが知りたかったのは、どうすれば他国から金を集め、アメリカからドローンをもらえるかだった。ナイジェリアはこれを好機として、アメリカ政府に〈プレデター〉と〈リーパー〉の出動を求めた。ドローンさえ手に入れば、それを動かすインフラがなくてもどうにかなるとでもいうように。彼らは〈ヘルファイア〉を搭載した高い機種を欲しがっていて、アメリカ政府に買ってもらいたかったのだ。〈プレデター〉はその後二週間だけ出動したあと、箱に入れてアメリカに送り返された。そのときにもボコ・ハラムの拠点を複数発見したが、少女たちが再び見つかることはなかった。

数か月経つと主要メディアで誘拐のニュースは取り上げられなくなり、アメリカ政府もこれ以上、航空機材を注ぎ込もうとしなくなった。ヘッドラインから外れればいつもこんなものだ。世間は忘れていく。

現在でもボコ・ハラムはナイジェリア周辺で大きな脅威でありつづけている。少女たちを見失ったこと、居場所を突き止めたのにナイジェリアが台無しにしたこと、いまもなお多くの少女が見つかっていないことを考えると気が重くなる。

寝不足の状態で何週間も過ごした部屋を出たときは、ボックス時代と同じぐらい、くたくたに疲れ果てていた。だが、視界はそれまでになくはっきりしていた。

私はそれまでドローンの誘惑と戦い、前に進むための他の道を探していた。その感情に抗っていた。前進するにはドローンを手放さなくてはならないと信じていた。だが、あの夜に作戦司令室から出て家で一息ついていたとき、その考えが変わった。長い時間と多くの苦労を要したが、ドローンの用途が対テロ作戦や悪党の殺害だけでないとようやく気づいた。私なら戦争より重要な目的のためにドローンを使うことができる。以前はこんなこと考えもしなかった。軍では完全にドローンの呪縛にかかっていた。外の世界が見えなくなっていた。でもいまなら他のものものしっかりと見える。

25

新たな始まり

ケニア北部、大地溝帯の草原でゾウの一家が草を食む間、私はドローンのカメラをズーム・アウトして野生生物保護地区の境界を映した。すると、薄闇で三人の男がゾウに向かって茂みのなかをゆっくり這い進むのが見えた。

近くの洞窟で小さな野営跡が見つかったと、前日に地元の野生生物保護局から連絡を受けていた。まだ燃えさしが冷え切っていないことから、近くの野生動物が危険にさらされていた。

状況を見やすくするためにドローンの熱センサーカメラをオンにする。男たちはＡＫ‐47とマチェーテを手にしている。やつらの目的は象牙だ。闇市場で売れば数万ドルの金になる。

「東側の金網近くにいる敵性人物を上空から追跡中。ただちにレンジャーを現場に派遣してくれ」

「ラジャー」と、無線を通じて返答が来た。

陽が落ちたばかりの夕方だった。野生生物保護地区の真ん中に設けた小さな作戦司令室をドローン映像の白い光が照らす。ここはボックスではない。いまは違う場所にいる。

周りには数万エーカーの大地が広がっていた。そこにあるのは山、谷、そして湖だ。まるで映画『ジャングル・ブック』の世界に入ったように、ゾウ、サイ、ヒョウ、ハイエナがいた。人類より先に誕生した生き物たちだ。

「もう待てないぞ」と、私は呼びかけた。「やつらがあの境界を越えたらゾウは死んだも同然だ。別のドローンを飛ばして一家を保護し、そっちがゾウの安全を確保するまでもう一機で周辺の監視を続ける」

私のテントのすぐ外でヘリが上昇し、レンジャーが密猟者の排除に動き出した。「阻止に向かっている」無線越しの声が言った。

この実況中継もどきの仕事を始めたのは数か月前だった。

世界屈指の野生動物公園や野生生物保護地区があるケニアでドローンを使えばこういう形の作戦になる。

きっかけは、シリコンバレーの二人の起業家から連絡を受け、私の人生を変えられるアイデアがあると言われたことだ。いったいいなんの話だ？　会う前はそう思っていた。

二〇一四年春のある週末、手配されたファーストクラスでパリに行き、高級ホテルの豪華なバーで彼らと会った。レーザは四〇代で、謎めいた刺激的なオーラを放っていた。家族はイラン出身だが、彼自身は主にアメリカとフランスで育った。アメリカでいくつかのインターネット関連企業を立ち上げて富を築いた。だがここ数年は、より意義深い仕事を探して地球上をあちこち飛び回っていた。

彼のパートナーであるジョリーは電気通信業界の出身。レーザより少し年上の彼の印象は冷静沈着だった。アメリカの多国籍企業でビジネスマンとして成功した彼は、震災後のハイチ復興運動を通じてレーザと知り合った。二人は人道支援活動を目標に手を組んだ。

「現地の野生生物保護局は機能していない」と、テクノ音楽が流れる店内でレーザが言った。「変革が必要だ」

私たちはすぐに意気投合した。

彼らのアイデアは分かりやすかった。アフリカ各地では恐るべきスピードで動物が死んでいて、効果的な対策を講じるには革新的な技術が必要だということだ。ドローンがあればその問題と戦える、そして勝てると彼らは考えていた。

目標はシンプルだが野心的だった。政府、および国土の大部分を管理する野生生物保護局と協力し、ドローンでパトロールをしてレンジャーを攻撃部隊として使う計画を実現させるというものだ。基本的に、私がイラクで行っていた作戦だ。

私たちはアメリカで開発中のさまざまな技術について、そのバーで何時間も話した。

「この問題をドローンで解決できると思うかい？」レーザが尋ねた。

「それは可能だが」私は答えた。「現地に行って地形を確認する必要がある」

「ああ、だからここに呼んだんだ。君にこのプロジェクトを指揮してほしい。やってくれるか？」

私は笑顔を見せ、数秒かけて状況をすべて呑み込もうとした。上品な服装でドリンク片手に悠々と歩き回る他の客に囲まれ、私はこの二人と新しいアイデアだけの島にいる気分だった。一見穏やかな二人の内に秘めた熱意が、私に力と情熱と生きている実感を与えてくれた。

「もちろん」と私は答えた。

一週間後、私たちはケニアに飛んだ。

私たちを乗せた小型セスナはケニアのナイロビにある小さなウィルソン空港を発ち、タンザニアとの国境地帯に向かって南に飛んだ。席はぎゅうぎゅう詰めだったが、気にならなかった。私はアフリカでも有数の野生生物保護地区であるマサイマラに向かっていた。マサイマラはケニアの南西側国境に沿って広がり、タンザニア側にも延びてセレンゲティ国立公園とつながっていた。その巨大な保護地区では有名なマサイ戦士たちが自給自足で暮らしていた。マサイ族と野生生物たちは共生していて、その関係は何世紀も前から続いていた。

ナイロビ出発から数時間後、セスナは土の滑走路に降りてがたがたと停止した。周りに広がる草原を見回し、その未開の地をはじめて視界に入れる。レイヨウ、ヌー、ハイエナ、ゾウ、シマウマなど、野生生物の宝庫だった。

そこに立っていると先史時代にいるような気分になった。新たな世界にはじめて足を踏み入れる探検家のようだ。開けた草原のところどころに丘が連なり、数百マイル先まで大地が広がっている。広い平地に木がほとんどないその地形はドローン使用にうってつけだった。三〇〇〇～四〇〇〇フィート（九〇〇～一二〇〇メートル）上空からでもカメラで動物と人間を簡単に識別できるだろう。

その日、はじめて野生のゾウを間近で見た。私たち三人は到着を待っていたケニアのレンジャー隊員と共にジープに乗り込み、走り出した。すると、まもなくしてゾウの一家が私たちの前に現れた。二頭のでかいゾウと、三頭の子ゾウだ。二〇〇ヤード（一八〇メートル）向こうで草を食んでいる。それまでに見たどんな生き物よりも穏やかで堂々としていた。ただ、そんなゾウたちは絶滅の危機に瀕していた。

まだ完全に

軍の外の生活に慣れたわけではなかったが、だいぶ楽になってきていた。それまでには散々自分探しをした。

ジョイスはいまでもそばにいてくれた。これから先どうなるか分からなかったけれど、貯金をすべてはたいてダイヤの指輪を買った。私たちは婚約し、ワシントンDCのダウンタウンにあるアパートに引っ越した。そこは本当に自分の帰る場所なのだと感じられた。私が長らく失っていたものだ。

私たちはたくさん昔の話をした。私の背から荷を下ろす作業のようだった。ジョイスによると、ターゲットにしていたテロリストが話題に上ると、私はいまだに彼らが人間ではなく魂を持たない存在であるかのように話したという。

私は殺人や捕捉をビジネスとして考えていた。それが私の仕事で、そこには取引関係があった。それが正義だと考えていたことが（いまもその考えは同じだ）私を消耗させ、冷酷にした。

これをジョイスに説明しようとした時期もあった。だが、普通の人には理解されないことだと分かった。それに、このころはもうそんな努力はあまりしなくなっていた。その必要もなかった。日ごとに私のなかに温かみが戻ってきていたからだ。

そんなある日、私の行動で私自身もジョイスも驚くことになる。まだそう遅くない夜、テレビのニュースを見ていると、五〇年以上連れ添った老夫婦の話が流れた。私のなかで何が起きたのか分からないが、長年にわたる互いの絆について話す二人を見ていたら何かがこみ上げてきた。ジョイスは何か言っていたが、私が気づかなかったためそばに来た。「ブレット、あなた泣いてるじゃない」彼女は言った。

自分の頬に触れてみると、確かに濡れていた。まったく気づかなかった。「いい話だな」私は言った。

ジョイスが笑い声を上げた。「あんなにいろんな経験をしてきたのに、こんなことで涙を流すの？」

いとこが死んだときも泣かなかった。兵士の葬式でも泣けなかった。ボックスでの生活が始まって以来、一度も泣くことができなかった。でも、これがスタートだった。

軍から離れ

て過ごす時間が長くなるほど、ドローンは私の一部であり、私の人生に役立ってくれると分かってきた。ドローンを使い続けることはできる。目的が人道的なものに変わるだけだ。その目的のために、私は会社を興した。

自分の持つ知識はドローン業界にいる誰にもないものだと気づいた。その知識は対テロ戦争だけでなく、もっと大きな目的のためにも使えるはずだ。何か善いことのために。周囲を見渡すと、ドローンをうまく空に出動させる方法や、ドローンを正しく使えばどんなことができるか理解している者は他に見当たらなかった。

ドローンを使えば畑の作物を管理したり、被災地の復興を支援したり、行方不明の子供を捜索したりすることだってできる。消費者向けドローン技術も具体化しはじめていた。政府の仕事で私が使っていた設備の一部と同じものが民間セクターにも広まりつつあった。ケニアについての連絡があったのとほぼ同時期に、ソマリア沖の漁業をドローンで監視するプロジェクトに関する連絡も受けていた。ドローンは貧困と海賊に悩まされる地域に安定をもたらすこともできる。世界は目まぐるしく変わりつづけていて、ビジネスでも崇高な目的意識を満たせるのだとジョリーとレーザが教えてくれた。私たちは同じ信念を持っていた。彼らの哲学にインスパイアされて、私はドローンパイアという会社を立ち上げた。

起業したということは、ときにはスーツを着てオフィスに行かなければいけないということだ。表計算をしたり、書類をさばいたりする必要がある。ボックスではやらなかったし、やりたくもなかった仕事だ。だが、これが私にとっての第一歩だ。ギャンブルは必要ない。無理やりアドレナリンを放出する必要もない。ドローンを使って善を育むのは、悪を阻むのと同じぐらい重要なことだ。そう思えば毎朝ベッドから起き上がれた。

ボックスでの日々と、凶悪な敵との戦いにドローンを使ったことを、決して後悔してはいない。私たちの敵がどれほど忌々しいものか理解する人はきわめて少ない。テロリストたちの最悪の部分はまだ秘められたままだ。ＩＳＩＳについて毎日ＣＮＮで流れる報道はその表面を映し出しているにすぎない。

テロリストを追うのは大変な仕事だ。ストレスが多く、犠牲にしなければならないものもたくさんあった。だが、おかげで私は忍耐力を身につけ、粘り強く敵を追う大切さを学んだ。そのころ抱えていたストレスは、実はたいしたことではなかった。自分の直感を信じられるようになった。さまざまな状況下でテロリストと戦った何年もの経験に基づいているからだ。

メンバーが仕事を愛して情熱を持ち、実力を発揮できる手段と自由を与えられれば、チームがどれほどの成果を挙げられるか学んだ。豊富な数のドローンに支えられ、敵と全力で戦うための余裕をもたらしてくれるリーダーを持った経験のある者は少ない。

ミスター・ホワイトからデルタフォースに招き入れられたとき、自分の人生がどうなるか想像もつかなかった。ときどき、あの数年間彼はずっと私を監視していたのではないかと思うことがあった。それを確かめることはできないけれど。

デルタの仲間たちの、国に対する献身には感銘を受ける。ジャックとビルからは、本人たちにはきっと想像もつかないくらい多くの人生の教訓を学んだ。軍人時代のことを聞かれても、いまだにあまり話さない。いまも周囲の人のほとんどはそれについてまったく知らない。軍隊での最後の数年間がどのようにして私を形づくったのか、理解はされないだろう。きっと彼らもこの本の読者と同じぐらい驚いているはずだ。私たちは悪人に対して非道なことをしたのだと言う人もいるが、それは敵との戦いに必要なものだった。それに、一つはっきり分かっていることがある——過去に戻れるとしたら、私はまた同じことをするだろう。

エピローグ

「動物たちはどこに行ったんですか？」ある日の夕方、自らの所有地の山の上から私の隣で大地溝帯を見渡すクキ・ギャルマンに尋ねた。

私たちを取り囲むのは、ケニア西部のギャルマン野生生物保護地区に何マイルにもわたって広がる森林、山、峡谷だ。その絶景は現実のものとは思えず、まるでＩＭＡＸで観る映画の世界そのものだった。だがそこに生命の動きはほとんどなく、私たちが地球最後の人類であるかのようだった。

「いまあなたが見ているのは人間の欲望です」クキが言った。「密猟者の所業です」

大地溝帯では非常に多くの古代人の遺跡が発見されたため、文明の発祥地だと広く考えられている。

ケニアに入ってから私たちは国中をジェット機で飛び回り、大勢の人や企業の担当者と会って密猟について話し合い、ドローンのアイデアをどのように活かせるか説明した。ギャルマンは世界的に有名な野生生物保護活動家で、彼女を題材とした映画も制作された。映画『永遠のアフリカ』は一九七〇年代前半にイタリアからケニアに渡った彼女の一家を追う内容だ。

クキはもう七〇代だが、そうは見えない。風に吹かれると大きくなびく金髪がよく似合っている。カラフルな腕輪が手首で揺れる。いまでもイタリア語訛りが少し残っている。私たちをここに連れて来た娘のスウェーヴァには若いころのクキの面影がある。

何十年も前からこの一〇万エーカー（四〇〇平方キロ）近くの土地は彼ら一家のものであり、世界でも屈指の巨大さを誇る私有保護地区だ。だが状況は大きく変わった。

「少し前までは世界でも他にないほどたくさんのクロサイがいたのに」とクキが言った。

「なにが起こったんですか？」私は尋ねた。

燃えるような一月の夕日が私たちの顔に照りつける。クキは足元に視線を落としてから、再び私を見た。

「ついこの間、最後の一頭をヘリで送り出したところです。ここではもう長く生きられなかっただろうから。密猟者に殺されてしまったでしょう」

クキによると、密猟者たちは先端に毒を塗った槍や投げ矢で動物を狩るという。これはケニアのあちこちで聞いた話だ。連中は四輪駆動トラックで国境を越え、見晴らしのいい丘に身を潜め、ゾウの一家がやってくるのを待ち構える。そして血の跡を残していく。

文明の発祥地はいまや死の温床となってしまった。

ケニアにはギャルマン保護地区の他にも数多くの私営公園、さらにナイロビ国立公園やツァボ東・西国立公園など公営の有名保護地区もある。だが、人里離れ、広大で険しい土地をすべて取り締まるのは不可能だった。密猟者と戦うため武装して自警する村もあった。欧米からの寄付金で緩やかな組織体制のもと活動するレンジャー部隊が密猟者を掃討するケースもあった。それでも密猟によって死ぬ動物の数は増えつづけた。

アフリカでは日々殺されるゾウの数が新たに生まれる数を上回っていた。毎年おびただしい数のゾウが殺された。過去三年だけで一〇万頭以上のアフリカゾウが殺されていた。このままだと絶滅も間近だ。ゾウの牙からとれる象牙はアジアの闇市場に流れ、一キロ一五〇〇ドルで売れる。一方、サイはさらに個体数が激減していた。サイの角は北京の街角で一キロ六万ドルはする。同じ重さの金よりも高価だ。金持ちの買い手が価格を上げた結果だ。角は高価な老化防止ローションの原料になる。角の削りくずが癌を治すと考える者もいた。アジアの億万長者たちはそれをマティーニに散らしたりもしている。

これが私たちの戦いの相手だ。いままでとは違う脅威だが、それでも脅威であることには変わりがない。

密売は巨大市場だ。年に二〇〇億ドルの金が動くとも言われる。その利益はもつれた血管のように世界じゅうをめぐる。一部はその取引に関わっている悪徳政治家の手に渡るが、最終的にはそれよりも大きな額が国際犯罪組織やケニアのすぐ東のソマリアで活動するアル・シャバブなどのテロリストグループに流れる。違法な野生生物取引は、麻薬取引や人身売買、武器の売買と同じだ。あらゆる危険な波紋を広げながら世界じゅうに蔓延《まんえん》している。最近アメリカが国家安全保障上の脅威と呼んだのも不思議はない。そこから生まれる金はやがてアメリカに対する攻撃の資金になるからだ。

クキと話したあの日、彼女の説明はすべて戦争にも当てはまるものだった。そこには勝者と敗者がいる。捕まった密猟者は監獄を出るために賄賂を払う。最近ケニア政府は銃を持った悪人に向けて一般人が発砲してもよいという法案を通過させたが、それでも事態は収まらなかった。密猟者は処罰を受けないまま狩りを続けた。動物はどんどん減っている。クキはヘリも飛行機も持っていなかった。ほとんどの保護地区はそうした手段すら持たない。クキが持つのはレンジャー部隊だけだった。

レンジャーの戦い方は、茂みに身を潜め、密猟者が準備を整える隙を狙うというものだった。あの日の午後、トヨタの古いランドクルーザーでギャルマン保護地区の裏道を走っていると、レンジャー部隊が突然現れることが何度もあった。彼らの戦い方は統率が取れているとは言い難い。場所もタイミングもほとんどが運頼りだった。それでは密猟者に太刀打ちできない。

「昔、ゾウたちはここを誰が通ってもまったく気にしなかったのに」大地溝帯のさらに奥まで向かう道中で、あまり動物の姿が見えない理由を説明するようにクキが言った。そのころの動物は人間のことなどあまり気に留めなかった。「いまは距離を取るのよ。人間が害を与えるって分かってるのね」

「これはもう私たちだけの問題じゃない。種を守る戦いだ」と私は言った。
「あなたのドローンがこの状況を変えてくれるの？」クキが尋ねた。

これがドローンの未来だ。

任務はボックスにいたときと同じやり方をすることにした。密猟者のネットワークと動物の行動パターン、かつてゾウの一家が殺された場所と日時に関する情報を集めた。私たちは先制攻撃を仕掛けることにし、密猟者が動物に近づく前に阻止する作戦を立てた。

広大な大地を見下ろしてハンターを探すドローンはレンジャー一〇〇人分の仕事をするだろう。密かに空を飛びながら、その土地の地図をつくり動物の個体数も数えられる。ドローンと地元の情報機関から得たデータで密猟頻発地点を特定すれば作戦開始だ。数マイル先に密猟者を発見すれば、ヘリを飛ばして阻止するまでの時間は十分ある。ヘリが舞い降りて彼らは終わりだ。

だが、このすべてに欠かせない点がある。ドローンは軍用レベルの性能でなくてはならない。クリスマスツリーの下に置かれるようなラジコンではだめなのだ。

クキと話した日の数日前、私たちはマサイマラでそこのゾウ保護プロジェクトのリーダーであるマーク・ゴスに会った。彼は何年も前からどのようにして密猟者との戦いに変革をもたらすべきかと頭を悩ませていた。

マークの団体はあらゆる観光地から何マイルも離れた小さな宿舎を拠点にしていた。そこには彼とともに五〇人以上の野生生物保護レンジャーが住み、古いランドクルーザーでライフルを手にパトロールをしていた。彼らが拠点とする宿舎は、茂みに隠れて並ぶ小屋だった。マークが妻と住む巨大なテントからはマサイマラが見渡せた。

マークも軍人だった。一年ほど前に、マークがドローンの助けを得ようとする様子がＢＢＣで取り上げられた。彼は五〇人のレンジャーをサポートするためオンラインでドローンを一機買った。だがそれは失敗で、一般に手に入る性能レベルのドローンでは彼のチームのニーズを満たせなかった。私が訪ねてきたことに彼は興奮していた。「これを見てくれ」と、一緒にチームの拠点から保護地区に足を踏み入れながら私に言った。

そのときは昼間だった。マークが着る古い迷彩服の前ポケットには保護地区の名前が縫いつけられていた。マークは長身で、髪には白髪が交じり始めていた。彼は情熱的で躍動感に満ち、その体格とエネルギーがあれば山も駆け上れそうだった。

マークは設備置き場から〈パロットＡＲ〉ドローンを引っ張り出した。四つの小さなプラスチック製プロペラがついたビデオカメラをｉＰｈｏｎｅで操作するというものだった。二〇〇ドルも出せばブルックストーン（空港などにあるギフトストア）で買えるだろう。〈パロット〉が飛べるのはわずか二〇分で、高い木の上までようやく上昇できるぐらいだった。

マークが起動させると、それは蹴り飛ばされた蜂の巣のような音を立てた。離陸すると五〇フィート（一五メートル）ほど上昇したが、突風に流されて木に引っ掛かってしまった。マークはその木に登って回収するはめになった。

「他にも見てほしいものがある」とマークが言った。

宿舎エリアをぐるっと回り、裏の日陰になっている場所に行った。マークが次の一言を言う前に、私は思わず足を止めた。

なんてことだ。

これはもはや大虐殺だ。草の上にあったのは、何十ものヒョウの生皮、一五フィート（四・五メートル）ほどはあるニシキヘビの皮、山積みのゾウの牙だった。マークの団体のレンジャーが過去数か月で密猟者から取り返したものだ。

どうしてこんなことをする人間がいるんだ？　私には理解できなかった。密猟者たちには嫌悪感と軽蔑を覚えた。かつてボックスでターゲットに対して抱いた感情が呼び起こされる。

マークが牙の山に近づいた。土にまみれ、まだところどころに血が見える。「あれが何十万ドルにもなる牙さ」マークが言った。

私は牙をいくつか手に取ってみた。その重さに驚く。

「ここにあるものをどうするんだ？」私は尋ねた。

マークが首を横に振る。

「全部燃やすだけだよ」

茂みに潜んでいる密猟者たちは、私が活動を始めればどうなるかなどまだ知らない。

そのとき、マークに電話がかかってきた。マークには独自の情報ネットワークで任務にあたっているレンジャーたちから一日じゅう連絡が来る。今回はゾウに取りつけていたGPSの動きがタンザニア国境近くで止まったという知らせだった。

マークは電話をポケットにしまってため息をついた。「多分殺されたんだろう」そうなると、彼らにできることは多くない。いまからトラックで向かっても遅すぎる。ヘリが戻って来るのを待つしかなかった。

「一緒に来るか?」とマークが言った。次は密猟者がいるとの情報が入ったため、数人のレンジャーと六〇マイル(九六キロ)ほど離れた保護地区の北端まで確かめに行こうとしていた。

私たちは四輪駆動車に乗り込み、マサイマラの奥地に向かって何時間も草原のなかを走った。ときおり辺境の村の間を歩くマサイ族を見かけたが、ほとんどの間、私たちの他にいるのは動物だけだった。

丘に着くと、その先はトラックでは進めないため歩いていくことになった。そこはもう密猟者の領域だ。人里離れた、簡単には近づけない場所だった。丘を登っていくと、だんだんと眼下に景色が広がった。数マイル先まで見える。三〇分ほどかけて頂上に着くと洞窟があった。

洞窟は一〇ヤード(九メートル)ほど奥まで広がり、ごつごつした岩棚からは下の広大な土地が遠くまで見渡せた。近くに火を熾《おこ》した跡を見つけた。砕いた木炭を積んだそれはまだ新しく、木の枝にはハンターたちが荷物を入れていたビニール袋が下がっていた。水のボトルも散らばっている。

「昨晩にはここにいたかもしれない。少なくともこの一週間以内にはいたはずだ」レンジャーの一人が言った。

密猟者が痕跡を消そうともしないのは驚きだった。丘の頂上に焚火の跡を残すなんて、見つけてくれと言っているようなものだ。夜だとレンジャーにはよく見えなかっただろうが、私になら見える。

ここは活動開始点として最適に思えた。もしドローンを飛ばしていたら、ゾウの一家に忍び寄る隙も与えず密猟者を捕らえられただろう。ドローンの赤外線カメラを使えば数マイル先からでも焚火が見えたはずだ。

私たちはその野営跡に立ったまま眼下の草原を見渡した。あるレンジャーが遠くを指さした。

「獲物のゾウを見つけると、連中は丘から下りて茂みに隠れ、夜遅くになると先端に毒を塗った槍を突き刺すんだ」と彼は言った。

刺されたゾウはその後丸一日か二日苦しみながら大地をさまよい、やがて歩きつづける力を失って死んでいく。そうしてついにゾウが力尽きたとき、密猟者は牙を一本ずつ引き抜くのだという。

「たいていはとてもゆっくり死んでいくんだ」

丘から見る太陽は沈み始めていた。人の気配はまったくない。密猟者はとっくにいなくなってしまった。もう捕まえるすべはない。

このドローンプロジェクトに参加した数か月で、一つ明らかになったことがある。この問題は簡単には解決されないということだ。あらゆるところに障害があり、すべて乗り越えるのはすべての簡易爆弾を避けるのと似たようなものだろう。

なかでも最大の問題は、政府の腐敗が根深く、密猟によって密かに利益を得る政治家がいることだった。ケニアは自国の空を開放することに不安を抱いていた。彼らにとって、ドローンとはすなわち他国からの監視を意味する。ニュースや映画以外でドローンを見たことのある者も少ない。そのため、ドローンの機能を理解していなかった。いくつか政治家の事務所を訪ねたとき、彼らは私たちがＣＩＡではないかと疑った。「我々をスパイするためにドローンを飛ばすのか？」と何度も尋ねられた。

「違います、この国の暮らしを守るためです。観光客がわざわざここへきて一日じゅう草地を眺めると思いますか？」と私は答えた。

アフリカ各国の政府は他国からの訪問者を信頼しない傾向にあり、それは合法的に彼らの国を守ろうとする者に対しても同じだ。彼らと関係を築くには時間がかかり、アメリカ流のビジネスのやり方ではうまくいかなかった。

もう一つの問題は資金だった。はじめ、この事業はすべてレーザとジョリーの資金で動いていた。その後他の企業も支援に乗り出しはじめた。また、私たちが活動する大自然では軍用スペックのドローンが最適だった。ただ厄介なのは、それを輸出するには国務省の許可が必要なことだった。そういう手続きに時間がかかった。赤外線カメラ付きの高性能ドローンをいくつもスーツケースに放り込んでそのままアフリカに飛ぶことはできないのだ。

まずはケニアのライキピア地方にあるレワ野生生物保護地区からプロジェクトを開始する計画を立てた。ウィリアム王子とケイト・ミドルトンが婚約時にサファリ旅行に訪れたことで有名になった場所だ。話をするとそこの所有者たちは乗り気で、あとは政府がその空域での飛行を許可すればいいとのことだった。それを実現させるために有力な人物を紹介してくれるようにもなった。

レワがすばらしいのは、すでに作戦司令センターと軍隊経験のあるレンジャー部隊、密猟業界でスパイをする諜報員、そして〈リトルバード〉ヘリを持っていることだった。これらはドローンでの戦いを進めるうえで必要な基盤であり、鍵となる要素だった。

必要なのは一つの成功例だけだった。そうすればドローンがどのように役立つか政府と保護地区に示すことができ、最終的には資金提供を望める。これは賭けだった。だがどれほど大きな障害があろうとも、この可能性に賭けたいと思った。私から見れば、ドローンは間違いなくこの問題の解決手段となる。正しい使い方を知る人間が適切なドローンを使えば、文字通り一晩でゾウやサイの違法な殺害を減らせると分かっていた。何かに対してこれほどの確信を持ったことは人生で一度もなかった。

やがて、この思いが朝起きるための原動力になった。自分の存在を超えたものになっていた。

長期的には収入を上げる可能性も期待できた。ドローンが映すゾウの集団移動の映像をアメリカの学校に生で配信すれば、地球の裏側の相手に野生生物保護と環境犯罪の長きにわたる影響について教育することができる。

レワでは絶滅寸前のキタシロサイを目にした。レワの所有者であるバティアンはその種を守るため繁殖を試みていた。そこにいる個体は数年前にチェコの動物園から引き取ったのだという。

私が近づいてもサイは逃げなかった。背中をさわると皮は厚くざらついていて、恐竜の皮膚もこんな感触なのかもしれないと思った。目にしたのも、触れるのもはじめてだった。

バティアンによると、人間の管理下にあるオスのキタシロサイはその個体を含めて世界で二頭だけで、メスは四頭だという。

あのサイを見たのは私たちがほとんど最後になった。私がケニアを発ってからまもなくして、サイは死んだ。数か月後にはメスも一頭死んだ。いまや世界に残っているのは四頭だけだ。

もうすぐ夜が来る。私とクキは草の上に座り、大地に沈みゆく太陽を背に木々から楕円の影が伸びる光景を眺めていた。太陽は巨大で、黄色と赤に輝いていた。それまで何時間もクキと話をして、動物保護に対する彼女の情熱が伝わってきた。彼女にとって生物の個体数減少は世界で最も大きな脅威の一つだった。彼女は動物を救うために人生をかけてきたのだ。

やがて日が完全に地平線の下に消えても、私たちはしばらく無言でそこに座っていた。息を呑むような絶景を見つめながら、これ以上完璧なものなどこの世界に存在しないと思った。それまでの人生を経て、この瞬間に行き着いた。私はこのために生まれてきたのだ。

謝辞

本書を執筆するうえで、たくさんの人のお世話になった。彼らに心から感謝を捧げる。どこから話すべきだろう。はじめは二、三か月あれば書き終えられると思ったが、結局三年近くにわたる厳しい道のりとなった。この本のアイデアはソマリアで働いているときに連絡を取るようになった「ウォール・ストリート・ジャーナル」の調査報道記者が持ち込んでくれた。だが、自分の経験を話すことに対する当時の不安は説明しきれないほど大きかった。最初はとても無理だと断った。特殊部隊で働いていた私のような人間が内部の事情について語ること、ましてやその内容について読者に読む価値があると思わせることは難しい。実際、そこで教えられてきたのは真逆のことだ。ファイト・クラブの裏側を話してはならない、と。

最終的に心が動いたのは、数か月後にヴァージニア州にあるＣＩＡ本部のそばを車で通った

ときだった。マクリーンという街では数百人のデモ隊が模型の〈プレデター〉ドローンを肩に担ぎ、「ドローンが飛べば子供が死ぬ」「ドローンは戦争犯罪も同然だ」などと書かれたプラカードを掲げていた。彼らは本当のことを何も分かっていない。アメリカのドローン計画を動かしている者たちは最高のプロ集団で、アメリカ人の生活を守るために毎日働いているのに。彼らは名声を求めたりしないが、自分たちの仕事の重要性と政府や国民からの信頼を理解していることは確かだ。彼らはいかなる決断も軽視することなく、閉ざされたドアの奥で下される決定はすべて慎重に検討される。一部の者が主張するような、一般市民や政敵を暗殺したり、意図的に女性や子供を傷つけたりするための秘密計画など存在しない。むしろ、女性や子供が傷つかないように大変な努力をし、彼らを守るためにターゲットを逃すことさえある。この本の著者は私だが、実際のテーマは彼らが払う犠牲や、ドローン作戦に関わる他の者たちの役割だ。ドローン計画の成功に不可欠な諜報・作戦上のさまざまな能力をもっていまも働く者たちに感謝を述べたい。

チームの戦闘員たちに対しては、ドローンを通じて彼らをサポートできたことを私がどれだけ誇りに思っているか言葉では伝えきれない。私が安全なボックスでコンピューターの前に座っている間、彼らは毎日戦場で命をかけ、銃撃戦に身を投じていた。私がやったことはすべて、彼らがいなければ不可能なものだった。敵の拠点を襲撃するのにこれほど頼もしい部隊は、世界じゅうのどんな軍隊にもいない。アメリカの一般市民には想像もつかないことだろう。すべての将校、下士官、一般兵まで、一緒に働くことができたさまざまな軍部隊に感謝している。いまの私があるのは所属した部隊のおかげだ。私の指導教官や、共に仕事をした情報分析官にも感謝す

る。彼らのほとんどはいまも軍にいるため名前は明かせないが、自分のことだと分かってくれるだろう。この恩は一生忘れない。かつて所属したチームのメンバーたちが、いまも戦場でISISなどの敵を寝る暇も与えず追いつづけている。諦めないでくれ。アブ・バクル・アル・バグダディとISISの手下たちはいまも君たちを恐れながら活動を続けているが、バグダディは君たちが日ごとに迫っていると分かっている。きっともうすぐ君たちは彼を見つけ出し、彼はそれまでの指導者たちと同様にアメリカ軍の手によって死ぬだろう。

この本を完成まで導いてくれた多くの人々と組織は、まさに最高のチームだった。まず誰より、共著者のクリストファー・S・スチュワートに感謝する。私の経験は伝える価値のあるものだと私自身や他の人たちを説得してくれた。また彼は、モガディシュ郊外で取材中に私の命の危機を救ってくれた。実はそれも楽しい時間になっていたのではないかと思うが。元ウィリアム・モリス・エンデヴァー（WME）でビジネススクール時代のクラスメイトでもあるエリック・ルプファーは、この本が出版されるまで絶えず私を導き支えてくれた。私の所属事務所であるWMEは、共にすばらしい仕事をなし遂げてくれた。彼らのおかげでこの本の質が格段に上がったこと、さらに多くの社員がこのプロジェクトに携わってくれたことに感謝する。ハリウッドの興味をかき立て、この本の映画化権を得てくれた元WMEのアシュリー・フォックスには大声で礼を叫びたい。WMEのアナ・デロイは映画関連の手続きを担当し、その知性でエンターテインメント業界をうまくコーディネートしてくれた。

パラマウント映画、そしてマイケル・ベイとマシュー・コーハン率いるベイ・フィルムズのチームは本書の映画化権を取得してくれた。この本の内容が大画面で上映される日が待ち遠しい。

編集者のジュリア・チャイフェッツと、デイ・ストリートおよびハーパー・コリンズのチームは、この本がどれほどのものになるかビジョンを描いてくれた。ニューヨーク市のオフィス内でドローンを飛ばさせてくれたことにも感謝したい。ここで明かしていいのかは分からないが、あんな経験は互いにはじめてだった。

メイナード・クーパー&ゲイルの弁護士アラン・エンスレンは法律と国防関係の手続きをサポートし、国防総省の安全保障調査局と粘り強く交渉してくれた。この本が日の目を見て、私が合法的に自分の経験を語ることができたのは、まさに彼のおかげだ。アメリカ陸軍の第一〇特殊部隊グループの元将校である彼が支えてくれたからこそ、この面倒な手続きに取り組めた。彼が国防総省の厄介な安全保障調査に、何年も強い姿勢で対応してくれたおかげで、ついに(最後に数えた限り)一三もの政府系機関から承認を得ることができた(そこには私がかつて所属したアメリカ特殊作戦軍と、作戦で関わったすべての情報機関も含まれ、出版前に原稿をすべて確認してもらった)。

政府の調査は予想より一年半近く長くかかったが、その手続きは国防のために重要であり必須のものだ。本書の確認のため時間を取ってくれたさまざまな機関の安全保障担当者に感謝しなくてはならない。私が関わった特殊作戦について知っているからこそ、その体験談を語らせてくれることだけでもありがたい。

最後に、テキサスや他の地にいる家族に感謝する。私はあまりに長い間連絡さえせず海外にいたが、これからはそのぶんを取り戻して家族らしい存在になりたいと思う。いつも支えてくれてありがとう。特に母親のキャスリーン・ザカリアは優しくて美しく、彼女に育てられたからいまの私がある。この本を誇りに思ってくれれば嬉しい。また、ケイティに帰って友人たち（〝群れ〟《Herd》）に会うと、本来の自分に戻って謙虚な姿勢でいられる。

そして最も大事なのは、妻ジョイスへの感謝だ。かつて母は、自分より優れた女性を見つけたらその人と結婚しなさいと言った。だからそのとおりにした。君はいつも私を誰よりも支え、相談役になってくれる。君が隣にいなければ、私はどう生きていけるのか分からない。一緒に歳を取るのを楽しみにしている。

この年齢で回想録を書くのは少し変な気分だ。私はいま三三歳で、まだ人生は始まったばかりのように感じている。きっとこれからもたくさんの冒険が待ち受けているだろう。これはまだスタート地点にすぎない。

付録

私はアメリカ政府が保有するドローンのほとんどすべてを目にしてきた。そしてその多くを実際に運用し、必要とあれば、ほぼどんな機体でも使用することができた。ここで紹介するのは私のチームが主力としていたことから、いずれも私がよく知っている機種だ。

MQ－1〈プレデター〉

私が特殊部隊員だった間ほぼずっと、チームが最も頼りにしていた機種だ。私が最初にこの機を見たのは、バグダッドへの初めての派兵のときだった。翼長が四八フィート（一五メートル）と幅広く、細身の機体は印象的な黒に塗装されている。

〈プレデター〉は単発の中高度・長時間滞空型無人航空機で、長時間の偵察能力を持つ。AGM－114〈ヘルファイア〉ミサイルを二発装備し、攻撃目標に応じてさまざまな弾頭に取り替えることができる。〈ヘルファイア〉ミサイルを搭載しない場合は、滞空時間を数時間延ばすことが可能だ。

この機種は昼間用と夜間用のカメラを搭載し、その光学センサー類のおかげでたとえ暗闇でもターゲットの上空にずっと張り付いていられる。電子光学（昼光）センサーは機体の先端部に搭載されていて、飛行機のコックピットと同様の視界を提供する。

最高高度は二万五〇〇〇フィート（七五〇〇メートル）。カメラはスイッチ一つで可視光モードと暗視モードを切り替えられる。ターゲットや周囲の地域を違った視点で見られることから、我々は昼間でも赤外線カメラをよく使った。赤外線カメラは、動いているターゲットを追うのにも向いている。

ＭＱ－１の飛行速度が遅いことに驚く人もいるかもしれない。無人機は戦闘機と違って、なんといってもその持続的な監視能力が特長だ。この機は通常時速七〇ノットから八〇ノット、およそ一三〇キロから一五〇キロでターゲット上空を飛行する。航続時間は最大二〇時間だ。離着陸用機材の運用場所からターゲットまでの距離によって、「任務時間」と呼ばれる作戦行動を継続できる時間の長さが決まった。

MQ‐9〈リーパー〉

このドローンは〈プレデター〉の進化型だ。価格はおよそ一五〇〇万ドルで、ここで紹介する機種の中で最も高価だ。外見は兄貴分である〈プレデター〉に似ているが、際立った改良点がいくつかある。〈プレデター〉よりも高く、長く飛ぶことができ、最高速度は倍近い時速約三〇〇マイル（四八〇キロ）が出せる。搭載できる兵器の量も桁外れで、多彩な攻撃手段で目標に壊滅的なダメージを与える。〈ヘルファイア〉ミサイル四発と五〇〇ポンドGBU‐12レーザー誘導爆弾を同時に搭載可能だ。〈リーパー〉は我々が保有する中でおそらく最強のドローンだ。私が現役の頃は最も人気の高い機種でもあった。保有機数が少なく、その多くは情報機関がパキスタンで行う任務のために割り当てられていた。私がいた頃のデルタ部隊でも使用機数は少なかったが、現在ではほぼ全機が〈リーパー〉になっている。

RQ‐11〈レイヴン〉

私が初めて陸軍に入隊したとき、軍は〈レイヴン〉をまだほんのわずかしか保有していなかった。供給先は前線の特殊部隊チームで、アフガニスタンとイラクの部隊が多かった。だが私が除隊するころには状況が一変し、〈レイヴン〉はアメリカ軍で最も広く使われている携帯型ドローンになっていた。私の部隊も数機保有していたし、一般の歩兵部隊でも使っていた。

我々がボックスを設営するとき、私は通常二機携行した。〈レイヴン〉は携帯型で、子供のころ持っていたおもちゃのグライダーくらいの大きさだ。軽量で、低い高度で飛ぶ。戦闘の前線で状況把握をするのに最適だ。空に投げ上げるだけで、草地の向こうに潜んでいる敵の様子を確認してより良い攻撃方法を決定できる。

我々のチームは〈レイヴン〉を常備していたが、それほど使用回数は多くなかった。搭載カメラの映像は揺れが大きく、風の影響も強く受けた。機体は着陸の際にばらばらになるよう設計されていて、胴体着陸で回収するために頻繁に修理が必要だった。

〈レイヴン〉は私が行う任務の状況には適していないことがほとんどだった。特に長期にわたる偵察任務がそうだ。敵をずっと追跡するときには一度も使ったことがない。航続時間は六〇分から九〇分、巡航高度一〇〇フィートから五〇〇フィート（三〇メートルから一五〇メートル）で、離陸地点からせいぜい半径六マイル（九・六キロ）と、航続距離も極めて短いためだ。航続距離の限界付近まで飛ぶと、電波が届かなくなって機体を失ってしまうこともあった。そういう状況では単純に行方が分からなくなってしまうのだ。

そして、〈レイヴン〉が発する騒音は何マイルも先まで聞こえた。敵にもハチの大群が頭上にいるみたいによく聞こえたから、戦闘中レイヴンが銃撃されるのを見たことがある。

〈ピューマ〉

〈ピューマ〉は〈レイヴン〉の改良型だが、私から見れば全く素性が異なる航空機材だ。私が使った実戦向け無人機の中では秀逸だった。携帯サイズで一人での運用が可能、防水仕様なので陸地でも海洋環境でも運用できる。

航続時間は約三時間、実用巡航高度は五〇〇〇フィートから一〇〇〇〇フィート（一五〇〇メートルから三〇〇〇メートル）だ。それだけ高く飛べば、地上ではほとんど飛行音は聞こえない。〈プレデター〉などの長時間滞空型機材が使えない場合に、偵察や自爆テロの損害評価用の代替手段として重宝した。欠点は航続距離が半径八マイル（一二・八キロ）と短く、操縦地点からあまり遠くに飛べないことだった。

市街地での任務において、護身用に〈ピューマ〉を飛ばしながら歩いたことが数回あった。守護天使が頭上から見守っているイメージだ。ドローンは私を視野に入れて飛び、万一のことがあればその映像を見た監視役が救援部隊をよこしてくれる。

私の現役時代には〈ピューマ〉は希少品だった。〈レイヴン〉が入門用ＢＭＷくらいの値段なのに対し、ピューマは一機一〇万ドル以上もした。

〈I-GNAT〉

〈I‐GNAT〉は〈プレデター〉と同クラスのドローンだが、より航続時間が長く、巡航高度も上回っている。私が運用した〈I‐GNAT〉は〈プレデター〉よりも優れた光学性能を持ち、静粛性も高かった。機体も〈プレデター〉より小さくて敵に視認されるリスクが小さかったため、我々は〈プレデター〉よりも低い高度で運用した。〈プレデター〉と違って武装していない〈I‐GNAT〉は、純粋に偵察用のドローンだ。我々は一機しか保有していなかったが、必要なら情報機関が持つ機体を借り受けることができた。〈I‐GNAT〉は市街地での任務に最適だった。敵に気づかれることなく〈プレデター〉よりも低高度で運用できるため、私はバグダッドで頻繁に使用した。

〈シャドー〉

アメリカ陸軍が〈シャドー〉を使い始めてから一〇年以上になる。この機種はイラクやアフガニスタンなどの戦場で軍部隊を支援するために投入された偵察用ドローンの先駆けとなったものだ。〈シャドー〉は歩兵旅団など通常の軍部隊の作戦遂行を支援するために使われることが多い。〈シャドー〉は優れた偵察用航空機だ。航続時間は約九時間、実用巡航速度は時速八〇マイル（一二八キロ）、航続距離は基地から最大で半径約七〇マイル（一一二キロ）だ。

運用には多数の人員と、データシステムとの連動を必要とする。着陸には滑走路が必要で、戦闘機が空母に着艦するときのようにワイヤーで制動する。〈シャドー〉はイラクとアフガニスタンの大きなアメリカ軍基地にくまなく配備されていた。私が特殊部隊を去るころ、〈シャドー〉を武装して攻撃能力を持たせることが議論されていた。

〈スキャンイーグル〉

〈スキャンイーグル〉はガソリンエンジンを搭載した、実用巡航速度が時速五〇ノットから六〇ノット（九〇キロから一一〇キロ）の中高度無人機。同程度の航続時間（約二〇時間）と実用高度（二〇〇〇フィートから三〇〇〇フィート［六〇〇メートルから九〇〇メートル］）を持つドローンに比べて機体は小型。我々はイラクの主力基地に数機保有していた。〈スキャンイーグル〉の特長の一つは滑走路が要らないことにある。スーパーウェッジという圧縮空気式カタパルトで発射し、スカイフックと呼ばれる、空中でドローンをキャッチする装置で回収する。

大きな欠点は予期せぬ墜落が起こることだ。我々の機が衛星信号の接続が切れたためにモスルの警察署に真っ逆さまに墜落したことがあった。幸運なことに、警察はそれが我々のものだと知っていたので、誰かに高値で売り飛ばされる前に我々に返還してくれた。

我々は〈スキャンイーグル〉を、主に〈プレデター〉が他の優先度の高い任務に駆り出された場合や修理中の補充として使っていた。だが他のドローンと一緒に使うのでなければいまひとつ頼りにならなかった。車両を追跡中に故障したことが何回もあったからだ。

ある作戦中、三日連続で渋滞に巻き込まれた車両を見失ったことがあった。我々が「どん底《ナディル》」と名付けた現象だ。それは〈スキャンイーグル〉のカメラで車両にズーム・インしている際、ある特定の角度を向いた瞬間にカメラが故障し、くるくると回転しつづけるというものだった。

RQ－4〈グローバル・ホーク〉

〈グローバル・ホーク〉はＵ２戦略偵察機の無人機バージョン。爆弾などの殺傷能力は備えておらず、純粋なスパイ用の航空機である。高度六万五〇〇〇フィート（一万九五〇〇メートル）、航続時間三五時間、航続距離半径約一〇〇〇マイル（一六〇〇キロ）、巡航速度時速三〇〇ノット

〈五五五キロ〉で偵察する能力を持っている。

歴史上二番目に大きいドローンで、イスラエルの同等機へロンに次ぐサイズだ。〈プレデター〉や〈スキャンイーグル〉でライブ映像を見ながら悪党を一日じゅう追跡するような任務にこれを使うことはなかった。我々は〈グローバル・ホーク〉を、任務に必要な広大な地形の写真を撮るのに利用した。衛星写真を撮るのに似ているが、こちらの方が格段に速い。例えば、我々はアフリカの新兵訓練施設がいまだに過激派集団の支配下にあるかどうかを調べるのに〈グローバル・ホーク〉を使った。〈プレデター〉なら国中に散らばる施設を調べていくのは時間がかかるが、〈グローバル・ホーク〉なら数分でこうした施設をまとめて写真に撮ることができる。もしどこかで探すのに苦労しているものがあれば、〈グローバル・ホーク〉でその場所全体を探すことができる。

個人的には、このドローンを維持して運用する経費はその効果に見合わないものだと考えている。〈プレデター〉や〈リーパー〉のようなドローンの技術革新と、アメリカの衛星技術の進歩によって、〈グローバル・ホーク〉は短期間のうちに無用の長物になる可能性がある。

ブレット・ヴェリコヴィッチ（Brett Velicovich）

10年以上にわたってテロ対策と情報分析活動に従事した軍用ドローンのエキスパート。アメリカ軍陸軍特殊部隊DELTAのドローン技術者・情報分析官として、アフガニスタンやイラクなど、対テロ戦争の最前線で活躍。多くの戦功をあげブロンズスター・メダルや戦闘行動バッジ（CAB）を授与された。またデューク大学でMBAを取得、除隊後はドローンによる東アフリカでの野生動物保護など活動の幅を広げている。

クリストファー・S・スチュワート（CHristpher S. Stewart）

「ウォールストリート・ジャーナル」調査報道記者。2015年に自身の記事でピュリッツァー賞を受けた。「GQ」や「ニューヨークタイムズ・マガジン」など新聞・雑誌を中心に様々な媒体で活躍。著書に“Hunting the Tiger”“Jungleland”がある。

北川蒼（きたがわ・そう）

早稲田大学法学部卒。英米翻訳家。米国ケース・ウェスタン・リザーブ大学大学院修了（MBA）。大学に勤務するかたわら翻訳を手がける。

ドローン情報戦《じょうほうせん》

アメリカ特殊部隊《とくしゅぶたい》の無人機戦略最前線《むじんきせんりゃくさいぜんせん》

2018年11月29日　第1刷

著者…………ブレット・ヴェリコヴィッチ
クリストファー・S・スチュワート
訳者…………北川蒼《きたがわそう》

装幀…………コバヤシタケシ

発行者…………成瀬雅人
発行所…………株式会社原書房

〒160-0022 東京都新宿区新宿 1-25-13
電話・代表 03（3354）0685
http://www.harashobo.co.jp
振替・00150-6-151594

印刷…………新灯印刷株式会社
製本…………東京美術紙工協業組合

ISBN978-4-562-05610-1, Printed in Japan